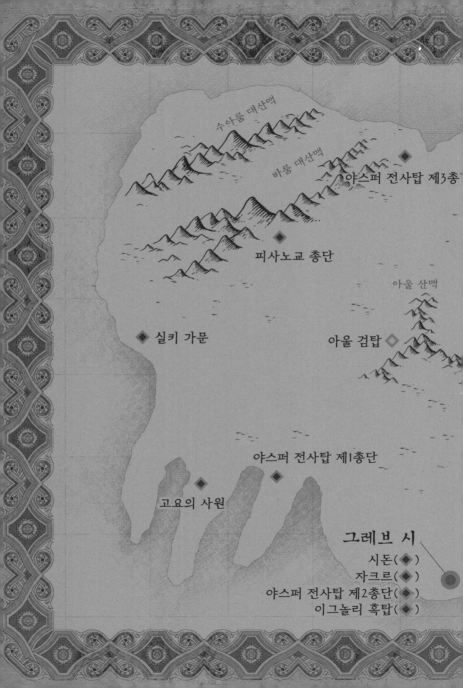

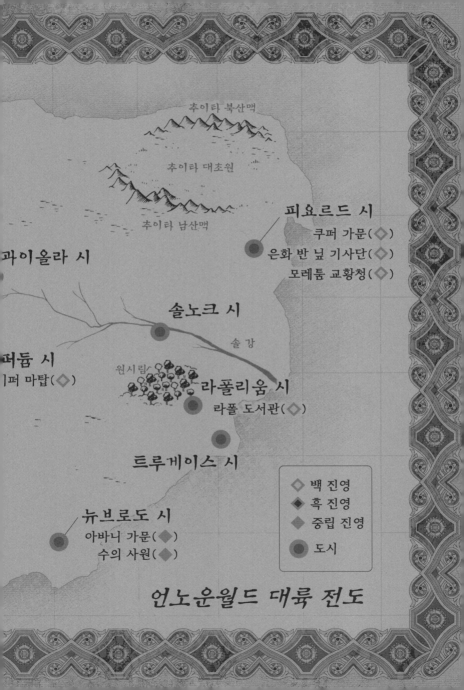

추이타 북산맥

추이타 대초원

추이타 남산맥

피요르드 시

쿠퍼 가문(◇)

은화 반 닢 기사단(◇)

모레튬 교황청(◇)

과이올라 시

솔노크 시

솔 강

퍼듐 시

퍼 마탑(◇)

원시림

라폴리움 시

라폴 도서관(◇)

트루게이스 시

◇ 백 진영
◆ 흑 진영
◈ 중립 진영
⦿ 도시

뉴브로도 시

아바니 가문(◆)

수의 사원(◆)

언노운월드 대륙 전도

ETAN 에이탄

ORIGINAL FANTASY STORY & ADVENTURE

쥬논 판타지 장편소설

dream
books
드림북스

이탄 8 이면 세계의 전쟁

초판 1쇄 인쇄 2021년 4월 23일
초판 1쇄 발행 2021년 5월 7일

지은이 쥬논
발행인 오영배
편집 편집부
일러스트 필연
표지 · 본문 디자인 오정인
제작 조하늬

펴낸 곳 (주)삼양출판사 · 드림북스
주소 서울시 강북구 도봉로 173
대표 전화 02-980-2112 **팩스** 02-983-0660
편집부 전화 02-987-9393 **팩스** 02-980-2115
블로그 blog.naver.com/dreambookss
출판등록 1999년 3월 11일 제9-00046호

ISBN 979-11-283-9998-5 (04810) / 979-11-283-9990-9 (세트)

드림북스는 (주)삼양출판사의 판타지 · 무협 문학 브랜드입니다.

ETAN 이탄

ORIGINAL FANTASY STORY & ADVENTURE

쥬논 판타지 장편소설

8

이면 세계의 전쟁

dream
books
드림북스

목차

사대신수

『성혈의 바하문트』
—신수: 날개 달린 사자
—상징: 공포
—속성: 흙(土), 피(血)

『불과 어둠의 지배자 샤피로』
—신수: 광기의 매
—상징: 탐욕
—속성: 불(火), 어둠(暗), 나무(木)

『포식자 하라간』
—신수: 투명 마수
—상징: 타락, 나태
—속성: 얼음(氷), 균(菌), 물(水)

『둠 블러드 이탄』
—신수: 냉혹의 뱀
—상징: 파멸
—속성: 금속(金), 빛(光)

발췌문

만자비문 가운데 총 10개 이상의 문자를 깨닫는 악마가 나타난다면, 그는 비로소 인연자로 선택된 것이리라.

하지만 만자비문과의 인연은 이제 겨우 시작일 뿐이니, 모든 인연자들은 마신이 된 이후에도 만자비문의 시험을 계속해서 받게 될 터이다. 만약 마신이 된 이후로 1만년의 시간 동안 새로운 문자를 한 개 이상 깨닫지 못하면 만자비문은 그 즉시 인연자와의 연결을 끊고 모든 권능을 회수하느니.

결국 마신은 권리를 누리는 자리가 아니로다.

오로지 소멸하지 않기 위해서!

만자비문으로부터 버림을 받지 않기 위해서!

끊임없이 노력하고 깨달음을 추구하는 고독한 길이 곧 마신의 길인 것을.

나는 오늘에서야 마신이 짊어져야할 굴레가 얼마나 가혹한 것인지를 깨닫는구나. 지난 40만년에 걸쳐서 총 48개의 비문을 깨달았으되, 최근 1만년 동안 단 한 문자의 진도도 나가지 못하여 소멸을 앞두다니.

참으로 한탄을 금치 못하노라.

　　　　　　　　　—부정 차원의 12대 마신이 남긴 유언 중 발췌

제1화
피사노교의 침공 Ⅱ

Chapter 1

스르륵.

피사노교의 녹마병(綠魔兵) 2명이 이탄을 향해 소리 없이 파고들었다. 비록 피사노교에서는 녹마병이라는 명칭을 사용하지 않으나 동차원에서는 이들을 '녹색 옷을 입고 다니는 악마의 병사'라는 의미로 녹마병이라 불렀다.

만약에 지금 이탄이 음차원의 기운을 눈곱만큼이라도 흘려내었다면, 녹마병들은 감히 이탄의 근처에 접근할 엄두도 내지 못할 것이었다.

하나 지금 이탄은 본래의 기운을 깔끔히 감춘 상태였다.

이것이 녹마병들에게는 악재였다.

스우우욱―, 스욱―.

두 녹마병은 뱀처럼 S자로 땅을 기어서 접근하더니, 이탄의 코앞에서 갑자기 대가리를 꼿꼿이 치켜들고 일어났다. 밑에서부터 녹마병의 두 팔이 솟구쳐 올라 기다란 대낫의 날을 번뜩였다.

그 신출귀몰한 움직임에 이탄이 화들짝 놀라야만 했다. 녹마병들은 분명히 그리 될 것이라 믿었다.

오산이었다.

이탄의 오른쪽에서 솟구친 녹마병의 시선과 이탄과 시선이 정면으로 마주쳤다. 시커먼 무저갱과도 같은 이탄의 두 눈을 목격한 순간, 녹마병은 뒷목부터 시작하여 발끝까지 오싹함을 느꼈다.

'뭐, 뭐지?'

녹마병이 이런 생각을 할 때였다.

이탄의 손바닥이 녹마병의 정수리를 향해 떨어졌다.

지금 녹마병은 머리부터 척추까지 일직선을 이룬 채 60도 각도로 급격히 솟구치는 중이었다.

이탄의 손바닥도 녹마병의 신체와 완전히 동일 선상에서 움직였다. 다만 방향은 정반대여서 위에서 아래로 60도 각도를 이루며 비스듬히 내리꽂혔다.

2개의 선이 한 점에서 충돌했다. 녹마병의 단단한 머리와 이탄의 손바닥이 정면으로 맞부딪친 것이다.

녹마병의 신체는 수백 번을 담금질한 금속보다도 더 단단했다. 회복력도 끔찍할 정도로 뛰어났다. 그런 녹마병의 두개골이 이탄의 손바닥과 부딪치자마자 얇은 박이 깨지듯이 사방으로 터져나갔다.

콰직!

이탄의 손바닥이 녹마병의 두개골을 으스러뜨리고, 뇌를 곤죽으로 만들고, 목뼈를 좌굴(알루미늄 캔 등의 물체를 위에서 눌러서 굴절시키는 동작, 혹은 상태) 시키고, 이어서 상대방의 척추를 모조리 으깨며 허리 어림까지 파고들었다. 녹마병의 상체가 이탄의 손짓 한 방에 완전히 해체된 셈이었다.

그 상태에서 이탄이 손가락을 놀려 산산이 부서지는 녹마병의 갈비뼈 하나를 붙잡았다. 이탄은 그 갈비뼈를 뚝 분질러 뽑아내더니, 그 뾰족한 뼈의 끝으로 두 번째 녹마병의 눈알을 깊숙이 찍었다.

찌꺽!

이탄의 힘이 어찌나 강했던지 눈이 찔린 녹마병의 얼굴 전체가 한꺼번에 터졌다.

녹마병들의 엄청난 회복력도 이탄 앞에서는 제대로 발휘되지 않았다. 이탄과 부딪친 녹마병들은 알 수 없는 권능에 의하여 회복력이 완전히 차단되었다. 그 상태에서 산이 허물어지는 듯한 막강한 타격에 온몸이 산산이 으스러져 버렸다.

두 녹마병을 단숨에 으깨버린 뒤, 이탄은 손바닥에 흥건하게 묻은 핏물을 무표정하게 내려다보았다.

'괜히 반격을 했나? 이번 기회에 금강체의 위력이나 테스트해볼 것을.'

이탄이 자책했다.

곧 새로운 기회가 생겼다. 동료가 죽자 주변의 녹마병들이 이탄을 향해 날카롭게 시선을 집중했다. 납빛처럼 창백한 안색의 녹마병들이 짙은 녹색의 로브를 펄럭이며 이탄에게 날아들었다.

이탄도 적들을 향해 한 걸음 내디뎠다. 그 모습이 마치 뒷동산에 산책이라도 나온 사람처럼 여유로웠다.

"홋! 미친놈,"

녹마병들이 입꼬리를 비스듬히 비틀었다.

녹마병들의 눈에 비친 이탄은 멍청이였다. 죽음이 곧 목덜미에 내려앉을 것도 모르고 무방비 상태로 다가오는 멍청이.

3명의 녹마병이 대형 낫을 크게 휘둘렀다.

슈콰콱!

낫이 그린 궤적이 서로 교차하면서 이탄의 정수리와 심장, 사타구니를 동시에 찍었다. 이탄이 섬뜩한 궤적 속으로 오른손을 불쑥 집어넣었다.

이탄의 머리와 심장을 향해 날아오던 두 자루의 대형 낫이 이탄의 팔뚝에 부딪치자마자 무시무시한 반탄력으로 튕겨 나갔다.

이탄은 금강체를 연성하면서 피부 위에 무려 1만 개의 겹코팅 층을 쌓은 상태였다. 법력을 압축해서 쌓은 겹코팅 한 층 한 층이 적의 공격력 가운데 100분의 99를 감쪽같이 흡수했다. 나머지 100분의 1은 단숨에 반사시켰다.

한 층당 100분의 1씩이 반사되었으니 퍼센트로 환산하면 1퍼센트였다. 이러한 반사가 무려 1만 개의 겹코팅 층에서 동시에 이루어졌다. 1만 개의 층에서 1퍼센트씩의 반발력이 적에게 되돌아갔으니 총 합은 1만 퍼센트, 즉 100배였다.

반발력 100배 작렬!

"뭐뭣? 크악."

녹마병들은 자신이 퍼부었던 공격력이 100배로 증폭되어 되돌아오자 아연실색했다. 당장 이탄의 팔에 부딪친 두 자루의 대형 낫이 수십 개의 파편으로 박살 났다. 그 파편들이 이탄에게 내리꽂혔던 속도의 100배로 튕겨 나가 녹마병 2명의 전신을 난자했다.

"끄아악!"

"껙!"

이건 마치 칼날의 폭풍 속에 연약한 아기 양을 던져 넣는 듯한 광경이었다.

이탄의 사타구니를 공격했던 녹마병도 무사하지 못했다. 금속 터지는 굉음과 함께 폭발한 낫의 파편이 녹마병의 얼굴을 수십 개의 조각으로 쪼개버렸다.

3명의 녹마병이 세 줌의 핏물로 변해 쓰러지고, 허공에 확 퍼지는 피보라 속에서 이탄이 마신처럼 떠올랐다.

쩌억!

이탄이 아무렇게나 휘두른 손에 녹마병 한 명의 얼굴이 붙잡혔다.

그 즉시 녹마병의 얼굴 전면부 전체가 이탄의 괴력에 의해 뜯겨 나왔다. 몸뚱어리만 남은 녹마병은 비칠비칠 물러서다가 털썩 주저앉았다.

"웁스? 미안. 내가 반격은 하지 않으려고 했는데, 그만 무의식중에 손을 썼네?"

이탄이 얼굴을 잃은 녹마병에게 사과했다.

Chapter 2

이탄의 등 뒤에서 또 다른 녹마병들이 달려들었다.

"죽어라, 이 괴물아."

이번엔 총 3명이었다.

이탄은 방어도 하지 않았다. 피할 생각도 없었다. 이탄의 등을 공격한 대형 낫 세 자루가 100배의 반발력으로 튕겨 나가 제 주인들의 몸을 어육으로 만들었다.

"놈을 쳐랏."

"사방에서 동시에 공격햇."

수십 명의 녹마병들이 한꺼번에 이탄을 공격했다.

사사삭—.

어떤 녹마병은 뱀처럼 땅을 기어서 이탄의 하체를 노렸다. 어떤 녹마병은 메뚜기처럼 펄쩍 뛰어서 이탄의 머리 위로 떨어졌다. 또 어떤 녹마병은 옆으로 크게 우회하여 이탄의 시선이 미치지 못하는 사각지대를 공략했다.

이탄은 일부러 적들의 공격을 그냥 맞아주었다. 금강체의 위력을 확실하게 파악하기 위해서는 몇 가지 시험이 필요했다.

이탄을 향해 수십 줄기의 녹색 빛들이 쫘악 몰려들었다가 그 100배의 속도로 튕겨 나오면서 허공에 피보라를 자

욱하게 만들었다. 이탄을 향해 몰려들 때는 분명히 살기가
짙은 녹색빛이었는데, 사방으로 흩어질 때는 처절한 핏빛
안개가 되었다.

시간이 조금 지나자 이러한 일들이 수차례나 반복되었다.

이탄은 녹마병들이 다수 모여 있는 곳으로 과감하게 뛰
어들었다. 녹마병들은 한 줄기 녹색빛으로 변해 이탄에게
득달같이 달려들었다. 그리곤 온몸이 터지면서 한 줌의 피
보라로 변했다.

이상의 과정이 반복되자 이탄 주변에 마치 시뻘건 피구
름이 몰려다니는 듯한 현상이 벌어졌다.

이탄은 굳이 손발을 휘두르지도 않았다. 그저 맨몸으로
허공을 한 번 쓱 훑고 지나가면 녹마병들이 불을 향해 날아
드는 부나방처럼 스스로 달려들었다가 100배의 반탄력에
의해 핏물로 스러졌을 뿐이었다.

그 핏물이 공중에 비산하면서 붉은 안개를 만들었다.

전투 초기, 녹마병들은 철소용과 나련, 그리고 시곤을 주
타겟으로 삼았다. 이상 3명의 선인들이 연꽃과 부적 병사,
떡갈나무 지팡이 등의 법보를 날리면서 화려한 공격을 펼
쳤기 때문이었다.

녹마병들의 시선도 자연스럽게 세 선인에게 쏠릴 수밖에
없었다.

비단 녹마병들만 그런 것이 아니었다. 녹마병들을 지휘하는 녹마장(綠魔將: 이 또한 피사노교의 용어가 아니라 동차원에서 부르는 명칭으로, 녹색 갑옷을 입고 다니는 악마의 장수들을 의미함)들도 차원을 넘어오자마자 이 3명의 선인들부터 공격했다.

상대적으로 이탄은 피사노 교도들의 주목을 받지 못했다. 아무런 법보도 사용하지 않고 맨몸으로 달려드는 이탄의 행태는 피사노 교도들의 입장에서는 같잖게 느껴질 뿐이었다.

하지만 시간이 조금 흐르자 녹마장들과 녹마병들의 감각이 이탄에게 쏠렸다.

"안 되겠다."

"저기 저놈부터 처리해야겠어."

녹마장들 가운데 몇 명이 고삐를 확 잡아채 말머리를 이탄에게 돌렸다. 녹마장들은 앞에 거치적거리는 부하들부터 치웠다.

"비켜라."

"저놈은 너희들의 상대가 아니다."

지휘관들의 명이 떨어지자 녹마병들이 후다닥 길을 열어주었다. 녹마장들이 그 사이로 거칠게 말을 달려 이탄을 향해 돌격했다.

마침내 선두의 녹마장이 이탄의 코앞까지 들이닥쳤다.

두두두두두—.

일반 말보다 머리통 하나는 더 큰 녹마장의 말이 이탄을 짓밟아 죽일 듯이 득달했다.

부웅!

녹마장은 말 위에서 이탄을 향해 대검을 휘둘렀다. 그보다 한발 앞서 대검에서 튀어나온 마귀의 얼굴들이 아가리를 쩍 벌리고 달려들어 이탄을 물어뜯었다.

이탄은 이번에도 아무런 방어를 하지 않았다. 그저 제자리에 우뚝 서 있을 뿐이었다.

"크흥, 미친놈."

녹마장이 이탄을 비웃었다.

그 순간이었다.

빠가각 소리와 함께 이탄을 물어뜯던 마귀의 얼굴들이 황당한 표정을 지었다. 아무리 애를 써도 이탄의 몸에 이빨이 박히지 않아서였다.

대신 이 마귀의 얼굴들도 이탄으로부터 반탄 공격을 받지는 않았다.

이탄은 집요하게 몸에 달라붙는 마귀의 얼굴들을 향해 중얼거렸다.

"흐으음. 금강체의 반탄력이 정신적 공격은 반사시키지 못하나 보구나. 금강체는 오직 물리적인 공격만 되받아치는 것일까?"

이번엔 녹마장의 대검이 이탄의 목을 후려쳤다.

이탄이 손등을 들어 상대의 대검을 막았다. 그냥 목으로 막아도 별 이상은 없을 것 같았으나, 혹시라도 목 주변에 타격을 받았다가 머리통이 몸에서 분리될까 봐, 그리하여 듀라한의 정체가 들통날까 봐 손등으로 막은 것이었다.

콰창!

대검과 손등이 부딪친 즉시 무지막지한 반동에 대검이 박살 났다. 그리곤 그 파편이 빛살처럼 뒤로 쏘아져 녹마장과 녹마장의 말을 한꺼번에 쓸어버렸다.

"크아악."

녹마장은 과연 지휘관급다웠다. 허무하게 죽은 녹마병과는 달리 온몸에 구멍이 숭숭 뚫린 상태에서도 완전히 숨이 멎지 않고 비틀거렸다.

"이, 이게 무슨?"

두 팔이 박살 나고, 상체의 3분의 2가 허물어진 상태에서 녹마장이 입을 쩍 벌렸다.

이탄이 고개를 갸웃했다.

"흐음. 마병들보다 공격력이 서너 배쯤 강했는데? 그래서 반탄력도 서너 배는 더 강하게 되돌아갔는데 그래도 몸이 터지지 않고 버티네?"

첫 번째로 달려든 녹마장이 피투성이가 되어 눈을 껌뻑이는 순간, 잇달아 달려온 녹마장 2명이 동시에 대검을 휘둘렀다.

왼쪽 상단에서 시작해서 오른쪽 하단까지 쫘악!

오른쪽 상단에서 시작해서 왼쪽 하단까지 쫘악!

두 녹마장은 서로 교차하여 공격하며 이탄의 몸을 X로 갈랐다.

그 즉시 100배의 반탄력이 일어나 두 녹마장과 그들의 말을 피보라로 만들었다. 이탄이 빙그레 웃었다.

"그럼 그렇지. 이 녀석들에게는 금강체가 통하네. 역시 네가 생명력이 특이하게 질겼던 것이로구나?"

이탄이 첫 번째 녹마장에게 눈길을 돌렸다.

그즈음 첫 번째로 이탄을 공격했던 녹마장은 땅바닥에 털썩 주저앉아 허물어지는 정신과 몸을 겨우 추스르는 중이었다.

이탄은 아무렇지도 않게 상대에게 걸어가 상대의 반만 남은 머리통을 지그시 지르밟았다.

뿌드득.

끈질기게 버티던 녹마장의 생명력이 비로소 끊겼다.

Chapter 3

시커멓게 열린 차원의 문 속에서 녹마병과 녹마장들이 봇물처럼 쏟아졌다.

이탄을 포함한 4명의 선인들은 피사노교의 교도들에게 둘러싸여 뿔뿔이 흩어질 수밖에 없었다. 온 사방이 온통 짙은 녹색으로 어른거려 선인들은 동료의 위치도 파악하지 못했다.

"아, 안 돼."

시곤이 혀를 꽉 깨물었다.

시곤은 지금 엄청나게 자책하는 중이었다.

'모두가 내 탓이야. 내가 우쭐한 마음에 마보를 꺼냈다가 이 엄청난 사태가 벌어진 게야. 나 때문에 이탄과 소용선자, 나련 선자가 죽게 생겼다고.'

그 죄책감이 시곤을 극단으로 몰아붙였다. 시곤은 혀를 깨물어 피를 잔뜩 입 안에 머금은 다음, 그 피를 허공에 뿜었다.

푸우우―.

분수처럼 솟구친 시곤의 피가 공기와 맞닿기 무섭게 부글부글 들끓었다. 시곤이 양손의 검지와 중지를 엇갈려 엮었다. 그리곤 시곤의 손가락이 '井' 자 모양을 만들자 놀라운 일이 벌어졌다.

뜨라락, 뜨라락, 뜨라라라락.

빠르게 딱딱딱 부딪치는 소리와 함께 시곤의 피가 새빨간 사슴벌레들로 변했다. 그 사슴벌레들이 눈 깜짝할 사이에 수천 마리, 아니 수만 마리로 불어나서 거대한 곤충의 떼를 이루었다.

이 붉은 사슴벌레들은 시곤의 피를 제물로 삼아 소환한 소환물들이었다.

시곤은 어지간한 위기상황이 아니면 붉은 사슴벌레들을 사용하지 않았다. 이 곤충들은 위력이 선1급 수준을 훌쩍 뛰어넘었으나, 대신 한 번 소환할 때마다 시곤의 생명력도 크게 줄어들기 때문이었다.

다만 지금은 시곤의 생명이 문제가 아니었다. 시곤은 '내가 이 자리에서 죽는 한이 있더라도 동료들은 살려야겠다.' 라고 결심했다.

"길을 뚫어라."

시곤이 우렁차게 외쳤다.

뜨라락, 뜨라라라락―.

붉은 사슴벌레들이 무서운 소리를 내며 녹마병들에게 달려들었다. 곤충들은 녹마장에게도 거침없이 달라붙었다.

몸이 강철보다 더 단단한 녹마병들이건만, 붉은 사슴벌레 떼가 달라붙어 갉아먹기 시작하자 눈 녹듯이 무너져 내렸다.

"끄아악, 마르쿠제의 사슴벌레다."

"이런 빌어먹을."

녹마병들이 두려움에 젖어 물러났다.

녹마장들도 주춤했다.

당장 녹마장을 태운 말들이 붉은 사슴벌레 떼에 놀라서 뒷걸음질 쳤다. 대검에서 뛰쳐나온 마귀의 얼굴들도 붉은 사슴벌레에게는 접근하지 못했다.

그렇게 길이 열렸다. 시곤의 눈에 나련 선자가 보였다. 나련 선자는 무려 5명의 녹마장에게 둘러싸여 피투성이가 된 상태였다.

"안 돼."

시곤이 나무방패에 올라타고는 나련 선자를 향해 쏜살같이 뛰어나갔다. 붉은 사슴벌레들이 그보다 한발 앞서서 길을 열었다.

시곤은 노련하게 나무방패를 조정하여 나련 선자가 머무는 공간 바로 위쪽을 스쳐 지나갔다. 그러면서 손을 길게 뻗어 나련 선자의 손목을 낚아챘다.

5명의 강적들 사이에서 고전을 하던 나련 선자가 휘익 뛰어올라 시곤의 나무방패에 올라탔다.

그 상태에서 시곤은 한 번 더 혀를 깨물었다.

푸화악!

시곤의 입에서 뿜어진 붉은 피가 사슴벌레로 변했다. 두 배로 늘어난 사슴벌레들이 허공을 넓게 장악하며 녹마병들을 물리쳤다.

하늘 한복판, 녹마병과 녹마장에게 둘러싸여 고전 중이던 철소용이 시곤과 나련을 보았다.

"소용아."

나련이 전력을 다해 연꽃을 던졌다. 빙글빙글 회전하면서 날아간 연꽃이 점점 더 커지더니 마침내 직경 40미터로 부풀어 녹마병들을 집어삼켰다.

녹마병들이 연꽃 속에서 무기를 휘두르며 활로를 뚫었다. 그 사이 붉은 사슴벌레가 와르르 달려들어 녹마병과 녹마장들을 한 번 더 억압했다.

"소용아, 어서 이리로 와."

나련이 길게 손을 뻗었다.

"알았어. 언니."

철소용이 마지막 남은 부적을 모조리 움켜잡아 허공에 뿌렸다. 그 부적이 나풀나풀 떨어지면서 창과 방패로 무장한 병사로 변했다.

철소용은 부적 병사들이 둥근 원을 만들어 사방을 경계하는 사이, 부적 병사들의 머리통을 발로 박차 나련 선자에게 건너왔다.

시곤이 나무방패를 조종하여 철소용을 마중 나갔다.

녹마장 한 명이 멀리서 눈을 번뜩였다.

"도망치지 못한다."

녹마장이 철소용의 등을 겨냥하여 대뜸 대검을 던졌다. 휘리릭 회전하면서 날아온 대검이 철소용의 등을 찔렀다.

"안 돼!"

시곤이 젖 먹던 힘까지 쥐어짜서 혀를 깨물었다.

시곤의 입에서 피가 뿜어졌다. 새로 소환된 붉은 사슴벌레들이 철소용 선자의 등 뒤에 뭉쳐서 단단한 방패가 되었다.

까앙!

녹마장이 던전 대검은 붉은 사슴벌레에게 부딪쳐 본래의 목적을 달성하지 못했다. 덕분에 철소용은 무사히 나무방패 위에 올라탔다.

시곤의 나무방패는 3명을 태우기엔 부족했다. 하지만 지금은 상황이 급박하여 세 선인이 서로를 끌어안고 동승할 수밖에 없었다.

시곤은 나무방패를 다시 조종하여 섬 위를 낮게 활공했다. 그러면서 붉은 사슴벌레를 부려서 녹마병들을 흩어놓았다.

Chapter 4

"쿠퍼, 쿠퍼, 어디에 있나?"

시곤이 목이 터져라 이탄을 찾았다.

"쿠퍼 공자. 아니, 이탄 공자."

"대체 어디에 있어요?"

철소용과 나련도 두 손을 입가에 모아 이탄을 불렀다. 세 선인이 이탄을 찾는 와중에 그 앞에서 붉은 피구름이 푸화 확 피어올랐다.

"헙!"

깜짝 놀란 시곤이 나무방패를 수직으로 들어 올려 급상 승했다. 시곤은 이 붉은 피구름이 피사노교의 흑마법이라 고 생각했다.

아니었다.

이 피구름은 이탄에게 달려들었던 녹마장과 녹마병들이 온몸이 으깨지면서 피보라로 변한 결과였다.

진동하는 피비린내 속에서 이탄이 땅을 박차고 뛰어올랐 다. 이탄은 자신의 비행 법보인 금속 실 위에 올라타서 여 유롭게 팔짱을 꼈다.

파앗!

눈 깜짝할 사이에 피구름을 돌파한 뒤, 이탄은 하늘 높이 둥둥 떠 있는 시곤을 향해 손을 흔들었다.

"저 여기 있어요."

이탄을 발견한 시곤이 울먹거렸다.

"이탄, 무사했구나. 다행이다. 정말 다행이야."

시곤의 눈에 비친 이탄은, 악전고투를 겪으면서 적진을 돌파하느라 완전히 피에 절은 모습이었다. 겉모습만 보면 이탄은 철소용이나 나련 선자보다도 더 처참해 보였다. 머리카락 끝부터 발끝까지 온통 피범벅인 탓이었다.

사실 이 피는 이탄의 것이 아니라 피사노 교도들의 것이었으나, 이탄은 굳이 그 사실을 동료들에게 알리지 않았다.

"서두르자. 어서 여기를 빠져나가야 해."

시곤이 이탄을 재촉했다.

"그러죠."

이탄도 실 형태의 비행 법보를 조종하여 하늘 높이 솟구쳤다.

시곤이 앞장섰다.

이탄이 그 뒤를 바짝 따랐다.

피사노교의 악마들이 차원의 문을 열고 남명으로 쳐들어왔으니 어서 이 끔찍한 소식을 남명의 선후배 수도자들에게 알려야 했다. 중대한 사명감에 3명의 수도자들은 아랫입술을 꽉 깨물었다.

오직 이탄만이 대수롭지 않은 표정으로 뒤를 돌아보았다.

까마득한 상공을 질풍처럼 날아가는 와중에도 이탄의 눈은 섬에서 벌어지는 일들을 생생하게 꿰뚫어 보았다.

녹마병과 녹마장에 이어서 이번에는 피사노교의 흑마법사들이 등장했다.

흑마법사들은 머리에 녹색 모자를 쓰고, 등에 녹색 망토를 둘렀으며, 거대한 회색 쥐에 올라탄 모습들이었다. 동차원의 수도자들은 이 마법사들에게 '녹마사(綠魔師)'라는 명칭을 붙여주었다.

녹마사를 태운 거대 쥐들이 기다란 수염을 까딱거리며 차원의 문을 통해 뒤뚱뒤뚱 기어 나왔다.

그 뒤를 이어서 초거대 마차가 한 대 등장했다.

드르르르륵—.

상상을 초월하는 크기의 마차는 차원의 문을 통과할 때는 적당하게 크기를 줄였다가 문 밖으로 나오자마자 본래의 엄청난 위용을 선보였다.

자그마한 동산을 통째로 옮겨놓은 듯한 초거대 마차는 총 3층으로 구성되었다.

마차 1층에는 발가벗은 차림에 목에 녹색 줄을 차고 있는 여자 16명이 각기 다른 자세로 서 있었다.

가마의 2층에는 역시 발가벗은 차림에 녹색 목도리를 길게 늘어뜨린 4명의 비계덩이들이 동서남북을 향해 책상다리를 하고 앉아 있었다.

비계덩이들이 어찌나 육중했던지, 그들의 축 늘어진 뱃살이 허벅지와 종아리 위로 흘러넘쳐 마차 2층 바닥에 닿을 지경이었다.

마지막으로 마차의 3층에는 노인이 한 명이 홀로 고고하게 자리했다.

노인은 흰 머리를 단정하게 뒤로 빗어 넘기고, 금빛과 녹색으로 장식된 천으로 온몸을 두른 차림이었다.

쿠우우우우—.

노인의 전신으로부터 보는 것만으로도 숨이 턱 막히는 기세가 흘러나왔다. 그 기세가 어찌나 강렬했던지 노인의 주변 공간이 온통 아지랑이에 뒤덮인 것처럼 일그러졌다.

그뿐만이 아니었다.

노인의 몸 주변에는 얼핏얼핏 고대의 문자 같은 것들이 흐릿하게 나타났다가 다시 사라지곤 했다.

신비로운 문자가 드러날 때마다 주변에 쿠르릉 쿠르릉 뇌성이 울렸다. 공간이 갈가리 찢겨나갔다.

이탄은 무려 수 킬로미터 밖에서 노인의 모습을 확인했다. 노인의 주변에 흐릿하게 흐르는 괴상한 문자들도 두 눈으로 똑똑히 목격했다.

'어라? 저건 만자비문 같은데?'

이탄의 눈에 이채가 감돌았다.

이탄이 판단컨대, 노인의 몸 주변에 흐릿하게 나타났다가 다시 사라지는 문자들은 피사노교 바이블 속의 만자비문 같았다.

물론 만자비문 전체가 아니라 일부 몇 글자에 불과했고, 그마저도 선명하지 않고 흐릿흐릿하였으나, 그래도 만자비문이 몸 주변에 흐르는 것만 보아도 저 노인이 피사노교에서 범상치 않은 신분인 것은 분명했다.

'피사노 싸마니야의 형제들 가운데 한 명일까? 분명히 그렇겠지? 풍기는 기세만 보면 과이올라 시에서 나와 맞부딪쳤던 피사노 싯다보다 더 강해 보이네.'

이탄은 검지로 관자놀이를 긁으며 옛 기억을 반추했다.

과거에 이탄은 과이올라 시에서 피사노 싯다를 만났었다. 당시 피사노 싯다는 직경 1킬로미터나 되는 거대한 검보랏빛 원반을 던져서 이탄을 공격했었다.

그 공격 몇 방에 과이올라 시 전체가 거의 폐허로 변했다.

한데 지금 마차를 타고 등장한 노인은 피사노 싯다보다도 더 강한 듯했다.

이탄이 마차 3층에 앉은 노인을 눈에 새기는 동안, 노인도 이탄이 사라진 방향으로 눈을 번쩍 떴다.

"응?"

노인의 눈꺼풀이 열리자 그 속에서 초록색으로 영롱하게 빛나는 눈동자가 드러났다. 노인은 그 섬뜩한 눈으로 이탄을 더듬었다.

"설마 아니겠지. 내가 착각을 했겠지. 내 아이들에게 쫓겨서 도망친 술법사의 몸에서 부정 차원의 냄새가 풍기다니, 그럴 리가 없지 않은가."

노인이 다시 눈꺼풀을 닫았다.

그 즉시 노인의 가슴팍에서 금속을 못으로 긁는 듯한 소리가 흘러나왔다.

Chapter 5

"아니야. 나도 분명히 냄새를 맡았어. 너희처럼 인간계에 한 발 걸친 놈들은 후각이 퇴보하여 제대로 냄새를 맡을 수 없겠지만, 나는 달라. 내 후각은 정확하다고. 이건 틀림없어. 분명히 부정 차원의 악마종이 흘리는 냄새야."

초록색 천이 벌어지면서 노인의 가슴팍이 살짝 드러났

다. 그 가슴 한복판에는 흉측하게도 악마의 얼굴이 생생하게 돋아 있었다.

악마는 머리에 2개의 뿔을 매달고 있었다. 시뻘겋게 번들거리는 눈알은 총 3개였다. 악마는 뱀처럼 두 갈래로 갈라진 혀로 자신의 얼굴을 핥았다. 악마의 턱 부위에는 수십 마리의 뱀이 매달려서 수염처럼 일렁거렸다.

이 악마는 노인과 결합하여 노인의 가슴에 기생 중이었다.

악마가 코를 킁킁거리며 이탄이 사라진 방향을 노려보았다. 조금 전 악마는 이탄에게서 부정 차원의 냄새를 맡았다.

엄밀하게 말해서 악마가 감지한 것은 이탄의 체취가 아니었다. 이탄의 피부 위에 한 꺼풀 덮여 있는 절망과 비탄과 통곡의 악마종 화이트니스(Whiteness: 순백)의 향기에 반응한 것이었다.

노인이 악마를 달랬다.

"그렇게 안달할 것 없다. 네 후각이 정확한지 아닌지는 곧 알게 될 게야. 이 일대를 통째로 쓸어버리고 나면, 조금 전에 꽁지가 빠져라 도망쳤던 애송이들도 다시 붙잡게 될 테니까 말이야. 그때 네 말의 진위를 확인해 보자꾸나."

"킥킥키. 알았다. 킥키키키."

악마는 턱에 매달린 뱀 떼를 위아래로 흔들며 기괴하게 키득거렸다.

노인이 눈꺼풀을 다시 닫았다.

그러는 와중에도 차원의 문을 통해서 피사노교의 병력들이 끊임없이 증원되었다.

녹마병.

녹마장.

거대 쥐의 등에 올라탄 녹마사.

16명의 여자와 4명의 비계덩이.

그리고 백발 노인을 태운 초거대 마차에 이르기까지.

여기에 더해서 이번에는 포악한 기운을 줄줄이 흘리는 몬스터들까지 등장했다. 그릇된 차원에 뿌리를 둔 몬스터들이었다.

크르르릉, 쿠우우우우─.

몬스터들은 누런 잇새로 썩은 고기 냄새를 풍기며 낮게 으르렁거렸다. 코를 킁킁거려 동차원의 공기 냄새를 맡기도 했다.

다양한 종류의 몬스터들 중에서도 특히 키가 3미터가 넘고, 잿빛 털이 무성하게 자라서 땅바닥을 쓸 정도이며, 온몸에 시뻘건 눈알 수십 개가 박혀 있는 몬스터가 유독 두드러졌다.

다른 몬스터들은 수십 개의 눈알을 지닌 이 몬스터를 두려워하는 듯 감히 주변에 얼쩡거리지 못했다.

이 몬스터의 종류는 유바.

그릇된 차원의 수억 종류의 몬스터들 중에서도 유바는 당당히 열 손가락 안에 꼽히는 강력한 종이었다.

대규모 몬스터 군단의 뒤를 이어서 붉은 양탄자 하나가 휘익 등장했다. 양탄자 위에는 콧수염을 기르고 머리 위에 붉은 터번을 두른 중년의 사내가 팔짱을 끼고 우뚝 서 있었다.

사내의 등 뒤에서 붉은 망토가 세차게 펄럭였다. 사내의 양쪽 손목에 착용된 은색 팔찌와 목에 건 은목걸이도 유난히 눈에 두드러졌다.

목걸이의 중앙에는 어린아이의 주먹만 한 루비가 박혀 있었는데, 그 루비가 시계추처럼 좌우로 까딱까딱 흔들렸다.

터번 사내가 하늘을 나는 양탄자 위에서 검지를 꼿꼿이 세워 허공에 원을 그렸다.

부와와와왁!

그 즉시 주변 공기가 무섭게 팽창했다. 그리곤 공간이 일그러지면서 그 속에서 양탄자를 탄 남녀 마인들이 우르르 등장했다.

새로 등장한 자들은 모두 터번 사내의 혈족들이었다.

마차 3층에 앉아 있는 노인이 힐끗 시선을 돌려 붉은 터번을 쓴 중년 사내를 바라보았다.

"다섯째가 왔는가?"

노인은 터번 사내를 다섯째라고 불렀다.

"예. 형님."

중년 사내가 노인을 향해 가볍게 목례를 했다.

노인은 가볍게 그 인사를 받고는 다시 고개를 제자리로 돌렸다.

"올 사람은 다 왔으니 이제 출발하자꾸나."

노인의 말이 떨어졌다.

드르르륵—.

노인을 태운 초거대 마차가 해안가를 가로지른 뒤, 바다 위로 거침없이 진격했다. 마차는 자그마한 동산, 혹은 섬을 연상시킬 정도로 거대하였으나, 놀랍게도 물속에 잠기지 않았다. 마치 바다가 육지인 것처럼 물 위를 드르륵 굴러갔다.

녹마병과 녹마장들도 바다 위를 그대로 걸어서 동차원 대륙으로 내달렸다.

녹마사들을 등에 태운 대형 쥐들도 파도와 파도 사이를 점프하며 빠르게 뭍으로 건너갔다.

안타깝게도 몬스터들은 물 위를 걷지는 못했다.

대신 거대한 뱀 형태의 몬스터 수십 마리가 첨벙 첨벙 바다로 뛰어들어 바다를 헤엄쳐 건너갈 준비를 했다.

그러자 나머지 몬스터들은 거대 뱀의 등에 올라타 바다를 횡단했다.

날개가 달린 몇몇 몬스터 종들은 바다 위를 빠르게 날았다. 비행 몬스터들의 등에도 육지형 몬스터들이 올라탔다.

철소용 선자가 모임을 위해 제공했던 섬은 육지로부터 불과 5킬로미터 정도만 떨어졌을 뿐이었다. 피사노교에서 파병한 대규모 군단은 눈 깜짝할 사이에 5킬로미터를 돌파하여 대륙에 상륙하기 시작했다.

"다 쓸어버려랏!"

선봉에 선 녹마장이 대검을 높이 치켜들었다.

끼야아아악—!

대검 손잡이 부근에서 튀어나온 마귀의 얼굴 수십 마리가 마치 폭죽이라도 터뜨리는 것처럼 현란하게 상공을 헤엄쳤다.

"와아아아아—."

"동차원의 술법사 놈들을 모조리 쓸어버리자."

무수히 많은 녹마병들이 거친 함성과 함께 뛰쳐나갔다.

두두두두두—.

녹색 로브를 펄럭거리는 녹마병들 사이에서 대형 말에 올라탄 녹마장들이 있는 힘껏 박차를 가했다. 말들이 전력을 다해 대지를 박찼다.

무리 뒤편에서는 초거대 마차가 쿠르릉 움직였다. 그 모습이 마치 커다란 동산이 밀려오는 것 같았다.

마차 옆쪽에서는 몬스터들이 거센 포효와 함께 내달렸다.

피에 굶주린 몬스터들은 거대 뱀이 육지에 완전히 도착하기도 전에 바다에 첨벙 뛰어들더니, 그대로 몇십 미터를 헤엄쳐 육지로 기어올라 왔다. 그리곤 눈 깜짝할 사이에 녹마병들을 따라잡았다.

비행 몬스터들이 대지 위에 커다란 그림자를 드리우더니 녹마병들의 머리 위를 휙휙 스쳐 지나갔다.

Chapter 6

갑작스러운 피사노교의 공습에 남명이 발칵 뒤집혔다.

"오염된 악마들이 쳐들어 왔습니다."

"비상. 비상."

"오염된 신의 자식들이 나타났어요."

하늘을 나는 나무방패 위에서 시곤과 철소용, 나련이 악을 썼다.

선인들은 그 소리에 깜짝 놀라 동부에서 뛰쳐나왔다. 그리곤 피투성이가 된 세 선인을 목격하고는 한 번 더 기함했다.

이탄도 세 선인들의 행동에 동참했다.

"비상사태가 벌어졌습니다. 비상사태입니다."

처음에는 이탄 등의 말을 아무도 믿지 않았다.

'미친 거 아냐? 오염된 신의 자식들이 동차원 깊숙한 지역에 어떻게 나타나겠어?'

'만약에 그런 일이 벌어졌다면 진즉에 경고 종이 울렸겠지.'

하지만 곧 선인들의 안색이 변했다. 저 멀리 뭉게구름처럼 치솟는 흙먼지 때문이었다.

이건 단순한 흙먼지가 아니었다. 그 속에서 사람의 등을 오싹하게 만드는 마기가 철철 흘러넘쳤다. 마기는 거미줄처럼 시커멓게 하늘을 뒤덮었다.

흙먼지에 이어서 우르릉 우르릉 지축을 흔드는 진동이 뒤따랐다.

"뭐야? 진짜로 오염된 신의 자식들이 쳐들어온 게야?"

"아니, 어떻게 이런 일이 가능하지?"

선인들의 얼굴에 경악이 어렸다.

피사노교의 악마들이 대체 어떻게 이곳까지 침투했는지는 알 수 없었다. 하지만 지금은 한가하게 원인 규명을 할 때가 아니었다. 일단은 저 악마들을 막고 봐야 했다.

"전쟁이다, 전쟁."

"오염된 자들이 쳐들어왔다. 다들 나와서 적들과 맞서 싸워라."

"비상. 비상."

선인들은 황급히 법보부터 챙겼다. 동작이 빠른 자들은 무기와 부적으로 중무장을 한 다음, 각자의 비행 법보에 몸을 실었다. 여기저기 흩어진 동부로부터 무수히 많은 수도자들이 휙휙 모여들었다.

이 자리에 집결한 자 가운데 대부분은 완급 수도자였다. 간혹 선급 수도자, 즉 선인들도 눈에 띄었다.

이탄이 주변을 휙 둘러보다가 반색을 했다.

"철룡 사형."

이탄의 사형인 철룡 선인이 오색구름을 몰아 수도자들 사이에 나타났다. 철룡은 남명의 선봉군단이라 칭송받는 금강수라종의 차석 종주였다.

"철룡 선인이시다."

"저분이 나타나셨으니 이제 문제없어."

수도자들이 철룡의 등장에 환호를 터뜨렸다. 일부 수도

자들은 벌써부터 승리를 자신했다. 철룡의 명성은 그만큼 높고 든든했다.

휘익—.

철룡 선인이 오색구름을 몰아 하늘 한복판의 태양과 겹쳐 섰다. 그리곤 먼 동쪽 해안가로 시선을 돌렸다.

"으으음."

끝을 헤아릴 수 없이 밀려드는 피사노교의 대군에 철룡이 입술을 꽉 깨물었다. 이어서 초거대 마차까지 목격하자 철룡의 얼굴에 핏기가 싹 가셨다.

철룡 선인이 바짝 긴장할 만큼 피사노교의 기세는 범상치 않았다. 특히 철룡의 눈은 초거대 마차 3층에 고요히 앉아 있는 노인에게 고정된 채 떨어질 줄을 몰랐다.

"쌀라싸! 어떻게 저 악마가 이곳에 나타났단 말인가!"

금강체를 극한으로 수련하여 그 어떠한 일에도 흔들리지 않는다는 철룡이었다. 하지만 노인의 정체를 알아본 순간 철룡의 눈동자는 폭풍 속에서 위태롭게 출렁거리는 조각배처럼 불안하게 진동했다.

노인의 정체는 그만큼 무시무시하였다.

피사노교의 서열 3위.

손가락 하나로 백만 마병을 일으켜 세우고, 숨결 한 번 불어 넣어 십만 기마대를 만들어낸다는 마군 중의 마군.

달리 '검녹의 마군'이라 불리는 쌀라싸가 남명 한복판에 나타났다. 그것도 어마어마한 대군을 몰고서 손수 쳐들어 왔다.

노인의 정체를 파악한 순간, 철룡이 이탄을 향해 악을 썼다.

"막내야, 당장 멸정동부로 가서 스승님을 청해라. 아니, 그것만으로는 부족하다. 금강수라종뿐 아니라 음양종과 제련종, 천목종의 대선인님들을 모셔 와야 한다. 내가 버틸 수 있는 시간이 그리 길지 않으니 당장 서둘러라."

철룡이 품에서 오색 깃털 부채를 꺼내어 크게 휘둘렀다. 부채에서 방출된 바람이 이탄과 철소용, 나련 선자 등의 몸을 허공으로 띄워서 후방으로 날려 보냈다.

철룡이 이탄 등에게 이러한 명령을 내린 이유는 두 가지였다.

첫 번째 이유는, 대선인급 거물들이 나서주지 않으면 결코 쌀라싸를 막을 수 없다고 판단했기 때문이었다.

또한 두 번째 이유는, 막내인 이탄과 그 친구들을 이 위험한 전쟁에서 빼내서 목숨을 구해주고 싶어서였다.

이탄은 속이 복잡했다.

'저기 몰려오는 피사노교의 교도들 가운데 누군가가 내 얼굴을 알아볼지도 몰라. 어서 이 자리를 피해야지.'

머릿속 한편으로는 이렇게 이기적인 마음이 들었다.

하지만 이탄의 마음속 다른 한 편에서는 철룡을 걱정하는 마음이 싹 텄다.

'철룡 사형 혼자 여기에 두고 가도 괜찮을까? 아까 마차 3층에 앉아 있던 늙은이의 정체가 뭔지는 모르겠으나 무척 위험한 냄새를 풍기던데. 사형도 위험하다고 느꼈으니까 나에게 대선인님들을 불러오라고 명령했겠지? 아무래도 내가 남아서 사형을 거들어야 하는 것 아냐?'

이탄이 머뭇거리자 철룡이 한 번 더 호통을 쳤다.

"이놈. 아직까지 떠나지 않고 뭘 하는 게야? 어서 가서 스승님을 비롯한 대선인님들을 모셔오라니까."

"네넵."

이탄이 금속 실을 타고 재빨리 날아갔다.

철소용과 나련 선자 등도 각자의 스승을 모셔오기 위해서 발빠르게 움직였다.

Chapter 7

철룡은 멀어지는 이탄 일행을 향해 희미하게 웃어 보였다. 그리곤 다시 전면으로 시선을 돌렸다.

"자, 이제 악마들과 싸워볼까?"

우르르릉!

갑자기 철룡의 몸속에서 우렛소리가 들렸다. 그의 하복부 깊은 곳에서 법력이 용암처럼 들끓어 오르면서 생성된 소리였다. 활화산과 같은 법력이 철룡의 온몸을 금강석보다 훨씬 더 단단하게 변모시켰다.

후옹!

철룡의 등 뒤에서 후광처럼 다섯 색깔의 광채가 터졌다. 그 광채가 둥그런 원반 모양으로 자리를 잡더니 테두리만 남은 태양과 찰칵 맞물려 들어갔다.

순간적으로 철룡 선인이 태양과 하나로 결합한 듯 보였다. 순간적으로 동차원을 비추는 태양이 오색태양으로 진화한 듯 보이기도 했다.

이것은 오륜태양(五輪太陽).

5개의 태양을 소환한 뒤, 그 태양을 불타는 수레바퀴처럼 굴려서 온 사방을 휩쓸어버리는 고대의 술법이었다. 철룡 선인은 스승인 멸정 대선인으로부터 오륜태양의 법결을 전수받은 이후 각고의 노력 끝에 그 정수를 구현하는 데 성공했다.

철룡 선인은 태양과 일체가 되는 듯한 착시현상을 만들어내었다. 그 상태에서 철룡이 동료 수도자들을 향해 우렁차게 외쳤다.

"선급 도우들은 모두 전투를 준비하시오. 완급 후배들은 선인들보다 한 발 뒤로 물러나 방어진을 구축하기 바라오. 오늘의 싸움은 실로 흉험할 것인즉, 다들 죽기를 각오하고 저 오염된 신의 자식들과 싸워야 할 것이오."

철룡의 목소리가 자못 비장했다.

남명의 수도자들이 철룡의 명을 적극적으로 받들었다.

"알겠습니다. 철룡 선인께서 저희들을 이끌어주십시오."

"저희는 선인께서 지시하시는 대로 따르겠습니다."

선급의 선인들은 철룡의 바로 아래쪽에 일직선으로 길게 늘어서서 각자의 법보를 꺼내들었다.

완급 수도자들은 선급의 선인들보다 한 발 뒤에서 10여 개의 진을 구축하여 피사노교와 맞대응할 태세를 갖췄다.

녹마장과 녹마병들이 그런 수도자들을 향해 구름처럼 밀려들었다.

"우와아아아아악!"

"동차원 놈들을 다 찢어 죽여라."

우렁찬 고함 소리와 함께 지극히 파괴적인 마기가 녹색 병사들과 한 덩어리가 되어 육지를 뒤흔들었다. 그 모습이 마치 불길한 녹색 구름이 아가리를 쩍 벌리고 대지를 집어 삼킬 듯 밀어닥치는 듯했다.

철룡 선인이 숨을 훅 들이마셨다.

철룡은 결코 동료들의 뒤에 숨는 자가 아니었다. 동료보다 한 발 앞에서 위험을 온몸으로 떠안으며 종파의 방패막이가 되고야 마는, 든든한 철벽과도 같은 사내였다.

지금 바다를 건너 우르르 밀려드는 피사노교의 노인과는 정반대의 성격을 가진 사람이 바로 철룡이었다. 피사노 쌀라싸가 수만 대군을 앞장세우고 본인은 뒤로 빠져 있는 것과 달리, 철룡은 해일처럼 밀려드는 적진을 향해 가장 먼저 뛰어들었다.

철룡이 몸을 날리는 것과 동시에 하늘의 태양이 지상으로 뚝 떨어졌다. 오색 빛깔의 태양은 테두리에서 시뻘건 홍염을 화르륵, 화르륵 내뿜으며 마치 불타는 수레바퀴처럼 녹마병들을 향해 떨어져 내렸다.

그러다 태양이 다섯 갈래로 갑자기 쫙 갈라졌다.

보는 것만으로도 열기가 확 끼치는 붉은 태양.

눈이 멀 듯이 강렬한 노란 태양.

겉으로는 차갑게 보이지만 그 속은 붉은 태양보다도 오히려 더 뜨거운 파란 태양.

왠지 모를 불길함과 난폭함을 함유하고 있는 보라 태양.

그리고 마지막으로 새하얀 태양.

5개의 태양이 대지에 내려앉으면서 온 사방을 뜨거운 열기로 뒤덮었다.

화르륵! 화르르륵!

"끄아아악."

선두에서 말을 내달리던 녹마장들이 붉은 태양에 휩싸여 눈 깜짝할 사이에 한 줌의 잿더미로 변했다.

그 뒤를 따르면 녹마병들은 푸른 태양 속으로 잡아먹히듯 빨려 들어가 타버렸다.

노란 태양이 백사장에 내려앉으면서 초고열을 내뿜었다. 하얗던 모래사장이 고열을 견디지 못하고 녹아 붙어 유리처럼 변했다. 백사장 위를 힘차게 내달리던 녹마장들이 말과 함께 파스스 가루가 되었다.

보랏빛 태양이 작열하면서 온 사방으로 보라색 빛기둥을 쫙쫙 뻗었다. 그 빛기둥에 얻어맞은 자들의 몸에 구멍이 숭숭 뚫렸다.

"끄억?"

녹마병들이 외마디 비명과 함께 녹아 없어졌다.

"켁."

녹마장들도 가슴에 구멍이 뻥 뚫리고 머리가 사라지면서 말안장에서 굴러떨어졌다.

오륜태양의 무시무시한 위력에 피사노교의 교도들뿐 아니라 동료 선인들도 깜짝 놀랐다.

"역시 철룡 선인이시구나."

"오오옷? 금강수라종의 법술이 어찌하여 음양종의 것보다도 더 열기가 넘친단 말인가?"

"저게 대체 무슨 법술인 게야?"

대부분의 수도자들은 지금 철룡이 구현한 법술이 어떤 것인지도 제대로 파악하지 못했다. 오로지 몇 명의 선인들만이 철룡의 오륜태양을 알아보았다.

선두의 녹마장과 녹마병들이 잿더미로 변하자 녹마사들이 행동에 나섰다. 그들은 거대 쥐의 등에 올라탄 채로 완드(Wand: 길이가 짧은 마법 지팡이)를 꺼내 전면으로 뻗었다.

슈오오옹!

수천 명의 녹마사들이 동시에 펼쳐낸 마법은 결코 만만치 않았다. 녹마사 한 명 한 명이 뿜어낸 녹색 광채가 중첩되고 또 중첩되면서 무려 수천 겹의 방어막을 만들어내었다.

철룡이 다섯 겹의 태양을 등에 업고 녹색의 방어막을 향해 뛰어들었다.

화르르르륵!

오륜태양의 넘실거리는 열기가 녹마사들이 만들어낸 수천 겹의 방어막 가운데 4분의 3을 단숨에 태웠다.

나머지 4분의 1도 얼마 버티지 못하고 재가 되어 스러질 것처럼 휘청거렸다. 그 타격이 고스란히 녹마사들에게 전달되었다.

"큭!"

"제기랄."

녹마사들이 입에서 피를 토했다. 그러면서도 녹마사들은 완드를 한 번 더 휘둘러 녹색 방어막을 보강했다.

철룡이 방어막을 한 번 더 후려쳤다.

Chapter 8

화르르륵!

붉은 태양이 방어막의 4분의 1을 태웠다. 노란 태양도 4분의 1을 소멸시켰다. 뒤이어 밀어닥친 파란 태양이 방어막의 태반을 뚫어내었으며, 보라색 태양이 마지막 한 장의 방어막까지 모조리 박살 냈다.

4개의 태양의 뒤를 이어 마지막으로 새하얀 태양이 전면에 나섰다. 하얗게 백열된 태양은 피사노교도들의 전신을 불살라 버릴 듯이 가공할 열기와 휘황한 광채를 흩뿌렸다.

"크웃!"

"버텨랏."

녹마사들이 젖 먹던 힘까지 마나를 끌어올려 완드에 주입했다.

쩌저저적!

수천 개의 완드로부터 뿜어진 녹색 벼락이 그물처럼 서로 연결되면서 전면으로 퍼져나갔다.

한데 그 벼락의 그물은 철룡의 오륜태양을 노리지 않았다. 철룡을 건너뛰어 그 뒤에 머물고 있는 남명의 선인들을 휩쓸었다.

"이런."

철룡의 눈이 흔들렸다.

지금 이 상황에서 동료들을 도울 수는 없었다. 철룡이 방출한 하얀 태양은 이미 녹마사들을 향해 화르륵 굴러간 이후였다. 여기서 태양의 방향을 함부로 변경했다가는 오히려 공격력만 약해질 뿐이었다.

'부디 잘 버텨다오.'

철룡은 동료들을 굳게 믿기로 마음먹었다. 그리곤 하얀 태양을 더 빨리 굴려서 녹마사들을 휩쓸었다.

그 사이 녹색 벼락의 그물도 선인들의 코앞까지 밀려들었다. 선인들은 각자의 법보에 법력을 불어넣어 녹색 벼락을 막았다.

"막앗."

"우리가 버텨야 한다."

어떤 선인은 커다란 연꽃을 날려 방패처럼 사용했다. 어떤 선인은 부채를 흔들어 바람의 벽을 세웠다. 또 다른 선인은 진흙으로 이루어진 거인을 일으켜 세워 동료들을 보호했다. 물을 소환한 선인도 있었다.

단 한 명의 선인도 뒤로 물러서지 않았다.

수천 겹이나 되는 녹색 벼락의 그물이 그 위를 해일처럼 덮쳤다.

진흙의 거인이 벼락의 그물에 휘감겨 사방으로 흙을 뿌리며 붕괴했다. 물과 바람으로 이루어진 방패가 산산이 증발했다. 연꽃 방어막이 화르륵 타버렸다. 이대로 세상이 무너지는 것만 같았다.

그 위기의 순간에 선인들의 법보가 한 번 더 위력을 발휘했다.

무너지던 진흙의 거인이 다시 굳세게 일어섰다. 재가 된 연꽃 뒤에서 새로운 연꽃잎이 크게 솟구쳐 바람개비처럼 팽글팽글 돌아갔다. 물의 벽이 만들어졌다. 바람이 온 사방을 어지럽게 뒤흔들었다.

수천 명의 녹마사들이 만들어낸 녹색 벼락의 그물도 선인들의 2차 저지선을 뚫지는 못했다. 녹색 그물이 찢겼다.

녹색 벼락도 힘을 잃고 잦아들었다.

"휴우우."

선인들이 겨우 안도의 한숨을 내쉬었다.

그 사이 철룡의 흰색 태양이 녹마사들을 집어삼킬 듯 덮쳤다.

"으협?"

녹마사들이 죽음을 눈앞에 두고는 두 눈을 질끈 감았다. 거대 쥐들이 흰색 태양의 열기를 견디지 못하고 겁에 질려 떨었다.

바로 그 순간이었다.

쭈웅!

동산처럼 거대한 마차 3층에서 녹색 빛이 일직선으로 뻗었다.

아니, 엄밀하게 말해서 이것은 녹색이라고 불릴 수는 없었다. 녹색 속에 검은 빛이 띠처럼 섞여서 줄무늬를 만들었다. 그 불길한 빛이 철룡이 구현한 흰색 태양을 단숨에 뚫고 들어와 철룡의 심장을 관통했다.

"큽!"

철룡이 반사적으로 몸을 틀었다. 빠른 반응 덕분에 검녹색 빛은 철룡의 심장 대신 왼쪽 어깨에 구멍을 내는 정도에 그쳤다.

그래도 피해는 제법 컸다. 철룡의 어깨가 움푹 팼다. 깊은 상처 속에서 검은색과 녹색의 불꽃이 비늘 모양으로 퍼졌다.

드래곤의 비늘을 연상시키는 불꽃은 눈 깜짝할 사이에 철룡의 어깨를 망가뜨리고 피부 밖으로 튀어나와 철룡의 목과 팔뚝을 향해 번져 나갔다.

"끄윽, 크아악!"

철룡이 두 주먹을 불끈 쥐었다.

철룡의 금강체가 발현되면서 육체의 강도를 무지막지한 수준으로 높였다.

그러자 검녹색 불꽃이 주춤했다. 하지만 검녹색 편린들은 이내 다시 기세를 올리며 철룡의 몸뚱어리를 집어삼키려 들었다.

철룡이 오른손 손바닥으로 왼쪽 어깨를 덮었다.

치이익!

"끄압."

섬뜩할 정도로 파괴적인 열기가 철룡의 오른손 손바닥을 뚫고 튀어나오려 들었다. 마치 철룡의 어깨 속에 녹색의 난폭한 드래곤이 파고들어 펄떡 펄떡 뛰노는 것 같았다. 어깨 뼈가 타버리고 살점을 인두로 지지는 듯한 고통에 철룡이 어금니를 꽉 깨물었다.

그렇게 철룡이 한눈을 팔자 하얀 태양이 스르륵 흐려지다가 결국 자취를 감추었다.

오륜태양이 무너지자 적들의 반격이 시작되었다.

"이럇!"

녹마장들이 철룡을 향해 곧장 말을 내달렸다. 그들의 손에 들린 대검이 마귀의 얼굴 수백 개를 동시에 내뿜었다.

"크윽. 젠장."

철룡은 오른손으로 왼쪽 어깨를 꽉 압박한 채 뒤로 후퇴할 수밖에 없었다. 철룡의 왼팔은 힘을 전혀 쓰지 못하고 아래로 축 늘어져 덜렁거렸다.

우르릉!

철룡의 발밑에서 오색구름이 뭉게뭉게 일어나 철룡의 몸을 허공으로 띄웠다.

마차 3층의 노인 쌀라싸가 서늘하게 웃었다.

"그냥 가려고?"

철룡의 눈에 쌀라싸가 검지를 드는 모습이 얼비쳤다.

"헙!"

철룡은 반사적으로 몸 전체를 뒤로 벌렁 드러눕혔다.

쭈웅!

쌀라싸의 검지에서 방출된 검녹색 빛줄기가 철룡의 가슴 위를 아슬아슬하게 스치며 지나갔다.

철룡이 제아무리 금강체를 완성했다고 하지만, 피사노교의 서열 3위인 쌀라싸의 일격을 막아낼 정도는 아니었다. 철룡은 오색구름 위에 드러누운 채로 허공을 크게 우회하여 후방으로 몸을 뺐다.

피사노교의 침공 III

Chapter 1

"놈을 쫓아라."

녹마장들이 고삐를 틀어쥐고 박차를 가했다.

두두두두, 말발굽 소리가 천지를 진동했다. 녹마장들 사이사이에서 거대 쥐들이 빠르게 달렸다. 녹마사들은 쥐의 등에 올라탄 채로 악단을 지휘하듯 완드를 휘저었다.

쩌저저저적!

완드에서 방출된 녹색 벼락들이 서로 얽히고설켜서 벼락의 그물을 형성했다.

남명의 선인들이 그 벼락에 대항하기 위하여 각자의 법보를 허공에 던졌다. 수백 자루의 검이 한꺼번에 공기를 찢으며 날아가 벼락 속에 뛰어들었다.

검을 날린 선인들이 검지와 중지를 붙여서 까딱거렸다. 검들이 그 손가락의 움직임에 맞춰 허공을 휘저으며 벼락의 그물들을 잘랐다.

그중에서도 금빛 검을 서른 여섯 자루나 날린 선인이 눈에 띄었다.

다름 아닌 검룡 선인이었다.

검룡 선인은 제련종에서 촉망받는 인물로, 서른여섯 자루의 검을 한꺼번에 사용하는 것으로 유명했다.

또한 검룡은 철룡 선인과 더불어 동차원의 수도계가 자랑하는 칠룡 가운데 한 명으로 손꼽혔다.

그 검룡이 피사노교의 침공 소식을 듣고 전쟁에 합류한 것이다.

"검룡 선인!"

철룡이 감격스러운 눈으로 검룡을 바라보았다.

"내가 왔네, 철룡."

검룡은 철룡을 향해 고개를 한 번 끄덕이고는, 서른여섯 자루의 금빛 검을 종횡무진 휘두르며 녹마사들이 만들어낸 벼락의 그물을 걷어내었다. 검룡의 검은 번쩍거리는 녹색 벼락에도 오염되지 않고 그물을 가닥가닥 끊어놓았다.

검룡의 놀라운 검술에 녹마사들의 눈이 휘둥그레졌다.

"이럴 수가."

"어떻게 검이 벼락을 끊을 수 있지?"

이번에는 녹마장들이 전면에 나섰다. 수십 명의 녹마장들이 말 위에서 대검을 X자로 휘둘렀다. 대검으로부터 마귀의 얼굴 수백 개가 동시에 날아오르더니 금빛 검에 집요하게 달라붙었다.

찐득찐득한 마귀의 얼굴 때문에 금빛 검이 날아다니는 속도가 현저하게 줄어들었다. 이렇게 느린 속도로는 벼락의 그물을 찢기 힘들었다.

"쳇."

검룡이 손에 묻은 물방울을 털 듯이 손가락을 좌우로 뿌렸다.

그 즉시 서른여섯 자루의 금빛 검이 허공을 빙글빙글 돌아 검룡의 등 뒤로 회수되었다. 서른여섯 자루의 금빛 검은 검룡의 등 뒤에서 부채꼴 모양으로 촤악 퍼지면서 공중에 둥실 떠올랐다. 그 모습이 마치 공작새가 화려한 꼬리를 쫙 펼친 듯했다.

철룡이 오색구름을 타고 날아올라 검룡의 옆으로 다가갔다.

검룡이 철룡의 왼쪽 어깨를 곁눈질했다.

"상처는 좀 어떤가?"

"크윽. 저 늙은 마두의 공격이 정말 지독하이. 어깨를 움직이기도 힘드네."

철롱이 쓰게 미소를 지었다.

검룡이 턱으로 후방을 가리켰다.

"어떻게든 내가 막아볼 터이니 자네는 뒤에서 법력을 가다듬게. 자네가 오륜태양을 한 번 더 펼치지 않고서는 저 많은 적들을 물리칠 길이 없네. 그러니 우선 부상을 치료하고 힘부터 모으게."

"알겠네."

검룡의 말이 옳았다. 다수의 적들을 상대하려면 철롱의 오륜태양이 필요했다. 그때를 위해서라도 지금은 철롱이 휴식을 취할 필요가 있었다.

철롱이 후방으로 빠진 사이, 검룡은 한 자루의 금빛 검에 올라타더니 적진을 향해 그대로 쏘아져 나갔다.

녹마장들이 대검을 크게 휘둘러 마귀의 얼굴들을 계속해서 뽑아내었다. 검룡은 서른여섯 자루의 금빛 검을 다시 날려서 녹마장들의 공격에 맞대응했다.

그때 수도자들 진영에 또 다른 병력들이 합류했다. 검룡이 적의 정면에서 집중 포화를 퍼붓고 시선을 빼앗는 사이, 허공에 수십 미터 높이의 환영이 일어나면서 적의 우측면을 그대로 들이받았다.

콰아앙!

적을 공격한 환영의 정체는 3개의 머리와 6개의 팔을 지닌 수라였다.

"금강수라종이다."

"남명의 선봉대, 수라가 나타났다."

수도자들이 환호했다.

우르릉, 우르릉, 우르릉.

수라가 6개의 팔을 휘두를 때마다 푸른 벼락이 번쩍번쩍 뛰놀고 우렛소리가 울렸다. 수십 미터 크기의 수라는 단지 팔만 휘두르는 것이 아니었다. 여러 개의 다리를 쿵쿵 구르며 피사노교의 악마들을 짓밟았다.

그 수라의 환영 정중앙에서 두 손을 마구 휘젓는 사내가 보였다. 산발머리를 대충 쓸어 올려 정수리 부근에서 꽁지를 묶고, 몸에는 남루한 옷을 걸친 사내였다.

사내의 주변에는 동류 수도자들이 여럿 보였는데, 그들의 차림도 중앙의 사내와 별다를 바 없었다.

철룡이 반색했다.

"막사광!"

그렇다. 수라의 환영을 몰고 전쟁터에 불쑥 뛰어들어 적의 우측면을 강타한 사내의 정체는 다름 아닌 막사광이었다. 철룡 선인의 사제이자. 피사노교와 오랜 싸움을 지속해 온 전쟁광 막사광.

그 막사광이 부하들과 함께 거대한 수라의 환영을 만들 어내어 적의 측면부를 치고 들어왔다.

적의 우측면이 무너지자 검룡도 싸우기가 한결 편했다.

"여기도 있다."

이번에는 하늘에서 천둥소리가 들렸다. 갑자기 하늘이 컴컴해지면서 거대한 새의 그림자가 온 땅을 뒤덮었다.

녹마병들이 하늘을 힐끗 곁눈질했다가 입을 쩍 벌렸다.

날개 한 장의 크기만 무려 400미터.

그런 날개를 무려 넉 장이나 펄럭이면서 커다란 붕조가 등장했다. 붕조는 등장과 동시에 온 하늘을 뒤덮었다.

Chapter 2

"붕룡!"

검룡이 반갑게 소리쳤다.

하늘에 뜬 저 붕조는 검룡의 친구인 붕룡이 키우는 영물 이었다. 붕룡은 음양종의 종주인 태극 대선인으로부터 이 붕조를 물려받아 지금까지 정성껏 돌보았다.

붕조가 시뻘건 눈으로 검룡과 철룡을 힐끗 훑어보았다. 그리곤 단숨에 적들의 머리 위로 날아가 커다란 부리를 쩌억 벌렸다.

뿌아아아아아—.

붕새의 부리에서 방출된 음파가 동심원을 그리며 날아가 녹마병들과 녹마장들을 휩쓸었다. 음파와 함께 차가운 돌풍이 불어 닥쳐 피사노 교도들을 공격했다.

"크악."

검룡을 향해서 말을 달리던 녹마장들이 그 돌풍에 휩쓸려 말에서 떨어졌다. 우당탕 땅바닥을 구르는 녹마장들을 말발굽이 짓밟고 지나갔다.

"아아악."

녹마장들이 찢어져라 비명을 질렀다.

단 한 방의 음파 공격으로 적의 중심부를 뒤흔든 다음, 붕조는 넉 장의 날개를 펄럭여 하늘을 크게 선회했다.

붕조의 개입 덕분에 검룡은 한결 더 싸우기 편해졌다.

대신 그만큼의 압박이 붕조에게 집중되었다.

거대한 마차 뒤에서 머리에 터번을 쓰고 양탄자를 탄 적들이 우르르 나타났다. 다름 아닌 피사노 캄사의 혈족들이었다.

피사노 캄사의 혈족들은 양탄자를 타고 붕조의 뒤를 바

짝 추격하면서 일제히 피리를 불었다. 표면에 뿔 달린 악마가 새겨진 피리들이었다.

삐이익!

피리로부터 날카로운 초음파가 방출되었다. 인간의 귀로는 들을 수 없는 높은 주파수의 초음파는, 붕조에게 집중되어 큰 고통을 안겨주었다.

뿌와아악? 뿌왁?

붕조가 넉 장의 날개를 퍼덕이며 크게 휘청거렸다.

"커헉."

붕조와 정신이 연결된 붕룡도 정신적인 타격을 받아 한 움큼의 피를 토했다.

붕룡은 붕조의 머리 위에 앉아서 붕조를 조종 중이었다. 그러던 중에 적들의 공격을 받아 뇌가 진탕되자 그대로 눈을 까뒤집으며 뒤로 넘어갔다.

컨트롤을 잃은 붕룡이 분노하여 부리를 쩍 벌렸다.

뿌와와와와와왁!

엄청난 굉음이 양탄자를 탄 흑마법사들에게 집중되었다. 흑마법사들은 기다렸다는 듯이 사방으로 흩어지며 붕조의 공격을 피했다.

화가 난 붕조가 날개를 퍼덕여 흑마법사들을 추격했다.

흑마법사들은 붕조를 살살 약을 올리면서 적진 깊숙이

유인했다.

뒤에서 검룡이 크게 소리쳤다.

"붕룡. 정신 차렷. 그렇게 넋을 놓고 적진으로 유인되면 위험햇."

그 소리에 붕룡이 부르르 머리를 털었다. 겨우 의식을 회복한 붕룡이 붕조를 컨트롤하여 옆으로 몸을 피했다.

하지만 이미 붕조가 적들이 유인작전에 끌려들어 갔던 터라 무사히 빠져나오기는 힘들었다. 붕조가 몸을 피하기 직전, 허공에 흑마법진이 쩌저적 등장했다. 이것은 피사노 감사의 혈족들이 힘을 합쳐 설치해놓은 흑마법진, 즉 덫이었다.

흑마법진은 눈 깜짝할 사이에 실체를 드러내고는 강한 인력으로 붕조를 잡아당겼다.

뿌와아아악!

붕조가 넉 장의 날개를 있는 힘껏 퍼덕여 흑마법진의 범위 밖으로 벗어나려 들었다.

검룡도 여섯 자루의 금빛 검을 빼돌려 붕조를 도왔다.

그때 이미 흑마법진은 완성되었다. 마법진의 영역 안에서 하늘이 급격히 컴컴해졌다. 그 시커먼 천공으로부터 수십 줄기의 혈뢰가 수직으로 떨어져 붕조를 강타했다.

빠직! 빠직! 빠카카카캉!

핏빛 벼락은 그 한 줄기 한 줄기가 끔찍한 원혼들을 품고 있었다. 그 원혼들이 벼락의 기운을 빌어 붕조의 법력을 훼손하고 날개를 찢었다. 날개 뼈를 으깼다.

뿌왁! 뿌와악!

붕조가 미친 듯이 퍼덕였다. 붕조는 날개 한 장의 크기만 무려 400미터에 달하는 거대한 영물이었다. 그런 영물이 고통에 겨워 울부짖는 울음이 선인들의 귀에 때려 박혔다.

흑마법진은 붕조의 고통을 에너지원으로 삼아 한 차례 더 충전되었다. 시커먼 천공으로부터 수십 줄기의 혈뢰가 또 낙하했다.

빠지직! 빠지지직 빠카캉!!

붕조가 부리를 딱 벌리고 온몸을 뒤틀었다.

"크아아악, 그만. 그만."

붕조의 머리에 매달려 붕룡이 양쪽 귀를 틀어막았다. 붕룡의 코와 눈, 입과 귀에서는 검붉은 피가 줄줄 흘렀다.

"이런. 안 되겠다."

검룡이 금빛 검들을 회수하여 재빨리 붕룡에게 날아갔다. 검룡이 휘두른 서른여섯 자루의 금빛 검은 흑마법진이 만들어낸 혈뢰를 막아 붕조를 고통에서 구해주었다.

대신 혈뢰와 부딪치면서 금빛 검들 가운데 상당수가 밝은 빛을 잃었다. 검룡이 수백 년 동안 제련하여 만든 금빛 검들은 녹색 벼락의 그물을 끊을 때도 오염되지 않았건만, 혈뢰와 부딪치자 곧바로 부식되기 시작했다.

"치잇."

검룡이 답답한 신음을 토했다.

그 사이 겨우 목숨을 건진 붕조가 날개를 힘차게 퍼덕여 흑마법진으로부터 벗어났다. 붕룡도 가까스로 정신을 차렸다.

문제는 전쟁터의 중심부였다.

조금 전까지 이 중심부는 검룡이 딱 버티고 서서 녹마장과 녹마병, 그리고 녹마사의 공격을 막아내고 있었다.

한데 검룡이 붕조를 구하기 위해 몸을 빼내자, 당장 그 자리에 구멍이 뚫렸다.

두두두두두—.

녹마장들이 무섭게 말을 내달려 수도자들을 공격했다. 마귀의 얼굴 수백 개가 동시에 떠올라 수도자들 사이를 유령처럼 헤집고 다녔다.

수도자들이 법보를 날려 마귀의 얼굴들을 상대했다.

그 사이 녹마사들이 완드를 휘저어 녹색 벼락의 그물을 또 방출했다. 먹구름처럼 우르르 밀려온 벼락의 그물이 수도자들을 순식간에 잠식했다.

Chapter 3

"끄아악!"

"아악, 피해랏."

녹색 벼락에 휘감긴 수도자들 사이에서 비명이 난무했다. 눈 깜짝할 사이에 수도자 수십 명이 목숨을 잃었다.

막사광도 위기에 빠졌다.

검룡이 자리를 비우자 녹마장들 가운데 일부가 말머리를 돌려 전장 우측면을 지원했다. 막사광이 손을 휘저을 때마다 수라의 환영은 거대한 방망이를 풍차처럼 휘두르며 녹마병들을 터뜨리던 중이었다. 한데 녹마장들이 그런 수라의 다리 사이로 파고들어 대검을 써걱써걱 휘둘렀다.

수라의 환영이 다리에 상처를 입고 비틀거렸다. 놀랍게도 녹마장들의 대검은 환영 상태인 수라에게 직접 타격을 입히는 것이 가능했다.

그 고통이 막사광과 그의 부하들에게 고스란히 전달되었다.

"큭."

막사광의 부하들이 수라의 환영 속에서 신음을 토했다.

막사광도 어금니를 꽉 깨물었다.

순간적으로 수라의 환영이 흐릿해졌다.

다리를 베고 지나갔던 녹마장들이 다시 말머리를 돌려 수라의 환영을 향해 달려들었다. 수라의 환영이 6개의 팔로 방망이를 휘둘러 온 사방을 동시에 타격했다.

"이크."

"이랴. 워워워."

녹마장들이 흠칫 놀라 말을 세웠다. 말들은 수라의 기세에 질려 가까이 접근하지 못했다.

하지만 녹마장들은 수라를 이대로 돌려보낼 생각이 없었다. 그들은 어느 정도 거리를 둔 상태에서 수라의 주변을 빙 둘러쌌다. 녹마병들도 서슬 퍼런 눈빛으로 녹마장들 뒤편에 섰다. 덕분에 막사광의 수라는 두 겹의 포위망에 갇힌 셈이었다.

적진 한복판에 고립되자 막사광도 가슴이 철렁했다.

"아아, 씨발. X 됐네."

막사광이 걸쭉하게 욕설부터 내뱉었다.

솔직하게 말해서 검룡이 붕룡을 구하기 위하여 자리를 비운 것부터가 문제였다. 검룡 입장에서는 친구인 붕룡을 구하는 것이 중요할 수 있으나, 전체적인 전쟁의 흐름상 냉정하게 친구를 포기하고 자리를 지켜야만 했다.

검룡의 오판이 팽팽하던 전세를 뒤집는 계기가 되었다.

"와아아아아—."

검룡의 빈자리를 노리고 녹마병과 녹마장들이 한층 속도를 높였다. 눈 깜짝할 사이에 거리를 좁힌 적들은 순식간에 남명의 수도자들을 에워쌌다.

이제 양측이 혼란스럽게 뒤섞여 버렸다. 남명의 완급 수도자들이 진법을 구축하여 주위를 둘러싼 녹마병들에게 저항했다. 남명의 선인들이 힘을 합쳐 거대 쥐에 올라탄 녹마사의 목을 베었다. 녹마장들이 빠르게 말을 달려 진법 속으로 미처 들어가지 못한 수도자들을 처단했다.

피가 사방으로 튀었다.

찢어지는 비명이 난무했다.

적과 아군이 이렇게 어지럽게 뒤섞이고 나면, 철룡이 법력을 회복하여 오륜태양을 다시 펼칠 때 그 위력이 반감되기 마련이었다.

"밀어내랏."

"오염된 악마들을 밖으로 밀어내. 적과 섞이지 않도록 아군 진영을 유지해야 한다."

"모두 기운 내. 허헉. 헉."

남명의 수도자들이 곳곳에서 악을 썼다.

그때였다. 땅에서 대나무가 높게 솟구쳐 벽을 이루었다. 은은하게 자줏빛깔을 띠는 이 대나무들은 어느새 10미터 이상 높이로 빼곡하게 자라서 숲을 이루었다.

녹마장 한 명이 힘껏 대검을 휘둘렀다. 하지만 대나무 한 자루도 베지 못하고 터어엉! 소리만 내었다.

"크윽."

오히려 녹마장의 손아귀가 파열되어 피가 흘렀다.

"자죽림(紫竹林: 자색 대나무 숲)이다. 죽룡께서 현신하셨다."

"남명의 수도자들은 모두 대나무 숲 뒤로 피해라."

철룡, 검룡, 붕룡에 이어서 죽룡까지 나타났다.

천목종의 기대주라 불리는 죽룡은, 비록 다른 칠룡에 비하여 공격력은 약하지만 방어력으로는 으뜸으로 손꼽혔다. 금강체를 이룬 철룡보다 더 방어력이 높은 선인이 바로 죽룡이라는 말이 떠돌 정도였다.

죽룡의 등장에 수도자들이 환호를 질렀다. 남명의 수도자들은 진법을 유지한 채 슬금슬금 몸을 이동해 자죽림 속으로 숨었다.

놀랍게도 자색 대나무들은 남명의 수도자가 가까이 다가오면 스르륵 길을 열어주었다. 반대로 피사노교의 적들이 접근하면 빽빽하게 앞을 가로막고 절대 들여보내 주지 않았다.

저 멀리 수 킬로미터 밖에서 쌀라싸가 자죽림을 보았다. 쌀라싸의 가슴에 결합된 악마가 뱀으로 만들어진 수염을 꿀렁거리며 아는 체를 했다.

"저 대나무숲을 전에 본 적이 있지. 죽노라는 꼬맹이가 쓰던 주술인데, 제법 끈질겼어."

쌀라싸가 답했다.

"죽노라면 나도 겨뤄본 기억이 있군. 그런데 저 대나무숲은 내가 보았던 과거의 대나무숲보다 기력이 못하군."

쌀라싸가 입에 담은 죽노는, 죽룡의 스승이자 천목종의 대선인이었다. 사실 죽노가 펼치는 자죽림에 비하면 죽룡의 자죽림은 숲이라고 부를 수도 없었다. 그저 조그만 대나무 군락에 불과할 뿐이었다.

"비록 기력은 미약하다고 하나, 아이들의 힘만으로는 저 대나무 숲을 뚫기 어려울 게야. 좀 도와주는 게 어때?"

악마가 쌀라싸를 부추겼다.

쌀라싸는 아무 소리 않고 검지를 들었다.

쭈웅—.

쌀라싸의 검지에서 방출된 녹색 빛이 검은 띠를 속에 품고 날아가 자죽림과 충돌했다.

화르르륵!

그 즉시 검녹색 화염이 드래곤의 비늘 모양으로 일어나 자줏빛 대나무를 태웠다.

녹마사의 녹색 벼락의 그물에도 끄떡없던 자죽림이었다. 녹마장들이 대검을 마구 휘둘러도 흠집 하나 생기지 않던 자죽림이었다.

그런데 쌀라싸의 검녹색 편린은 그 단단한 자줏빛 대나무를 눈 깜짝할 사이에 태워버렸다. 그것으로도 모자라서 검녹색 편린들이 옆으로 휙휙 날아가 새로운 대나무를 불사르기 시작했다.

"이럴 수가!"

자죽림 속에서 죽룡이 입을 쩍 벌렸다.

죽룡은 대나무처럼 몸이 삐쩍 마르고, 얼굴이 세로로 갸름했으며, 키는 190센티미터나 되는 장신이었다.

Chapter 4

죽룡이 법력을 불어넣자 새로운 대나무가 땅에서 쑥쑥 올라왔다. 검녹색 편린들은 그 대나무까지 모두 불사르며 점점 더 범위를 넓혔다.

"이이익."

죽룡이 진땀을 뻘뻘 흘리며 대나무를 계속 새로 만들었다.

그 속도보다 검녹색 편린들이 퍼지는 속도가 더 빨랐다.

결국 죽룡이 견디지 못했다.

"크윽."

죽룡은 잇새로 신음을 토한 다음, 뒤로 100미터나 후퇴했다.

죽룡이 법력을 회수하여 물러서자 자죽림이 와르르 허물어졌다. 자죽림 속에서 겨우 한숨 돌렸던 수도자들도 분분히 날아올라 뒤로 후퇴했다.

"이랴."

길이 뚫리자 녹마장이 가장 먼저 달려들었다.

그 뒤를 녹마병과 녹마사들이 뒤따랐다.

수도자들이 위기에 몰린 순간, 하늘에서 거친 호통이 터졌다.

"이놈들."

크게 소리를 지르며 나타난 사람은 바로 검룡이었다.

조금 전 검룡은 붕룡을 구하려다가 아군에게 큰 피해를 입혔다. 그 잘못을 깨달은 즉시 검룡이 제자리로 돌아와 무시무시한 기세로 적들을 공격했다. 서른여섯 자루의 금빛 검들이 허공을 난도질하며 녹마장의 허리를 베었다. 녹마병의 머리를 잘랐다.

비록 검룡의 검들 가운데 상당수가 혈뢰와 맞부딪치면서 오염되기는 했으나, 아직까지 그 날카로움은 유지되었다.

"휴우."

검룡의 지원사격에 죽룡이 안도의 한숨을 내쉬었다.

하지만 이내 죽룡의 얼굴이 하얗게 질렸다.

"어어엇? 저, 저것은!"

죽룡의 오른쪽 허공이 투명한 존재들로 가득 차서 크게 꿀렁거린다 싶더니, 그 투명한 장막이 일순간에 확 걷히면서 사악한 몬스터들이 튀어나왔다.

끄어어어엉!

몬스터들의 포효가 하늘과 땅을 진동시켰다.

몬스터들은 놀랍게도 투명 장막에 숨어서 전장을 크게 우회한 다음, 수도자들의 우측 뒤편을 기습 공략했다.

이런 전략적 행동이 가능하게 만들어준 존재가 바로 유바였다. 그릇된 차원의 수억 종류의 몬스터들 가운데 당당히 상위권 10위 안에 드는 유바 말이다.

키는 3미터에, 잿빛 털을 땅바닥까지 길게 늘어뜨리고, 온몸에 수십 개의 눈알이 박혀 있는 이 괴이한 몬스터는 무려 수 킬로미터 영역에 투명한 장막을 둘러 동료 몬스터들의 흔적을 숨겨주었다.

그 상태에서 몬스터들이 남명의 수도자들을 속이고 우회 공격을 시도했다.

끄어어엉!

갑자기 허공을 찢고 튀어나온 거대 뱀이 여수도자 한 명을 휙 낚아채 하늘 높이 대가리를 솟구쳤다.

"꺄아악."

뱀의 아가리 속에서 여수도자가 발버둥 치다가 콰득 소리와 함께 허리가 둘로 잘렸다. 뱀은 여수도자의 몸을 통째로 목구멍에 넣고 꿀꺽 삼켰다.

고양이의 눈알에 표범의 앞발을 가지고 허리는 종잇장처럼 얇은 몬스터가 거대 뱀의 뒤를 이어 투명 장막 속에서 튀어나왔다.

이 몬스터는 얇은 허리를 펄럭거리며 기괴한 각도로 몸을 틀어 남명의 수도자 한 명의 뒷목을 물었다.

"크앗, 떨어져라, 이 괴물아."

수도자가 몬스터의 얼굴에 부적을 붙였다.

쩌저정!

부적 주변이 순식간에 얼어붙으면서 수도자를 공격했던 몬스터가 멈칫했다. 수도자는 목에서 피를 철철 흘리면서 겨우 몸을 빼냈다.

아니, 빼내는 것처럼 보였다. 몬스터는 안면이 꽝꽝 얼어붙은 상태에서도 종잇장처럼 얇은 허리를 움직여 도망치는 수도자의 몸을 빙글빙글 휘감았다.

그 얇은 허리로부터 날카로운 이빨이 우수수 튀어나와 수도자의 온몸을 씹어 먹었다.

알고 보니 이 몬스터의 얼굴은 진짜 얼굴이 아니었다. 얇은 허리가 진짜 아가리가 매달린 얼굴이고, 앞쪽 얼굴처럼 보인 것은 장식에 불과했다.

"이런 사악한 것들 같으니. 당장 물러가지 못할까."

선인급 수도자 한 명이 방울을 꺼내어 격렬하게 흔들었다.

딸랑딸랑딸랑.

방울 소리에 타격을 받은 듯, 거대한 뱀이 휘청거렸다. 다람쥐를 닮은 몬스터들도 바르르 몸을 움츠렸다.

하지만 유바에게는 방울 소리가 통하지 않았다.

수도자의 주변이 투명하게 꿀렁거린다 싶더니, 그 속에서 잿빛 털에 뒤덮인 손이 불쑥 튀어나왔다.

퍼억!

선급 수도자의 머리가 유바의 공격 한 방에 수박처럼 으깨졌다.

유바는 온몸에 박힌 수십 개의 눈알을 데룩데룩 굴리고는, 전방의 적들을 향해 성큼 발을 내디뎠다.

유바의 뒤를 따라 무수히 많은 몬스터들이 우르르 들고 일어났다.

몬스터 군단의 어마어마한 공세에 수도자들의 얼굴이 까맣게 죽었다.

"크읏, 안 되겠다."

철룡이 마침내 다시 전장에 복귀했다.

원래 철룡은 조금 더 상처를 치료하고 법력을 더 끌어모으려 했다. 그의 왼쪽 어깨에 박힌 검녹색 편린은 아직까지 완전히 해소되지 않았기 때문이다. 만약 이 상태에서 철룡의 법력이 크게 손실된다면, 꺼져가던 검녹색 불꽃이 다시금 거세게 타올라 철룡의 몸을 불태울 것이다.

그 사실을 잘 알면서도 철룡은 나설 수밖에 없었다. 아군 수도자들이 몬스터들에게 공격을 받아 떼몰살을 당할 판이기 때문이다.

좌라락, 찰칵!

오색구름을 몰아 하늘 높이 솟구친 철룡이 오륜태양을 다시 펼쳤다. 테두리만 있는 동차원의 태양이 철룡의 오색 원반과 결합하여 다섯 색깔의 태양으로 변했다. 그 태양이 하늘 정중앙에서 갑자기 뚝 떨어져 지상으로 낙하했다.

쿠와앙! 화르르르륵~.

철룡의 붉은 태양이 불 타는 수레바퀴처럼 굴러서 몬스터들을 휩쓸었다.

그와 동시에 철룡이 크게 소리쳤다.

"죽룡, 아군을 보호하시게."

철룡의 말이 떨어지기 무섭게 죽룡이 자죽림을 소환했다.

Chapter 5

은은하게 자줏빛이 감도는 대나무들이 우후죽순으로 일어나 아군 수도자들을 붉은 태양으로부터 보호했다.

붉은 태양의 뜨거운 열기도 자죽림의 신비한 울타리를 침범하지는 못했다.

몬스터들이 붉은 태양 속에서 온몸을 뒤틀며 타죽었다.

이어서 노란 태양이 작열했다. 사방팔방으로 퍼지는 강렬한 빛살에 몬스터들이 눈이 멀고 피부가 재로 스러졌다.

붉은 물결과 노란 물결이 장장 수 킬로미터 영역에 걸쳐서 퍼져나간 뒤, 파란 태양이 대지를 불태웠다.

투화확!

강렬한 빛 속에서 붉은 태양보다 더 가공할 열기가 몰아쳤다.

수백 마리의 몬스터들이 이 한 방에 잿더미로 변했다.

이어서 자줏빛 태양이 떠올랐을 때는, 몬스터들이 크게 겁을 집어먹고 멀리 후퇴한 뒤였다.

심지어 유바도 자줏빛 태양의 열기를 견디지 못하고 수 킬로미터 밖으로 피신했다. 투명한 장막이 꿀렁거리는 사이로, 언뜻언뜻 몸에 화상을 크게 입은 유바의 모습이 얼비쳤다.

"크윽."

안타깝게도 철룡은 도망치는 몬스터들을 뒤쫓지 못했다.

만약 철룡이 마지막 하얀 태양까지 소환하여 몬스터들의 뒤를 쫓았다면, 몬스터 군단은 궤멸에 가까운 타격을 입었을 뻔했다.

하지만 지금 철룡은 손가락 하나 까딱할 수 없는 상태였다. 철룡은 검녹색 편린을 완전히 없애지 못한 상태에서 무리하게 오륜태양을 펼쳐서 법력을 쏟아부었고, 그렇게 법력이 소진되자 검녹색 편린이 다시 기세등등하게 일어나 철룡의 왼쪽 어깨를 불태웠다.

"끄으으으악."

철룡이 오른손 손바닥으로 왼쪽 어깨를 감싸며 울부짖었다.

"철룡 선인, 괜찮은가?"

죽룡이 황급히 달려와 철룡 주변을 자죽림으로 뒤덮었다.

그 속에서 철룡이 바닥에 쓰러져 나뒹굴었다. 입에서 피를 토하고, 어깨에서 하얀 연기를 내뿜으며, 이마에 땀이 송글송글 맺힌 철룡의 모습은 보기에 안쓰러울 정도였다.

"철룡 선인."

죽룡이 발을 동동 굴렀다.

철룡이 쓰러질 즈음, 막사광도 죽음을 코앞에 두었다.

막사광은 적진 한복판에 고립되어 적들의 연합 공격을 받았다. 수라의 환영이 여섯 자루의 거대한 방망이를 마구 휘두르며 버텼으나, 결국엔 법력이 고갈되어 방망이를 휘두를 기력조차 남지 않았다.

점차 흐려지던 수라의 환영은 결국 한 줌의 물거품으로 변했다. 수라의 환영이 사라지자 막사광과 그의 부하들이 맨몸 상태로 적진 한복판에 고스란히 드러났다.

"놈들을 찢어 죽여라."

녹마장이 대검의 끝으로 막사광을 가리켰다.

"우와아아아—."

"저놈들을 갈가리 찢어라."

녹마병들이 벌떼처럼 달려들었다.

막사광이 죽을힘을 다해 방망이를 휘둘렀다. 그러면서 부하들의 목덜미를 휙휙 낚아채 자신의 원반에 실었다.

까앙!

멀리서 날아온 화살이 막사광의 원반을 떨어뜨렸다.

땅바닥에 떨어진 막사광의 부하들을 향해 녹마병들이 우르르 달려들었다. 막사광의 부하들이 하나둘 녹마병들의 무기에 난도질당해 죽었다.

"안 돼! 안 된다. 이놈들아."

막사광이 피눈물을 뿌렸다.

막사광은 충분히 잘 싸웠으나, 적이 너무 많았다. 마침내 막사광과 등을 맞대고 버티던 마지막 부하가 녹마장이 휘두른 대검에 목이 썽둥 날아갔다.

"크아아, 안 돼애애ㅡ."

막사광이 길게 악을 썼다.

그런 막사광의 등을 녹마장의 대검이 푹 찔렀다.

"커헉!"

막사광이 두 눈을 부릅떴다.

만일 막사광이 금강체를 연마하지 않았더라면, 이 한 방에 심장이 터져서 죽을 뻔했다. 다행히 막사광의 단단한 피부가 대검을 부러뜨려 주었고, 덕분에 막사광의 심장도 무사했다.

하지만 심장이 터지지 않았다고 해서 막사광이 무사한 것은 아니었다. 막사광은 가슴이 쩍 갈라지는 상처를 입고서 크게 비틀거렸다.

그때 또 다른 대검이 사선으로 날아와 막사광의 머리를 찍었다.

다행히 막사광은 두개골도 금강체를 이루었다. 비록 철룡처럼 완전한 금강체는 아니지만, 다른 선인들의 두개골보다는 훨씬 더 단단했다.

까앙!

막사광의 머리를 벤 대검이 오히려 뒤로 튕겨 나가면서 날이 상했다.

대신 막사광의 머리도 움푹 팼다. 상처 부위에서 피가 철철 흘렀다.

"끄어."

비틀거리던 막사광이 뒤로 털썩 주저앉았다.

멀리서 녹마사가 그 모습을 보았다.

빠지직!

녹마사가 완드를 휘저어 벼락을 일으켰다. 완드 끝에서 방출된 녹색의 벼락이 막사광의 머리를 한 번 더 지졌다.

"커헉."

막사광의 두개골에서 허옇게 연기가 피어올랐다.

녹마장 한 명이 말에서 내려서 막사광 앞에 섰다.

"이제 그만 가라. 이 질긴 녀석아."

녹마장은 두 손으로 대검의 손잡이를 꽉 움켜쥐고는 하늘을 향해 번쩍 치켜들었다.

막사광의 눈에 얼핏 체념의 빛이 스쳤다.

'내가 이렇게 죽는 건가? 스승님과 철룡 사형, 그리고 막내가 보고 싶구나. 하아아―.'

막사광의 뇌리에 얼핏 세 사람의 얼굴이 스쳐 지나갔다.

부왕—.

녹마장이 풀스윙한 대검이 막사광의 목덜미를 향해 정확히 떨어졌다. 제아무리 막사광이 금강체를 연마했다고 하더라도 이 공격을 맞으면 무사하기 힘들었다.

바로 그 순간이었다. 까마득한 하늘 위, 구름 높이로부터 쏜살같이 낙하한 물체가 막사광의 목을 베던 녹마장을 향해 벼락처럼 내리꽂혔다.

Chapter 6

꽈앙!

종이 깨지는 듯한 소리가 울렸다. 그 소리가 어찌나 컸던지 주변 사람들이 모두 막사광 쪽을 돌아보았다.

놀랍게도 막사광은 죽지 않았다. 대신 막사광을 향해 대검을 휘두르던 녹마장이 거대한 폭발에 휘말려 온몸이 터져버렸다. 녹마장의 살점이 사방으로 흩어졌다. 이어서 허공에 아스라이 피의 비가 뿌려졌다.

"막내야?"

막사광이 두 눈을 부릅떴다.

"사형."

조금 전 하늘 꼭대기에서 무시무시한 속도로 내리꽂혀 녹마장을 온몸으로 들이받고, 그 결과 녹마장을 산산이 터뜨려버린 물체의 정체는 다름 아닌 이탄의 몸뚱어리였다.

이탄은 철룡 사형의 명에 따라 멸정동부에 위기 상황을 알렸다. 그 다음 즉시 전장으로 복귀했다.

'마차 위의 늙은이가 마음에 걸려. 아무래도 그 늙은이와 부딪쳤다가는 철룡 사형이 죽을 것 같아.'

이탄은 철룡을 구하기 위해 전력을 다해 다시 전쟁터로 날아왔다.

한데 철룡의 모습은 어디에도 보이지 않았다. 대신 막사광이 죽음을 코앞에 둔 상태였다.

마음이 급해진 이탄은 다짜고짜 온몸을 가속하여 막사광을 죽이려는 적을 들이받았고, 그 결과 적의 몸뚱어리를 단숨에 터뜨려 버렸다.

"이게 꿈인가? 막내가 어떻게 여기에 왔지?"

막사광이 휘둥그레진 눈으로 이탄을 올려다보았다.

이탄이 막사광을 번쩍 들어 옆구리에 끼었다.

"사형, 자세한 이야기는 나중에 하시죠."

이탄은 금속 실에 올라타서 허공으로 휘릭 날아올랐다.

"어딜 도망치려고?"

"갈 때 가더라도 목숨은 내놓고 가라."

녹마장들이 이탄과 막사광을 향해 대검을 날렸다.

따다다당!

이탄은 손등으로 대검들을 쳐낸 다음, 벼락처럼 후방으로 몸을 뺐다.

이탄의 손등과 부딪친 순간, 녹마장들의 대검들은 100배의 힘으로 튕겨나가 주인을 피보라로 만들었다.

만약 막사광이 이 모습을 보았더라면 기겁을 했을 것이다. 하지만 막사광은 이탄의 옆구리에 끼워진 순간부터 정신을 잃었다.

"사형 좀 챙겨주세요."

이탄은 막사광을 후방 안전지대의 수도자들 사이에 내려놓았다. 그 다음 수도자들이 뭐라고 말을 걸기도 전에 금속실을 타고 다시 전쟁터로 날아갔다.

따다다당!

이탄의 몸에서 금속성 폭음이 연신 터졌다. 녹마장들이 휘두른 대검이 이탄의 몸을 때리는 소리였다.

그 즉시 100배 위력의 반탄력이 발현되었다. 대검이 미세한 가루로 부서졌다. 그 뾰족한 파편들은 처음 대검이 날아들던 속도의 100배로 되돌아가 녹마장들의 전신을 피보라로 만들었다.

이탄은 아무 짓도 하지 않았다. 그저 녹마장들이 불나방처럼 이탄에게 달려들었다가 온몸이 피보라로 변해 흩뿌려질 뿐이었다. 덕분에 이탄의 주변엔 붉은 피보라가 구름처럼 뭉쳐서 피어올랐다.

이탄은 그렇게 한 무리의 피구름을 몰고 다니며 적진을 헤집었다.

이탄은 적을 먼저 공격하지는 않았으나, 적들이 걸어오는 싸움을 피하지도 않았다. 그는 녹마장들과 녹마병들이 가장 밀집해 있는 지역만 골라서 뛰어들었고, 그곳에서 피구름을 크게 일으켜 그 구름으로 몸을 감춘 뒤, 새로운 지역으로 이동했다.

멀리서 보면 그 모습이 마치 거대한 악마가 핏빛 지우개를 쓱쓱 문질러서 녹마장과 녹마병들을 지워버리는 것 같았다.

이탄의 해괴한 움직임이 쌀라싸의 시선을 잡아끌었다.

엄밀하게 말해서 쌀라싸가 아니라 그와 결합한 악마가 먼저 이탄을 주목했다.

"저건 또 뭐지? 왠지 모르게 나를 잡아끄는 기운이 느껴지는데?"

이탄의 존재를 인식한 악마가 문득 이렇게 중얼거렸다.

쌀라싸는 비로소 이탄에게 시선을 주었다.

"흐으음. 저 핏빛 구름이 너의 관심을 잡아끈다고? 혹시 저 구름 속에 무엇이 들어있는지 느껴지는가?"

쌀라싸가 악마에게 물었다.

악마가 고개를 갸웃했다.

"글쎄? 정확하게 파악되지는 않아. 하지만 저 구름 속에서 왠지 모르게 부정 차원의 냄새가 나는 것 같기도 해."

"부정 차원? 아까 전에 섬에서 느꼈던 그 기운인가?"

악마는 동차원으로 넘어오자마자 이탄을 맞닥뜨렸고, 그 즉시 이탄에게서 풍기는 부정 차원의 기운을 느꼈다.

조금 더 정확하게 말하자면, 악마가 느낀 것은 이탄 그 자체가 아니었다. 이탄이 망토처럼 몸에 두르고 다니는 화이트니스가 악마의 후각을 자극했을 뿐이다.

이번에도 악마는 어렴풋이 화이트니스의 냄새를 맡았다. 악마가 핏빛 구름을 노려보면서 콧구멍을 벌름거렸다.

"킁킁킁. 글쎄다? 뭔가 냄새가 나는 것 같기도 하고, 아닌 것 같기도 하고. 궁금하니까 한 번 저놈 좀 잡아봐."

"그러지."

악마의 요청에 쌀라싸가 검지를 뻗었다. 뾰족한 손가락이 이탄을 가리킨 순간, 쭈웅! 하고 검녹색 편린이 날아갔다.

이 편린에 맞아 철룡이 큰 고통을 겪었다. 죽룡의 자죽림도 이 편린 때문에 눈 깜짝할 사이에 홀랑 타버렸다.

하지만 그 대단한 편린도 이탄에게는 통하지 않았다.

"이건 또 뭐야?"

이탄은 쌀라싸가 쏘아 보낸 검녹색 편린을 향해 날벌레를 쫓듯이 아무렇게나 손을 휘둘렀다.

탁! 틱!

이탄의 손등에 맞아 검녹색 편린들이 옆으로 튕겨나갔다.

쌀라싸의 검녹색 편린은 겉모습과는 달리 물리적 실체가 있는 공격이 아니었다. 이 편린이 실제 불꽃이나 비늘이 아니라는 뜻이었다.

Chapter 7

검녹색 편린은 쌀라싸가 고대의 흑마법으로 원혼을 가다듬어 만들어낸 영적인 공격이었다. 그런 이유 때문에 이탄의 손과 부딪쳐도 검녹색 편린이 100배의 위력으로 튕겨나가는 일은 없었다.

100배의 반탄력은 받지 않았으나, 검녹색 편린 또한 이탄의 금강체를 뚫지는 못했다. 이탄의 손등과 부딪친 즉시 쌀라싸가 쏘아 보낸 검녹색 편린들은 옆으로 날아가 녹마장 2명의 온몸을 살라먹었다.

화륵, 화르륵!

"끄아아악."

"살려줘."

검녹색 편린에 휘감기자마자 녹마장들은 끔찍한 비명을 지르며 한 줌의 재로 녹았다. 심지어 녹마장의 혼백까지도 활활 타버렸다.

"엉?"

쌀라싸가 깜짝 놀랐다.

악마도 흠칫 놀라기는 마찬가지였다.

"말도 안 돼. 검녹색 편린은 원혼의 악기를 증폭해서 만들어낸 공격인데, 그걸 하찮은 인간 따위가 튕겨낸다고?"

악마가 고개를 갸웃했다.

쌀라싸는 딱딱하게 굳은 얼굴로 검녹색 편린 두 발을 더 쏘았다.

퓨퓻!

2개의 녹색 빛이 이탄을 향해 무섭게 날아들었다.

이탄은 그제야 검녹색 편린의 정체를 알아차렸다.

'이런 망할. 뒤에서 공격이 날아오기에 대충 쳐냈더니, 내가 괜한 짓을 했구나. 이건 저 마차 위의 노인이 쏘아 보낸 공격이었어.'

이탄이 판단에 따르면, 마차 위의 노인은 피사노교의 고위층이 분명했다. 이탄은 철룡 사형과 막사광 사형을 안전하게 구출하는 것이 목적일 뿐, 굳이 피사노교와 맞서 싸워서 정체를 드러내고 싶은 마음은 없었다.

'안 되겠다. 일이 복잡해지기 전에 일단 후방으로 몸을 피하자.'

이탄이 휘릭 방향을 틀어 후방으로 도망쳤다.

쌀라싸가 날린 검녹색 편린 2개가 악착같이 이탄을 쫓았다. 게다가 쌀라싸가 추가로 쏘아 보낸 편린 3개가 합류하여 총 5개의 검녹색 편린이 이탄에게 날아들었다.

이탄의 실력이라면 이 편린들을 튕겨내는 것은 일도 아니었다.

'하지만 그러다 편린들이 주변의 녹마장들을 불태워 버리면?'

그럼 이탄은 더 큰 주목을 받을 것이 뻔했다.

이탄이 마음을 고쳐먹었다.

'주목을 받지 않고 이 자리를 피하려면 최대한 조용히 저 편린들을 없애야겠지?'

이렇게 생각을 바꾼 즉시 이탄은 피구름 속에서 아주 살짝, 아주아주 미세하게 화이트니스를 들추고 (진)마력순환로를 개방했다. 그 다음 (진)마력순환로 속에 흐르는 음차원의 기운을 대나무 속처럼 텅 비우고, 대신 만자비문의 힘을 개미 눈곱만큼만 드러내었다.

쪽, 쪽, 쪽, 쪽, 쪼옥!

순간적으로 다섯 번 키스하는 듯한 소리가 울렸다. 만자비문이 북극의 별 마법을 발휘하여 주변의 부정한 기운들을 빨아들이면서 발생한 소리였다.

묘한 소리와 함께 쌀라싸가 방출한 5개의 검녹색 편린들은 이 세상에서 자취를 감추었다. 물론 이러한 일들은 절대 사람들의 눈길을 끌지 않았다. 북극의 별이 운용된 것은 아주 짧은 찰나에 불과했다. 그나마도 핏빛 구름 속에서 이루어졌기에 눈에 보이지 않았고 소리도 거의 들리지 않았다.

"어엉?"

쌀라싸가 영문을 몰라 두 눈을 껌뻑였다.

쌀라싸는 조금 전 무슨 일이 벌어졌는지 전혀 인지하지 못했다. 워낙 순식간에 벌어진 일이었기 때문에 쌀라싸와 같은 절대자도 알아차릴 수 없었다.

반면 쌀라싸와 결합한 악마는 기겁을 하며 두 눈을 부릅떴다.

이 악마도 눈으로 무언가를 목격한 것은 아니었다. 다만 악마는 부정 차원에 속한 종족이었기에 조금 전에 발생했던 놀라운 현상을 감각으로 포착하는 것은 가능했다.

'설마? 설마!'

무슨 생각을 했는지 악마가 부르르 눈동자를 떨었다. 이윽고 악마는 슬쩍 눈을 위로 치켜떠서 쌀라싸의 표정을 살폈다.

'이런. 전혀 못 느꼈나 보구나. 쌀라싸는 조금 전 벌어졌던 그 엄청난 이적을 알아보지 못했어. 끌끌끌.'

악마가 속으로 혀를 찼다.

지금까지 악마와 쌀라싸는 공생 관계였다. 악마는 쌀라싸에게 숨기는 것이 없었으며, 쌀라싸도 악마를 속이지 않고 모든 생각을 공유했다.

그러나 조금 전에 벌어졌던 이적이 악마의 마음을 180도 바꿔놓았다. 악마는 이탄이 행한 인외의 이적에 대해서 쌀라싸에게 털어놓고 싶은 생각이 없었다.

'키키킥. 이것은 남편의 갈비뼈를 뽑아 그것으로 부인의 목줄기를 찔러 죽이는 일만큼이나 기뻐할 일이 아닌가 말이다. 아무도 읽지 못하는 문자, 오로지 마격 존재에게만 허락된 그 문자가 드디어 제대로 된 인연자를 정한 듯하니 이것이 어찌 축제가 아니겠는가. 킥킥킥.'

악마는 소리 없이 웃으며 머리를 계속 굴렸다.

악마가 보건대 이탄은 만자비문의 선택을 받은 '인연자'가 분명했다. 이탄은 우연히 만자비문 가운데 '흡수'의 권능 단 한 문자를 깨우쳐서 북극의 별 마법을 손에 넣은 것이 아니라, 만자비문 가운데 최소한 10개, 많으면 수십 개 이내의 문자의 선택을 받은 주인임에 틀림없었다.

만약 이탄이 고작 하나의 문자만을 깨우친 상태라면, 그 신적 권능에 취해서 이성을 잃고 전쟁터 한복판을 전전하면서 피를 들이마시고 녹마병과 녹마장들의 마나를 흡수하며 미치광이처럼 날뛰었을 것이다.

하지만 이탄은 그러지 않았다. 주변 상황을 냉철하게 판단하고, 딱 필요한 만큼만 흡수의 권능, 혹은 흡수의 문자를 이용했다.

이것은 이탄이 만자비문을 통제하는 단계에 이르렀다는 뜻이었다.

'부정 차원의 언령이 인연자를 정하였다면 그것으로 끝일지니, 지금까지 부정 차원의 기운을 허락도 없이 빌려 사용했던 외인들은 모두 다 만자비문에게 빌렸던 힘을 되돌려줄 수밖에 없을 게다.'

그렇다면 쌀라싸도 곧 죽은 목숨이었다. 악마는 이 점을 확신했다.

'끌끌끌. 무려 두 번이나 문명이 바뀔 동안 단 한 번도 탄생하지 않았던 인연자가 비로소 알을 깨고 세상에 그 모습을 드러냈음이니, 그 인연자가 가져야 할 힘을 함부로 빌려 썼던 자들의 운명은 기구하기만 하구나. 끌끌끌. 그들은 앞으로 인연자의 발가락이라도 열심히 빨면서 벌레처럼 굴종하든가, 아니면 인연자에게 모든 힘과 정혈을 되돌려준

다음 영원한 허무로 돌아가거나, 이 두 갈래 길 가운데 하나를 선택해야 할 것이야. 킥킥킥킥.'

악마는 쌀라싸와 맹약을 맺어 이 세상에 들어온 상태였다. 따라서 일반적인 상황이라면 쌀라싸가 죽는 즉시 악마의 목숨도 끊기게 마련이었다. 때문에 악마는 쌀라싸를 보호하기 위해서 전심전력을 다해왔다.

하지만 지금은 상황이 달라졌다.

'마격 존재가 이 땅에 강림하는 즉시 이곳 동차원도, 그리고 서차원도 모두 부정함에 물들 것이니라. 결국엔 세상의 모든 차원이 부정 차원에 편입될 게야. 킥킥킥. 그렇다면 쌀라싸가 죽어도 나는 무사하지. 나는 부정 차원 안에서는 죽어도 죽지 않는 불사의 몸이니까. 오로지 마격 존재만이 내 모가지를 비틀어 죽일 수 있으니까. 킥킥킥킥킥.'

악마가 쌀라싸 몰래 비틀린 웃음을 흘렸다.

Chapter 8

이탄이 한 발 뒤로 물러선 이후에도 피사노교의 공세는 계속되었다.

드르르륵─.

쌀라싸를 태운 초거대 마차가 마침내 전쟁터 중심부까지 밀고 들어왔다. 마차 2층의 네 귀퉁이에 앉아 있던 비계덩이들이 갑자기 마차에서 풀쩍 뛰어내려 온몸을 둥글게 말았다.

쿠르르, 쿠르르, 쿠르르, 쿠르르르.

4명의 비계덩이들은 육중한 몸을 공처럼 웅크리더니 데굴데굴 구르기 시작했다.

그렇게 땅을 굴러가면서 비계덩이들이 점점 더 크게 부풀었다. 살과 비계로 이루어진 거대한 고기 덩어리가 공처럼 뭉쳐서 굴러오는 모습이 참으로 기괴하고 흉악스러웠다.

녹마장과 녹마병들은 전염병이라도 마주한 것처럼 펄쩍 뛰어 비계덩이를 피했다. 그러나 일부 녹마병들은 미처 피하지 못하고 비계덩이에게 빨려 들어가 고기 공의 일부가 되었다. 그렇게 구르기 시작한 4명의 비계덩이들은 점점 더 크게 몸을 부풀리더니 남명의 수도자들 앞에 도착했을 때는 이미 지름 20미터 크기로 증폭되었다.

"저게 대체 무슨 사악한 술법인가?"

"모르겠어. 어쨌거나 저걸 막아야 해."

"다들 힘을 합쳐."

수도사들이 각자의 법보를 날려 비계덩이를 저지하려 들었다. 그 가운데 한 수도사가 오랜 시간 공을 들여 키워온

특수한 덩굴 씨를 전면에 뿌렸다.

후두둑, 후두둑.

이윽고 강철보다 더 질긴 덩굴이 비계덩이가 굴러오는 길목에서 우수수 자라나 비계덩이를 싸먹듯이 감싸버렸다.

"옳거니. 먹혔구나."

덩굴을 소환했던 수도사가 쾌재를 불렀다.

하지만 얼마 지나지 않아 그 수도사의 얼굴에서 핏기가 가셨다. 비계 공 속에서 쩝쩝거리는 소리가 들리더니 수도사가 소환한 덩굴이 그대로 비계 속으로 흡수되었기 때문이다.

이번엔 검룡이 나섰다.

검룡이 멀리서 손가락을 뻗었다. 서른여섯 자루 가운데 네 자루의 금빛 검이 휘익 방향을 틀어 비계덩이를 향해 쇄도했다.

하지만 그 검들조차 비계 속으로 푹 박혀서 빠져나오지 못했다.

지름이 무려 20미터가 넘는 비계는, 그 자체가 가공할 무기였다. 수도자들이 아무리 법보를 쏟아부어 비계를 공격해도 소용없었다. 수도자들의 공격은 파도를 향해 던져진 조약돌처럼 허무하게 비계 속으로 흡수되었다. 수도자들이 날린 법보들도 비계 속에 푹 박혀서 그대로 잡아먹혔다.

마침내 커다란 비계덩이들이 수도자들의 코앞까지 굴러왔다.

"막앗."

수도자들은 강력한 진을 구축하여 비계덩이에 맞섰다.

소용없는 짓이었다. 이미 지름이 25미터까지 증폭된 비계는 수도자들 열댓 명을 그대로 짓뭉개며 지나갔다.

"으으아아악."

"안 돼. 크악."

끔찍하게도 비계에 깔린 수도자들이 그대로 비계 속으로 빨려 들어가 비계의 일부가 되었다.

커다란 비계, 혹은 고기 공의 표면에 수도자 열댓 명이 부속품처럼 박혔다. 수도자들은 고기 공의 일부가 되어 팔다리를 휘저었다. 빠르게 굴러가는 비계 속에서 수도자들의 얼굴이 기괴한 표정을 지었다.

"끄어어어—."

그렇게 주변의 수도자들을 흡수하면서 비계덩이는 더욱 덩치를 키웠다. 4명의 비계덩이들이 불과 몇 분 만에 수십 명의 수도자들을 흡수하여 괴물로 성장한 것이다.

쿠르르, 쿠르르르—.

덩치가 커진 비계덩이들이 더욱 빠르게 굴러다녔다. 4개의 거대한 고기 공이 전쟁터를 마구 종횡하여 지름 40미터까지 덩치를 불렸다.

"이크, 안 되겠구나."

처음에 검 네 자루만 날렸던 검룡이 본격적으로 위기감을 느끼고 고기 공들을 막아섰다. 검룡은 금빛 검 수십 자루를 동시에 날려서 비계덩이 하나를 처단하려 들었다.

실패였다. 검룡은 도리어 금빛 검들만 잃었을 뿐 비계덩이들을 제지하지는 못했다.

이번엔 죽룡이 나섰다. 죽룡이 법력을 끌어올리고 잠시 후, 우후죽순처럼 솟은 자죽림이 비계덩이들의 앞을 가로막았다.

다행히 이건 통했다. 무엇이든 먹어치우고 흡수해버리는 비계덩이들이건만, 죽룡의 자죽림만큼은 먹어치우지 못했다.

대신 비계덩이들은 자죽림을 빙글 돌아 주변의 다른 수도자들을 흡수했다. 죽룡이 아무리 애를 써도 주변 사람들 모두를 구할 수는 없었다.

"으으으, 저게 대체 무슨 괴물이란 말인가?"

"저 게걸스러운 괴물을 어떻게 막아?"

"피해. 일단 자죽림 속으로 몸을 피하라고."

사방 곳곳에서 수도자들의 비명이 들렸다.

하늘에서 금빛 실이 내려온 것은 바로 그때였다.

화악!

금빛 화염에 휩싸인 채 나풀나풀 떨어지는 실들이 정육면체를 형성하면서 그 안에 비계덩이들을 가두었다.

4개의 정육면체가 4명의 비계덩이들을 하나씩 포박한 것이다.

무엇이든 게걸스럽게 먹어치우던 비계덩이들이 금빛 정육면체에 갇힌 이후로는 힘을 쓰지 못했다. 고기 공들은 정육면체 속에서 벗어나지 못하고 제자리에서 공회전만 거듭했다.

"뭐지?"

녹마장들이 흠칫 놀라 하늘을 올려다보았다.

높이 떠 있는 구름 속에서 커다란 얼굴이 튀어나와 입술을 열었다.

"못된 마물들이로고. 산 자의 육체를 덕지덕지 붙여 제 몸집을 키우다니, 그 악업을 어찌 감당하려고 이런 마물들을 만들어 내었단 말인가?"

구름이 변해서 만들어진 얼굴은 나이가 지긋해 보이는 노파의 모습이었다. 선인들 가운데 일부가 그 얼굴을 알아보았다.

"화화 대선인님!"

"헉, 대선인님께서 왕림하셨다. 이제 되었어. 이제 되었다고."

"대선인님께서 개입하셨으니 이 전쟁은 이제 우리 남명의 승리다."

선인들은 화화 대선인을 보자마자 승리를 자신했다. 대선인의 존재는 그만큼 높고도 위대했다.

Chapter 9

이탄도 고개를 들어 구름을 올려다보았다.

'화화 대선인이라면 철소용 선자의 스승이시잖아?'

이탄의 스승 멸정 대선인이 금강수라종에서 으뜸을 다투는 대선인이라면, 화화 대선인은 제련종에서 손에 꼽히는 대선인이었다. 동시에 화화 대선인은 제련종의 종주이기도 했다.

이탄은 팔짱을 끼고 호기심에 눈을 반짝였다.

'이거 흥미로운데? 대선인과 피사노교의 수뇌부가 맞붙으면 결과가 어떻게 될까?'

남명에서 대선인이 나섰으니 이제 상대편에서도 마차 위의 노인이 나설 것이라고 이탄은 생각했다.

아니었다. 마차 3층의 노인은 여전히 앉은 자세를 풀지 않았다. 대신 머리에 터번을 두르고 콧수염을 기른 중년 사내가 양탄자를 몰아 구름을 향해 날아갔다.

그의 정체는 피사노 감사.

피사노교의 서열 5위이자, 시시퍼 마탑에 혈족들을 침투시켰던 그 감사가 화화 대선인을 향해 달려들었다.

꽈릉! 꽈릉! 꽈릉!

구름 안에서 세 줄기의 샛노란 벼락이 떨어져 감사를 저격했다.

감사는 화화 대선인의 공격을 피하지 않았다. 벼락이 감사의 머리 위에 작열할 때마다 핏빛 보호막이 아스라이 나타나 벼락을 소멸시켰다.

감사는 팔짱도 풀지 않고 오만하게 구름을 향해 돌격했다.

감사가 탄 양탄자가 화화 대선인의 얼굴을 본뜬 구름 속으로 파고든 뒤 잠시 후, 인간의 귀로는 도저히 감당할 수 없는 굉음이 터졌다.

구름이 크게 진노하여 삼발이 화로 모양으로 변했다. 그 화로 속에서 하얀 뭉게구름이 무럭무럭 피어올라 온 하늘을 뒤덮었다.

구름은 이내 거인의 모습으로 변했다.

거인의 머리는 하늘을 뚫고 대기권 밖으로 벗어났고, 거인의 허리는 화화 대선인의 화로 속에 잠겨 있었다. 거인의 팔은 동차원의 산맥을 연상시킬 정도로 컸고, 주먹은 산봉

우리를 능가했다.

거인의 상체가 어찌나 컸던지 수도자들의 눈에 다 보이지도 않았다. 거인이 팔을 휘두르자 태풍이 몰아치고 우렛소리가 끊임없이 울렸다.

상상을 초월하는 어마어마한 역도가 거인의 손에 집중되었다. 거인은 오른손을 뻗어 그대로 피사노 캄사를 후려쳤다.

제3자의 눈으로 보았을 때 거인의 공격은 그리 빠르게 느껴지지 않았다.

하지만 당사자인 캄사의 입장에서는 천지가 허물어지는 듯한 공포와 속도감을 느낄 수밖에 없었다. 거인의 손바닥이 무려 수십 킬로미터에 달해 아무리 빨리 도망쳐도 피할수 없기 때문이었다.

"끝이다."

"넌 이제 죽은 목숨이야."

이탄 주변의 수도자들이 이렇게 중얼거렸다.

이탄의 생각도 이와 비슷했다.

물론 이탄이 이렇게 생각한 데는 다른 이유가 있었다.

주변의 수도자들은 화화 대선인이 만들어낸 어마어마한 거인에 놀라서 그녀가 저 사악한 악마를 물리치고 승리할 것이라 확신했다.

반면 이탄은 화화 대선인의 법술에 놀라지는 않았다. 다만 이탄은 피사노 캄사에게 실망했을 뿐이다.

다른 수도자들의 눈에는 보이지 않지만, 이탄의 눈에는 피사노 캄사 주변에 흐르는 기운을 똑똑히 포착했다.

그것은 문자였다.

피사노 캄사의 몸 주변에 흐릿하게 나타났다가 사라지는 문자!

비록 문자의 형태가 또렷하지 않고, 온전한 힘을 발휘하고 있지도 못하며, 그 진실된 권능의 수억 분의 1을 겨우 흉내 내는 수준에 불과했지만, 피사노 캄사의 몸 주변에 흐르는 저 문자는 분명히 만자비문의 10,000개 문자 가운데 하나였다.

그리고 그 의미는 '뒤틀림'이었다.

솔직히 이탄은 만자비문을 그리 높게 평가하지 않았다. 이탄이 지닌 최후최강의 권능, 즉 복리증식, 분혼기생, 만금제어, 그리고 적양갑주와 비교하면 만자비문은 으뜸의 자리에 둘 만한 수준은 아니었다.

실제로도 만자비문은 적양갑주, 즉 붉은 금속이 나타나기만 하면 찔끔 놀라서 고개를 숙였다.

하지만 만자비문의 입장에서는 못내 억울할 수밖에 없었다. 만자비문은 솔직히 이탄으로부터 푸대접을 받을 만한 성질의 것이 아니었다. 만자비문 자체가 부정 차원을 지탱하는 오롯한 언령이기 때문이었다.

만자비문은 부정 차원의 뼈대이자 근간이었고, 부정 차원의 모든 것이었다.

부정 차원은 오로지 만자비문을 통해서 그 나름의 인과율을 유지하였고, 부정 차원을 지배한다는 역대 마신이나 군주들도 만자비문의 문자 몇 글자의 권능을 얻어서 마격의 존재, 즉 마신이 되었다.

부정 차원의 상위급 악마들은 이와 같이 만자비문의 문자들 가운데 10개 이상을 획득하여 마격 존재로 올라서는 자들을 '인연자'라 칭했다.

또한 만자비문으로부터 버림을 받아 격을 잃은 존재를 '추락한 신'이라 일컬었다.

말은 고상하게 추락한 신이라고 표현하였지만, 그것은 곧 소멸을 의미했다.

만자비문은 실로 고고하여, 드물게 인연자를 선택했고, 그 인연자가 마음에 들지 않으면 가차 없이 차버려 추락시켰다.

가장 최근에 만자비문의 선택을 받아 군주가 된 자도 불과 수만 년 동안 부정 차원의 신 노릇을 하다가 결국 만자비문의 버림을 받아 그 존재 자체가 산산이 와해되었다.

그 후로 언노운 월드에 3개의 문명이 생겨났다가 다시 멸망할 때까지 만자비문의 선택을 받은 인연자는 등장하지 않았다.

그만큼 도도하고 까다로운 것이 바로 만자비문이었다.

오죽했으면 몇 세대 전의 마신이 다음과 같은 유언을 남겼을까.

"만자비문 가운데 10개 이상의 문자를 깨닫는 악마가 나타난다면, 그는 비로소 군주가 될 자격을 얻은 셈이다. 하지만 이것은 겨우 시작에 불과할지니, 모든 군주들은 그 후로도 끊임없이 노력을 경주하여야 한다. 만약 군주가 된 이후로 1만 년 동안 새로운 문자를 한 개 이상 깨닫지 못하면 그 즉시 만자비문은 인연자와의 연결을 끊고 모든 권능을 회수할 것이니, 이것이 곧 군주의 소멸이로다. 결국 군주는 권리를 누리는 자리가 아니고, 오로지 소멸하지 않기 위해서, 만자비문으로부터 버림을 받지 않기 위해서, 끊임없이 노력하고 발버둥 치는 고독한 자리니라."

이 유언을 남긴 마신은 무려 40만 년에 걸쳐서 만자비문 가운데 총 48개의 문자를 깨달았으되, 49번째 문자를 10,000년 동안 노력해도 깨닫지 못하여 결국 소멸하고 말았다.

만자비문은 그만큼 냉혹하고 도도한 존재였다.

그리고 그 도도한 문자를 아주 흐릿하게, 본래 권능의 수억 분의 1 정도만 겨우 흉내 내는 것만으로도 피사노 캄사는 수십만 명의 교도들로부터 추앙을 받았다.

비록 이탄의 눈에는 허접하게 보였지만 말이다.

Chapter 10

'쳇. 저게 무슨 비틀림이야.'

이탄이 캄사를 비웃었다.

한데 캄사가 발현한 권능이 주변 공간을 그대로 뒤틀어 버렸다. 캄사를 향해 무섭게 떨어지는 거대한 손이 기괴한 각도로 뒤틀리는가 싶더니, 캄사의 옆을 그대로 스쳐 지나갔다.

"헉?"

구름 속에서 화화 대선인이 헛바람을 집어삼키는 소리가 들렸다.

이어서 피사노 캄사 주변의 모든 것들이 기이하게 왜곡되기 시작했다. 거인의 손에 이어서 팔뚝이 뒤틀리고, 가슴이 소용돌이치면서 흩어지고, 턱이 찌그러졌다. 거인의 안면이 뒤틀리면서 눈알이 툭 튀어나왔다.

"끄아악."

화화 대선인이 찢어져라 비명을 질렀다. 대선인이 자랑하던 화로도 금방이라도 터질 것처럼 덜덜덜 진동했다.

뭉게구름으로 이루어진 거인이 끔찍하게 괴성을 흘렸다. 거인이 고통에 겨워 휘저은 손이 하늘을 흔들고 별을 감췄다.

바다가 온통 증발했다. 뿌옇게 일어난 수증기가 거대한 다리 모양으로 변하면서 거인의 하체를 이루었다.

거인이 바다에 잠긴 발을 번쩍 들었다.

그 간단한 몸짓에 바다가 온통 들고일어나 해일이 되었다. 바닷물이 폭포수처럼 솟구쳤다가 지상으로 낙하하면서 녹마병들과 수도자들을 한꺼번에 휩쓸었다. 바닷속 어류들이 하늘 높이 떠올랐다가 땅으로 낙하하여 퍼덕퍼덕 뛰었다.

이윽고 구름 높이까지 들렸던 거인의 발이 지상을 내리찍었다.

쿠우웅!

지축이 뒤흔들렸다. 땅이 쩍쩍 갈라졌다. 인근의 섬이 바닷속으로 가라앉았다.

피사노 감사가 양탄자를 몰아 대기권 밖까지 뛰쳐나갔다. 그리곤 거인의 얼굴 속으로 뛰어들었다.

뿌드드드드득—.

거인의 얼굴 주변 공간이 뒤틀리면서 대기권이 펑펑 터져나갔다. 거인의 눈알도 터졌다. 코가 사라졌다. 귀가 엿가락처럼 길게 늘어져 덜렁거렸다.

거인이 고통에 겨워 발악을 했다. 거인이 수평으로 휘두른 팔뚝에 스쳐 수십 킬로미터 밖 산봉우리가 으깨졌다. 거인의 발에 짓밟혀 대지가 수백 미터 밑으로 꺼졌다. 해안선의 지형이 바뀌었다.

"끄아아악."

화화 대선인이 한 번 더 비명을 질렀다.

피사노 감사는 무표정하게 그 비명을 듣고는, 양탄자를 몰아 대기권 안으로 다시 진입했다. 감사가 훑고 지나가는 경로 주변이 온통 처참하게 일그러졌다.

거인의 턱에서 시작해서 가슴을 지나 복부까지 좍악!

감사가 훑고 지나간 경로가 시뻘겋게 물들었다가 동시다발적으로 폭발했다.

끄워워워웡—.

엄청난 타격에 거인이 고개를 뒤로 크게 젖혔다.

화화 대선인의 법술은 위력이 대단한 만큼, 그 법술이 강제로 깨졌을 때 발상하는 반발력도 컸다.

그 반발력이 우선 화화 대선인의 화로에 전가되었다.

쿠아앙!

결국 화로가 반발력을 견디지 못하고 붕괴했다. 그러자 남은 반발력이 고스란히 화화 대선인에게 돌아갔다.

"꺄악!"

화화 대선인이 갈기갈기 찢어진 내장을 입에서 토하며 지상으로 추락했다. 그녀가 법력으로 만들어낸 거인도 희미하게 흐려졌다.

피사노 감사는 집요했다.

단숨에 거인을 박살 낸 것으로는 성에 차지 않는지, 양탄자를 가속하여 화화 대선인을 낚아채려 들었다.

피사노 감사의 억센 손이 추락하는 화화 대선인의 머리채를 움켜잡는 순간, 그의 주변이 갑자기 쩌저적 얼어붙었다. 그것도 무려 수백 미터에 걸쳐서 얼음벽이 형성되었다.

갑작스러운 광범위 공격에 감사도 얼음벽 속에 갇혔다.

하지만 포박은 그리 오래가지 않았다. 감사의 몸 주변에 흐르는 흐릿한 문자가 권능을 발휘했기 때문이다.

빵! 소리와 함께 얼음벽이 터져나갔다. 감사가 구속에서 풀려났다.

감사의 오른손에는 여전히 화화 대선인이 붙잡혀 있었다. 다만 화화 대선인의 주변은 극한의 얼음이 꽁꽁 감싸고 있기에 당장 감사의 손에 목이 꺾이지는 않았다.

"웬 놈이냐?"

피사노 캄사가 으스스하게 물었다. 언노운 월드의 언어라 그의 말을 알아듣는 선인들은 그리 많지 않았다.

하지만 의외로 언노운 월드의 언어로 대답이 들려왔다.

"검은 용을 섬기는 분이시여, 제 친구는 그만 놔주시지요."

피사노 캄사를 꽝꽝 얼린 장본인은 키 150센티미터 정도의 자그마한 노인이었다. 노인은 유난히 눈썹이 길었으며, 비행 법보 대신 새하얀 두꺼비를 타고 있었다.

"와아아, 현음노조 님이시다."

"음양종의 현음 대선인께서 출격하셨어."

"이제 싸움은 끝났다. 하하하."

남명의 여러 수도자들 환호했다.

남명의 종파들 가운데 음양종은 금강수라종과 함께 전투에 특화된 일족이었다. 특히 그중에서도 차가운 계열의 법술을 정통하여 눈 한 번 깜빡이면 커다란 산봉우리도 얼음벽 속에 가둬버린다는 대선인이 바로 현음이었다.

현음 대선인은 음양종의 수만 명 수도자들 가운데 정점에 우뚝 서 있는 대선인이었다. 음양종을 통틀어서 그와 비견될 만한 수도자는 오직 한 명뿐. 태양마저 녹여버릴 수 있다는 극양 대선인만이 현음 대선인과 어깨를 나란히 할 만했다.

동차원의 사람들은 남명에서 가장 나이가 많은 이들 두 선배 수도자, 즉 극양 대선인과 현음 대선인을 '노조'라 불렀다.

극양노조와 현음노조라는 이름은 그렇게 생긴 명칭들이었다.

"흐음."

피사노 감사가 양탄자 위에 우뚝 서서 묘한 눈으로 현음 대선인을 바라보았다.

현음 대선인과 화화 대선인은 둘 다 대선인이라고 불리지만, 그 격차는 뚜렷했다. 화화 대선인이 불과 수백 년 전에 선7급이 된 반면, 현음 대선인은 이미 1천 년도 더 전에 선8급의 경지를 밟은 선배였다.

Chapter 11

기초 수도자 단계인 만급에서는 7급과 8급 차이가 엇비슷하게 느껴질 수도 있겠다.

하지만 선급에서는 한 등급 차이가 어마어마해서, 그 한 등급을 올리는 데 얼마나 오랜 시간이 걸릴지 알 수 없었다. 따라서 같은 대선인이라고 하더라도 화화와 현음을 같은 수준으로 볼 수는 없었다.

피사노 캄사도 화화 대선인을 상대할 때와는 달리 현음 대선인을 섣불리 공격하지 않았다.

마찬가지로 현음 대선인도 피사노 캄사를 함부로 대하지 않았다. 최대한 정중하게 양보를 요청했다.

한참 만에 캄사가 입을 열었다.

"오래 전에 한 번 본 적이 있는 녀석이군. 그렇지?"

캄사의 입에서 튀어나온 것은 어김없이 언노운 월드의 언어였다. 게다가 특이하게도 캄사는 수천 년을 살아온 현음 대선인을 아랫사람 대하듯이 했다.

현음도 별 거부감이 없었다. 실제로 피사노 캄사가 그보다 훨씬 더 나이가 많기 때문이었다.

"아주 예전에 한 번 뵌 적이 있지요. 그때의 인연을 봐서라도 제 친구를 놓아주시는 것이 어떠신지요?"

"인연? 풋."

피사노 캄사가 오만하게 코웃음을 쳤다.

다음 순간 캄사의 양탄자가 폭발적으로 쏘아져 나갔다. 현음 대선인에게 그대로 돌격한 것이다.

이때 캄사의 몸 주변에 흐르는 흐릿한 문자가 캄사보다 한발 앞서나가 현음의 주변 공간을 잔뜩 뒤틀어버렸다.

"송구합니다만……."

현음이 두꺼비 위에서 오른손을 들었다.

"저는 간담이 작아 감히 당신과 단독으로 맞붙어 싸울 용기가 없군요. 그래서 도움을 요청했지요. 허허허."

현음의 말이 끝나기도 전에 현음의 오른손 앞에 손바닥 하나가 불쑥 나타났다. 허공에 둥실 떠오른 손바닥이 현음의 오른손을 꽉 잡아 깍지를 꼈다.

이어서 손바닥과 연결된 팔이 드러나고, 몸통과 얼굴이 차례로 모습을 보였다.

150센티미터의 조그만 체구에, 목까지 길게 늘어진 기다란 눈썹, 타는 듯이 붉은 옷에 이르기까지.

공간을 점프하여 현음 옆에 신비롭게 등장한 노인은 현음과 생김새가 똑같았다.

다만 현음이 하얀 옷을 입고 새하얀 두꺼비를 타고 있다면, 이번엔 등장한 노인은 붉은 옷을 입고 피처럼 시뻘건 두꺼비를 타고 있다는 점이 다를 뿐이었다.

수도자들이 입을 쩍 벌렸다.

"헉! 극양노조."

"음양종의 극양 대선인께서도 오셨구나."

수도자들 사이에서 술렁거리는 소리가 쫙 퍼졌다.

그럴 만도 했다.

극양과 현음.

이 두 노조들은 수도자들이 평생을 동차원에서 살면서도

단 한 번 얼굴을 보기 힘든 분들이었다.

극양노조나 현음노조와 같은 대선배들이 동시에 등장했다는 것 자체가 정말 보기 드문 사건이었다.

더 놀랄 일은 그 후에 벌어졌다.

극양이 왼손을 내밀고 현음이 오른손을 내밀어 두 손이 하나로 합쳐졌다. 그 손바닥과 손바닥 사이에서 무시무시한 에너지가 맴돌았다.

현음이 내뿜은 극한의 한기가 소용돌이 형태로 빙글빙글 돌면서 그의 오른손 손바닥에 집결되었다.

극양이 끌어올린 극한의 열기도 소용돌이처럼 나선을 그리며 그의 왼손 손바닥에 모여들었다.

한기와 열기.

음기와 양기.

차가움과 뜨거움.

두 가지 서로 상반된 기운이 벼락처럼 방출되어 서로 충돌했다. 그 결과 어마어마한 충돌 에너지가 두 노조의 손바닥 사이에서 터져 나왔다.

투확—!

눈을 뜨고 쳐다볼 수 없는 엄청난 광휘가 먼저 휘몰아쳤다. 뒤를 이어 무시무시한 에너지의 파도가 전방 수십 킬로미터 영역을 통째로 휩쓸었다.

"끕."

"크흑."

폭발의 파괴력이 어찌나 강렬했던지, 극양 대선인과 현음 대선인마저 이빨을 꽉 깨물고 잇새로 신음을 토해야만 했다.

그러면서도 극양과 현음은 정신을 잃지 않고 에너지의 폭발 방향을 피사노 교도들에게 집중했다.

강렬한 빛이 터진 순간 이미 수만 명의 녹마병들이 촛농 녹듯이 녹아흘렀다. 녹마장들도 입을 쩍 벌린 채 재가 되어 스러졌다. 녹마사들이 황급히 완드를 들어 방어막을 소환하려 했다. 그 전에 해일과 같은 에너지가 밀려들어 녹마사들과 그들이 탄 거대 쥐들을 완전히 쓸어버렸다.

심지어 캄사의 혈족들도 대부분 죽음을 당했다.

비계덩이들은 상대적으로 운이 좋았다. 그들은 극양과 현음이 손바닥을 맞붙이는 그 순간에 위기감을 느끼고는 황급히 땅속으로 숨어들었다.

이것이 신의 한 수였다.

물론 그럼에도 불구하고 비계덩이들은 무지막지한 에너지의 폭풍을 완전히 피하지 못했다. 그들은 큰 피해를 입었다. 온몸에 더덕더덕 붙여 놓은 고기 방패들이 아니었다면 4명의 비계덩이들은 단숨에 절명했을 뻔했다.

비계덩이들은 지름 30미터나 되는 고기 방패들을 모두 잃고서 땅속 깊은 곳에 처박혀 허덕거렸다. 4명의 비계덩이 모두 피부의 80퍼센트 이상, 비곗살의 50퍼센트 이상을 이 한 방의 공격에 잃어버렸다.

"으으으으."

비계덩이들의 두 눈에 숨길 수 없는 공포가 묻어났다.

반면 쌀라싸가 탄 마차는 무사했다.

쌀라싸와 결합한 악마가 부정 차원의 기운을 잔뜩 끌어와서 마차 주변에 일곱 겹의 보호막을 둘러준 덕분이었다. 거기에 더해서 쌀라싸 본인도 순간적으로 블러드 쉴드를 열 겹이나 둘러쳤다.

극양과 현음이 만들어낸 에너지의 폭풍은 이 열일곱 겹의 보호막 전체를 단숨에 찢어버렸다.

대신 에너지의 폭풍도 보호막과 함께 소멸했다. 쌀라싸의 마차가 상하지 않은 것은 이 덕분이었다.

만약 극양과 현음이 작정하고 에너지를 마차에 집중했다면 어떻게 되었을까? 쌀라싸가 제아무리 애를 썼어도 마차는 흔적도 없이 사라졌을 것이다.

두 대선인의 공격은 그만큼 무지막지하였다.

Chapter 12

다만 이번에는 두 대선인이 쌀라싸가 아니라 캄사에게 공격력의 태반을 집중했기에 상대적으로 쌀라싸에게는 적은 양의 공격력만 보내졌다.

"크우우우. 네놈들. 감히 잘도 이런 짓거리를 벌이는구나. 크우우우―."

캄사가 피투성이가 되어 으르렁거렸다. 캄사의 양탄자는 홀랑 타버렸다. 터번과 의복도 에너지의 폭풍에 노출되어 분자 단위로 흩어졌다. 오직 캄사만이 허공에 둥둥 떠서 적들을 향해 이를 갈았다.

두 대선인이 무슨 수법을 사용했는지, 캄사의 손에 붙잡혀 있던 화화 대선자는 어느새 극양과 현음의 뒤쪽으로 옮겨져 있었다.

캄사는 저들이 무슨 수법으로 화화 대선자를 빼갔는지 궁금하였으나, 지금은 그걸 묻고 있을 때가 아니었다.

사실 지금 캄사의 몸 상태는 말이 아니었다. 캄사의 두개골은 3분의 1도 넘게 날아갔다. 왼쪽 팔과 어깨도 사라지고 없었다. 캄사의 오른쪽 다리도 정강이 아래로는 흔적도 보이지 않았다. 허리도 한 움큼 뜯겨나갔고, 가슴은 크게 함몰되었다. 캄사는 한쪽 눈알이 터진 상태에서 외눈으로 극양과 현음을 무섭게 노려보았다.

"크우우우."

캄사의 목에서 그르렁거리는 소리가 울렸다.

솔직히 캄사가 이런 몰골을 하고도 숨이 붙어 있는 것 자체가 기적이었다. 만약 캄사가 부정 차원의 기운을 불러와서 붕괴하는 신체를 계속 재구성하지 않았더라면, 이미 캄사의 목숨은 끊어졌을 뻔했다.

비록 지금은 캄사가 살기가 번뜩이는 눈으로 극양과 현음을 노려보고는 있지만, 캄사의 마음속 깊은 곳에서는 한 가닥의 두려움이 똬리를 틀었다. 캄사뿐 아니라 쌀라싸도 눈동자가 바르르 흔들렸다.

극양과 현음의 일격은 그만큼 강력했던 것이다.

쌀라싸와 결합한 악마가 혀를 내둘렀다.

"휘유우, 정말 무서운데? 저 두 늙은이가 펼친 수법이 도대체 뭐지?"

악마는 부정 차원 내에서도 능히 100위 안에 손꼽히는 최상위 악마종이었다. 그런 악마종조차도 조금 전 극양과 현음의 공격만큼은 만만히 보지 못했다.

"부정 차원의 힘을 잔뜩 끌어오면 몇 번은 버티겠지. 하지만 만약 저 동차원의 늙은이들이 조금 전과 같은 공격을 연달아 대여섯 번? 아니면 예닐곱 번 정도만 발휘한다면 나도 소멸해버리겠는데? 휘유우우."

"설마 그 정도인가?"

악마의 뇌까림을 듣자 쌀라싸의 얼굴이 더더욱 딱딱하게 굳었다.

한편 극양과 현음도 경악을 금치 못했다.

사실 극양과 현음은 이 한 방의 공격으로 피사노교의 침입자들을 전멸시킬 것이라 믿었다. 상대가 제아무리 피사노교의 수뇌부라고 하더라도 이 법술 앞에서는 살아남을 수 없어야 정상이었다.

왜냐하면 이 법술은 인간이 만들어낸 법술이 아니기 때문이다. 이 법술을 동차원에 전한 이는 다름 아닌 주신 콘이었다.

신의 지식을 인간에게 전수하면서 콘은 단단히 당부했다.

첫째, 절대로 이 법술을 인간에게 사용하지 말 것.

둘째, 설령 상대가 인간이 아니라고 하더라도, 극도의 위기 상황이 아니면 법술을 자제할 것.

셋째, 아무에게도 이 법술에 대해서 말하지 말고, 전승자가 수명이 다할 즈음에 오로지 2명의 쌍둥이를 수제자로 받아들여 음과 양의 법술을 나누어 전수할 것.

주신의 당부는 대를 이어오면서 음양종에게만 전수되었다. 당대의 전승자이자 음양종의 두 노조인 극양과 현음은 이 법술을 '양극합벽'이라는 이름으로 불렀다.

그런데 그 양극합벽에 정통으로 노출되고도 피사노 캄사는 죽지 않았다.

극양 대선인이 턱을 덜덜 떨었다.

"말도 안 돼. 어찌 양극합벽에 직격을 당하고도 숨이 끊어지지 않는단 말인가?"

현음 대선인도 고개를 절레절레 내저었다.

"으으으. 정말 무서운 일이로다."

그러는 와중에도 피사노 캄사는 부정 차원의 기운을 점점 더 많이 끌어왔다.

츠웃츠츠츠, 츠웃, 츠츠츳.

캄사의 몸 곳곳에서 벌레가 우는 듯한 기괴한 소리가 울렸다. 부정 차원에서 비롯된 사악하고도 음험한 기운이 캄사의 붕괴된 몸을 빠르게 재구성했다.

캄사의 터진 눈알이 스르륵 다시 복구되었다. 사라졌던 발이 다시 자라났다. 썽둥 잘린 팔도 제 모습을 찾았다.

"끄으응."

극양과 현음이 한 목소리로 신음을 흘렸다.

더욱 놀라운 일은 그 후에 벌어졌다.

쌀라싸가 마차 위에서 벌떡 일어나 두 팔을 활짝 펼쳤다. 그리곤 하늘을 향해 고개를 젖힌 뒤 기괴한 주문을 읊었다.

악마가 쌀라싸를 도왔다. 악마의 중얼거림이 쌀라싸의 주문과 묘하게 공명하며 하나로 어울려 들었다.

그 주문이 무서운 일을 만들어내었다.

지금 극양 대선인과 현음 대선인을 중심으로 그 앞쪽은 온통 폐허로 변했다. 대지 위의 모든 생명체가 사라졌을 뿐 아니라, 해안가를 기어다니던 꽃게와 조개류, 바닷속의 어류까지 모조리 떼몰살을 당했다.

양극합벽 때문이었다. 양극합벽이 광범위한 지역을 생명체가 존재하지 않는 폐허로 만들었다.

반면 극양과 현음 뒤쪽 지역은 아직까지 멀쩡했다. 여기는 수도자들이 모여 있는 곳이라 극양과 현음이 의도적으로 양극합벽의 힘이 미치지 않도록 조절했기 때문이다. 그 덕에 수도자들의 뒤편 목초지와 나무, 꽃이 모두 무사했다.

이게 문제였다.

쌀라싸의 주문이 끝나는 순간, 상상할 수도 없는 사태가 벌어졌다.

우쓱, 우쓱.

수도자 뒤쪽의 풀들이 갑자기 무성하게 자라더니 녹마병으로 변해버렸다. 나무는 상하로 나뉘어, 위쪽은 녹마장이 되었고 아래쪽은 튼튼한 말로 변했다. 꽃도 스르륵 커지더니 잎사귀는 거대 쥐가 되었다. 꽃잎과 줄기는 녹마사의 모습을 갖추었다.

조금 전 극양 대선인과 현음 대선인은 양극합법이라는 엄청난 비술을 사용하여 피사노교의 병력 대부분을 전멸시켰다.

한데 쌀라싸는 주문 한 방으로 다시 원래의 병력을 되살려 놓았다.

주변의 모든 초목을 군단으로 바꿔버리는 고도의 흑마법이야말로 쌀라싸의 가장 무서운 주무기 중 하나였다.

Chapter 13

"이럴 수가."

"말도 안 돼."

수도자들이 발칵 뒤집혔다.

그들이 놀라는 사이, 피사노교의 병력들은 녹색 빛을 번뜩이며 수도자들의 주위를 빙 둘러쌌다. 수도자들의 눈이 크게 흔들렸다.

이탄도 헛웃음을 삼켰다.

"참 나, 이거 어이가 없군."

이탄은 피사노교의 눈을 피해서 후방으로 기껏 몸을 피했다. 그런데 이렇게 후방에서 나타난 녹마병들에게 둘러싸이고 보니 이탄이 어느새 최전방에 위치한 셈이었다.

멀리서 쌀라싸가 진군 명령을 내렸다.

"모두 쓸어버려라."

"와아아아아—."

쌀라싸의 명이 떨어지기 무섭게 녹마병들이 고함을 지르며 달려들었다.

우두두두두.

녹마장들도 말에 박차를 가해 진격했다. 녹마장들이 달리는 말 위에서 대검을 높이 들더니 머리 위에서 붕붕 돌렸다.

녹마사를 태운 거대 쥐가 펄쩍 펄쩍 뛰어 녹마장들의 뒤를 따랐다. 쥐의 등에서 녹마사들이 뾰족한 완드를 꺼내들었다.

이탄이 얼굴을 찌푸렸다.

"아 씨. 이게 뭐야."

이탄의 안면을 향해 녹마장의 대검이 날아왔다. 이탄은 옆으로 피하기는커녕 오히려 앞으로 몸을 쑥 내밀었다.

까앙!

녹마장이 말 위에서 있는 힘껏 휘두른 대검이 이탄의 정수리와 부딪치더니 무려 100배의 반탄력으로 되돌아갔다. 산산이 부서진 대검의 파편이 빨려들어 가는 것처럼 녹마장의 온몸을 난자했다.

허공에 피보라가 훅 끼쳤다. 이탄은 그 피보라 속으로 뛰어들어 뒤따라 들어오는 녹마병을 손바닥으로 짓뭉갰다.

이탄과 부딪칠 때마다 피사노 교도들이 몸뚱어리가 퍽퍽 폭발했다.

이탄이 선봉에서 날뛰기 시작하자 다른 수도자들도 정신을 차렸다.

"싸워라. 싸워서 이 악마들을 물리쳐야 한다."

"모두 목숨을 걸고 버텨라."

철소용이 어느새 언덕을 넘어와 부적을 뿌렸다. 팔랑팔랑 날아간 부적들이 용맹한 병사로 변해서 녹마병들과 맞서 싸웠다.

철소용은 스승인 화화 대선자를 전쟁터에 모셔온 이후로 줄곧 후방에 머물렀다. 그러다 화화 대선자가 캄사의 손에 거꾸러지는 모습을 보면서 큰 충격을 받았다.

그 충격이 깊은 분노로 변하는 것은 순식간이었다.

"죽엇."

철소용은 몸을 돌보지 않고 법력을 퍼부어서 피사노 교도들와 맞서 싸웠다.

철소용의 사형인 검룡도 뒷짐만 지고 있지 않았다.

"오너라, 이 오염된 무리들아."

검룡은 비계덩이들을 상대하느라 금빛 검 36개를 모두 잃은 상태였다. 하여 검룡은 자신이 제련한 금빛 검 대신 녹마장의 대검을 두 자루 빼앗아 들고는 새로운 쌍검으로 적들을 상대했다.

비록 법보를 잃기는 하였으나, 그래도 검룡은 검룡이었다. 그가 두 자루의 대검을 풍차처럼 휘두를 때마다 녹마병이 비명을 지르며 쓰러졌다. 녹마장의 머리가 썽둥 잘렸다.

멀리 떨어진 곳에서는 시곤이 온몸에 피를 뒤집어쓰고 피사노 교도들과 사투를 벌였다.

'나 때문이야. 이 모든 사태가 다 나 때문이라고.'

깊은 자책감이 시곤을 절망으로 몰아넣었다.

'차라리 이 자리에서 목숨을 버리자. 저 악마들을 한 놈이라도 더 쳐죽이고 나도 죽자. 그 길만이 내가 저지른 죗값을 갚는 길이다.'

시곤은 이런 마음으로 온 힘을 쏟아부었다.

따라라라락.

시곤의 몸에서 뿜어진 피가 어느새 붉은 사슴벌레로 변해서 커다란 무리를 이루었다. 시곤의 피와 법력을 바쳐 소환한 이 사슴벌레들은 그 위력이 뛰어나지만, 대신 시곤의 생명력을 갉아먹기에 평소에는 잘 사용하지 않았다.

하지만 지금 시곤은 붉은 사슴벌레를 대량으로 소환하는 데 조금의 거리낌도 없었다. 목숨을 버릴 각오를 했기 때문이다.

시곤이 나무방패를 타고 전쟁터를 헤집었다. 시곤 주변을 둘러싼 붉은 사슴벌레들이 우르르 몰려다니며 주변의 녹마장과 녹마병들을 무섭게 뜯어먹었다.

따라락, 따라락, 따라라라락.

사슴벌레들이 무섭게 울어댔다.

시곤이 목숨을 걸고 싸우자 다른 수도자들도 가슴이 뜨거워졌다.

"덤벼. 이 더러운 악마들아, 다 덤비라고."

기다란 창을 든 수도자가 죽음을 무릅쓰고 녹마병들 사이로 뛰어들었다. 수도자가 만들어낸 창 그림자가 주변을 뒤덮었다.

또 다른 여수도자는 원거리의 녹마사들을 향해 손을 크게 휘저었다. 그녀의 소매에서 방출된 벚꽃잎들이 나풀나풀 하늘을 뒤덮었다가 녹마사들을 향해 사뿐히 내려앉았다. 그 아름다운 광경에 다들 시선을 빼앗겼다.

하지만 여수도자의 벚꽃은 보기엔 아름다우나 그 속에는

처절한 독기가 담겨져 있었다. 녹마사들 주변에서 벚꽃이 퍼퍼펑! 터지면서 주변 수 미터 영역에 지독한 독액을 뿌렸다. 그 독기에 노출되어 거대 쥐가 피를 토하며 쓰러졌다. 녹마사들도 두 눈이 멀었다.

음양합벽 때문에 잠시 소강상태에 빠졌던 전쟁은 어느새 다시 치열해졌다.

이탄과 철소용, 시곤 등이 적극적으로 활약하자 전쟁의 승패는 동차원 쪽으로 급격히 기우는 듯 보였다.

그때 반전이 일어났다.

크아아아앙!

귀청을 찢는 포효와 함께 그릇된 차원의 몬스터들이 투명막 속에서 뛰쳐나와 수도자들의 옆구리를 공격했다.

몬스터들은 영악하게도 투명막 속에 숨어서 수도자들의 배후로 은밀하게 이동 중이었다. 이번에도 몬스터들의 우두머리인 유바가 고유의 권능, 즉 집단 투명화를 사용하여 기습 공격을 계획했다.

몬스터들이 그렇게 유바의 지시에 따라서 전쟁터를 빙 돌아 우회한 바람에 전황이 바뀌었다. 몬스터들 대다수가 음양합벽이 만들어낸 엄청난 에너지 폭풍에 휘말리지 않은 것이다. 이는 몬스터들의 입장에서는 운이 좋았던 것이고, 남명의 수도자들 입장에서는 불운이었다.

어쨌거나 전쟁터를 크게 우회한 몬스터 무리는, 수도자들이 피사노교의 병력들과 정면으로 맞붙는 사이에 기습적으로 모습을 드러내었다.

"으헉? 몬스터 군단이다."

수도자들이 당황했다. 생각지도 못했던 타이밍에 측면이 공격을 받아서였다.

피사노교의 침공 IV

Chapter 1

몬스터 군단의 개입으로 인한 파탄이 전쟁터 여기저기서 드러났다.

악어의 머리에 사람의 몸이 합쳐진 몬스터가 투명막 속에서 기습적으로 튀어나와 도끼를 휘둘렀다.

퍼억!

"꺄악."

도끼에 어깨를 찍혀 여수도자 한 명이 고꾸라졌다. 벚꽃을 휘날리며 원거리 공격을 퍼붓던 여수도자였다.

크워—.

악어머리 몬스터는 아가리를 크게 벌려 여수도자의 얼굴

을 세로로 물었다. 그리곤 무지막지한 턱힘으로 여수도자의 몸통을 하늘로 들고는 머리부터 상체까지 한 입에 삼켰다.

"안 돼, 이 괴물아."

동료 수도자가 뒤에서 달려들어 악어머리 몬스터의 등짝을 방패로 후려쳤다. 수도자의 일격에 악어머리의 등뼈가 으스러졌다. 그 바람에 악어머리 몬스터에게 상반신이 거의 다 삼켜졌던 여수도자가 겨우 빠져나왔다.

"크헉, 허어억."

목숨을 건진 여수도자가 끈적거리는 타액에 상반신을 흠뻑 적신 채 부르르 몸서리를 쳤다.

쿠우웅!

또 다른 몬스터가 세차게 발을 굴렀다. 털북숭이에, 키가 10미터나 되고, 머리 양쪽에 뿔이 달린 몬스터였다.

대형 몬스터의 발 구르기 한 방에 땅이 흔들리고 돌멩이들이 허공으로 떠올랐다. 몇몇 수도자들도 중심을 잃고 휘청거렸다.

대형 몬스터는 그 짧은 틈을 놓치지 않았다.

부왕—.

길게 휘둘러진 몬스터의 팔뚝이 수도자 2명의 허리를 단숨에 으스러뜨렸다.

꾸워어어어.

신이 난 대형 몬스터가 주먹으로 자신의 가슴을 두드리며 승리를 자축했다.

그 즉시 몬스터의 등 뒤에서 검룡이 나타나 대검을 X자로 그었다. 키가 10미터나 되는 대형 몬스터가 끔찍하게 울부짖었다. 그 다음 몬스터의 등이 X자로 갈라지면서 몬스터의 시체가 앞으로 쿠웅 고꾸라졌다.

검룡은 단숨에 대형 몬스터 한 마리를 베어 넘긴 뒤, 또 다른 몬스터를 향해 몸을 날렸다.

검룡과 시곤, 철소용 등은 정말 분투를 거듭했다.

이탄도 고군분투 중인 것으로 보였다. 실제로는 이탄이 전력을 다한 것은 아니었으나, 피보라를 몰고 다니며 전쟁터를 헤집는 이탄의 모습은 여타 수도자들에게 큰 감명을 주었다.

이처럼 수도자들이 목숨을 아끼지 않고 적극적으로 전쟁에 끼어들었으나, 한번 기울어진 전세를 뒤집기는 쉽지 않았다.

그즈음 철룡이 다시 전쟁에 개입했다.

철룡은 상처를 치료하고 법력을 회복하느라 전쟁터에서 잠시 떨어져 있었다. 한데 철룡이 있을 때와 없을 때는 확연하게 차이가 났다. 그만큼 철룡이 미치는 영향력이 크다는 방증이었다.

철룡은 전쟁터를 쭈욱 훑어보는 것만으로도 전쟁의 흐름을 정확하게 짚어내었다.

"확실히 아군이 불리하구나. 이렇게 적과 뒤섞여서 백병전을 펼치면 안 되는데, 대체 어쩌다가 전황이 이 지경이 되었지?"

철룡이 오색구름을 몰아 하늘로 떠올랐다. 철룡의 손아귀에는 금강수라종을 상징하는 깃발이 들려 있었다.

"모두 모이시오. 깃발 아래로 뭉쳐야 합니다."

철룡이 아랫배에 힘을 주고 우렁차게 외쳤다. 그의 지시에 따라 수많은 수도자들이 한 곳으로 모였다.

"모두 모이시오."

철룡이 다시 한 번 소리를 지르면서 고풍스러운 깃발을 번쩍 들었다.

까마득한 상공에서 금강수라종의 깃발이 세차게 펄럭였다. 깃발 속의 수라는 온몸이 금빛으로 빛났으며, 머리는 3개에 팔다리가 각각 6개씩이었다.

멀리 떨어져 있던 수도자들이 금강수라종의 깃발을 보고는 곧장 철룡의 말을 따랐다. 뿔뿔이 흩어져서 각개전투 중이던 수도자들은 어떻게든 피사노교의 악마들을 헤치면서 꾸역꾸역 깃발 아래로 모여들었다.

그러는 와중에도 다수의 수도자들이 녹마장들의 대검에 머리가 잘렸다. 몬스터들에게 붙잡혀 비참하게 뜯어 먹혔다.

그래도 깃발 아래 모인 수도자들의 수가 꽤 많았다. 피범벅이 된 수도자들은 아직까지도 희망을 잃지 않고 철룡을 올려다보았다. 다들 손에 무기를 꽉 움켜쥐고서 전의를 다졌다.

수도자들의 뜨거운 눈빛을 보자 철룡의 가슴이 울컥했다. 철룡은 자신도 모르게 눈시울을 붉혔다.

하지만 지금은 감동만 하고 있을 때가 아니었다.

"검룡이 진법의 우측 날개를 맡아주게. 죽룡은 좌측 날개를 맡아주고."

철룡이 재빨리 지휘를 했다.

검룡과 죽룡이 단 한 마디의 불평도 없이 철룡의 지시를 따랐다. 두 사람은 철룡의 부하가 아니었다. 서로 종파도 다르고, 모시는 스승도 달랐다. 철룡이 그들보다 위라고 생각해본 적도 없었다.

하지만 검룡과 죽룡은 자존심을 앞세우지 않았다. 적극적으로 철룡에게 힘을 보탰다.

검룡과 죽룡이 솔선수범하자 다른 선인들도 그들을 본받았다.

철룡이 빠르게 수도자들의 위치를 선정해주었다.

"소용은 8시 방향."

"네."

철소용이 즉각 대답했다.

철룡의 명이 이어졌다.

"나련 선자는 4시 방향."

"알겠습니다."

"이탄은 7시, 시곤은 5시를 맡는다."

"옙."

"명을 따르겠습니다."

이탄은 대답과 동시에 7시 방향으로 이동하여 진법의 한 축을 맡았다. 철소용과 시곤, 나련, 그 밖에 수많은 선인들도 철룡의 지시대로 각자의 축을 담당했다.

수도자들이 진법을 구축하는 동안, 죽룡은 진법 앞에 자죽림을 소환하여 피사노 교도들의 접근을 막아주었다.

Chapter 2

크아아앙.

머리가 3개 달린 사자가 길게 울부짖으며 앞발로 자줏빛 대나무를 후려쳤다. 하지만 이 정도 공격으로는 대나무를 부수지 못했다.

녹마장들이 대나무를 대검으로 베었다. 녹마사들이 흑마법으로 공격했다. 그래도 대나무는 쉽게 길을 열어주지 않았다.

자죽림이 시간을 벌어주는 동안 철룡의 진법이 완성되었다.

진법이 본격적으로 가동되자 하늘이 갑자기 어두컴컴해졌다. 구름이 나선형으로 말리면서 그 속에서 우렛소리가 들렸다.

꽈르릉!

철룡이 만들어낸 진법은 앞이 뾰족하고 뒤가 부채꼴 모양이었다. 좌우에는 커다란 날개가 자리했다.

하늘에서 그 모습을 보면 마치 공작새를 형상화한 듯했다. 그런 연유로 이 진법은 '칠채공작진'이라 불렸다.

자죽림이 스르륵 땅속으로 꺼지고, 칠채공작진이 본격적으로 출격했다.

"동차원 놈들이 수상한 짓을 한다."

"당장 저것들을 부숴라."

피사노교의 교도들과 그릇된 차원의 몬스터들은 앞뒤 가리지 않고 칠채공작진을 향해 달려들었다.

끼아아아악!

진법의 선두에서 아스라이 공작의 울음소리가 들리는 듯
했다. 그와 동시에 공작진의 양 날개가 퍼덕이며 기이한 안
개를 발생시켰다. 눈 깜짝할 사이에 전쟁터의 3분의 1이
진한 안개에 뒤덮였다.

"뭐야?"

앞으로 달려들던 녹마병들이 흠칫했다. 녹마장들도 말고
삐를 바짝 움켜쥐었다. 안개가 어찌나 짙었는지 바로 옆의
동료도 제대로 보이지 않았다.

바로 그 순간이었다. 공작이 일곱 빛깔의 꼬리를 활짝 펼
쳤다.

180도 반원을 그리며 펼쳐진 일곱 빛깔 꼬리는 그 크기
가 실로 거대하여, 가장 높은 곳은 100미터 상공까지 솟구
쳤다. 게다가 각각의 꼬리 깃털마다 축을 담당하는 수도자
들이 배치되었다.

이탄도 공작새 꼬리 중 한 곳을 맡아 기다란 관을 양손으
로 꽉 움켜잡았다.

진법을 통해 만들어진 길쭉한 법력의 관들이 공작새의
꼬리깃털 한 가닥에 해당했다. 그리고 길이가 100미터나
되는 꼬리깃털 하나하나마다 총 50명의 수도자들이 2미터
간격으로 매달려 있었다.

이탄이 담당한 꼬리깃털에도 총 50명의 수도자가 일정

한 간격으로 법력의 관을 움켜잡고 있었는데, 이탄이 위치한 곳은 꼬리깃털의 맨 끝부분이었다. 이것은 이탄이 해당 꼬리깃털의 핵심이라는 의미였다.

크아앙!

머리가 3개 달린 사자가 자세를 낮추고 거대한 공작새를 향해 포효했다. 주변의 몬스터들이 공작새를 향해 으르렁거렸다.

첫 번째 공격은 철룡이 시작했다. 철룡은 공작새의 꼬리깃털 중에서 정중앙 부분, 즉 6시 방향 꼬리깃털의 핵심을 담당했다.

철룡이 법력관을 몸쪽으로 꽈악 잡아당겼다. 그러면서 법력관 속에 자신의 법력을 잔뜩 불어넣었다.

우우우웅!

100미터 길이의 법력관이 크게 울었다.

그에 호응이라도 하듯이 철룡의 꼬리깃털에 매달린 49명의 수도자들도 자신의 법력을 법력관에 아낌없이 투입했다. 법력관은 49명의 법력을 모두 모아서 깃털의 핵, 즉 철룡에게 전달했다.

"흐읍!"

막대한 양의 법력이 몸으로 밀려들자 철룡이 입술을 꽉 다물었다.

일반적인 경우라면 이렇게 49명 분의 법력을 신체 내부로 끌어들이는 것은 미친 짓이었다. 몸뚱어리가 견뎌내지 못하고 폭발하기 때문이었다.

하지만 법력관이 법력의 폭주를 막아주었다. 엄밀하게 말해서 법력관이 아니라 공작새의 양 날개를 담당한 수도자들이 법력의 폭주를 다스려주었다.

덕분에 철룡은 동료 수도자 49명의 법력을 단 한 방울도 낭비하지 않고 모조리 신체 내부로 끌어들일 수 있었다.

그렇게 철룡의 몸속에서 한 바퀴 휘몰아친 강대한 법력이 철룡의 두 눈을 통해 일직선으로 방출되었다.

쭈와아앙!

철룡이 주특기는 오륜태양이었다.

따라서 철룡의 눈에서 쏘아져 나간 빛의 다발도 빨강, 노랑, 파랑, 보라, 흰색의 오색 빛깔로 물든 채 적들을 강타했다.

오색의 빛기둥이 스쳐 지나간 곳마다 수천 도가 넘는 고열이 발생했다. 악어머리 몬스터가 빨간 빛기둥에 스치자마자 잿더미가 되었다. 털이 부숭부숭한 대형 몬스터가 노랑 빛기둥에 맞아 그대로 사라졌다. 3개의 머리를 가진 사자는 황급히 도망치려다가 빛에 얻어맞아 온몸이 타버렸다.

깨개갱! 크르르르.

공작새의 꼬리깃털 가운데 하나가 출전했을 뿐인데도 몬스터 무리들이 기겁했다. 사나운 몬스터들이 사타구니 사이에 꼬리를 말고 주춤거렸다.

이어서 철소용이 나섰다.

철소용은 스승인 화화 대선인이 부상을 크게 입은 상태라 마음이 급했다.

'한시라도 빨리 저 악마들을 퇴치해야 해. 그래야 스승님께서 안전하게 몸조리를 하실 수 있지.'

우우우우웅―.

철소용의 법력관이 크게 울었다. 철소용과 한 몸이 된 49명의 수도자가 자신들의 법력을 철소용에게 보내주었다.

철소용은 그 법력을 고스란히 체내로 인도했다.

무지막지한 법력의 유입에 철소용의 내장이 터질 것처럼 부풀었다. 철소용의 이마에는 혈관이 크게 두드러졌다.

"끄으읍!"

철소용은 이빨이 으스러져라 깨물었다.

그렇게 버텨내자 엄청난 기운이 철소용의 내부에 자리를 잡았다. 철소용은 그 법력을 하나로 모아 두 눈에서 광선을 쏘았다.

철룡의 광선이 오색의 빛다발이었다면, 철소용의 눈에서

방출된 광선은 평범한 빛깔이었다. 하지만 철소용의 광선
도 위력은 상당했다.

지이이이잉—.

철소용의 광선이 몬스터 군단의 후방에 선을 쭉 그었다.
그 선으로부터 무려 1만 명이 넘는 부적 병사들이 튀어나
왔다. 병사들은 창과 방패로 무장을 한 채 달려들어 몬스터
들의 배후를 쳤다.

Chapter 3

마침 몬스터들은 철룡의 오색 광선에 밀려서 주춤주춤
후퇴를 하던 중이었다.

그런데 갑자기 후방에서 대군이 형성되어 몰아치자 크게
놀랐다. 부적 병사들이 동시에 내지른 창날이 몬스터들을
여럿 죽였다.

쿠우우워억!

몬스터들의 우두머리인 유바가 몬스터 군단 전체에 투명
한 막을 씌워주었다. 부적 병사들은 그 투명막 속까지 쫓아
들어와 몬스터들을 악착같이 공격했다.

크워억! 크웍!

유바의 몸에 박힌 수십 개의 눈알이 분노로 범벅이 되었다.

유바가 악을 쓰자 일부 몬스터들이 투명 막에서 뛰쳐나와 부적 병사들과 맞서 싸웠다. 그 사이 거대한 투명 막이 수 킬로미터 영역을 뒤덮으며 몬스터들을 보호했다.

그 장면을 본 시곤이 황급히 법력의 관을 잡아당겼다.

우우우웅!

시곤과 연결된 49명의 수도자들이 자신들의 법력을 시곤에게 밀어주었다. 시곤이 두 분을 벌겋게 물들이며 막대한 양의 법력을 체내로 인도했다.

이윽고 시곤의 눈에서 시뻘건 혈광이 일직선으로 쏘아졌다. 시곤의 혈광은 곧 붉은 사슴벌레로 변해서 온 하늘을 뒤덮었다.

평소 시곤이 피를 뿌려 소환했던 사슴벌레는 대략 수천에서 수만 마리 수준이었다. 그것만으로도 시곤은 다수의 녹마병들을 물리치고 녹마장들도 죽였다.

이번에 칠채공작진을 통해 시곤이 소환한 사슴벌레는 그 수가 무려 30만 마리가 넘었다.

따라락, 따라락, 따라라라락—.

피처럼 붉은 사슴벌레 떼는 눈에 보이는 모든 시야를 빨갛게 물들이며 날아가더니, 투명 막 속으로 거침 없이 파고들어 몬스터들을 갉아먹기 시작했다.

투명막이 거칠게 요동쳤다. 몬스터들이 막 속에서 버티지 못하고 밖으로 뛰쳐나왔다. 유바도 수십 개의 눈에서 환각을 일으켜 붉은 사슴벌레에 대항했다.

붉은 사슴벌레들은 철룡의 오색 광선보다도 효과가 더 큰 듯했다.

그럴 만도 한 것이, 이 사슴벌레들은 시곤이 생명력을 깎아내면서 만들어낸 특수한 곤충들이었다. 시곤이 피를 토하여 죄를 갚고자 하는 심정으로 만들어 내었으니 위력도 강맹할 수밖에.

그에 뒤질세라 나련 선자가 나섰다.

나련 선자는 49명의 동료 수도자들로부터 전해 받은 법력을 체내에서 한 번 연화한 다음, 두 눈에서 분홍빛 광선을 쏘았다. 그 광선이 수천 송이의 연꽃으로 변해 주변 수십 킬로미터 영역을 꽉 틀어막았다.

빙글빙글 회전하는 연꽃송이들은 그 하나하나가 단단한 방패가 되었다. 사슴벌레를 피해서 도망치던 몬스터들이 연꽃 방패를 온몸으로 들이받았다.

콰앙! 쾅! 쾅! 쾅!

하지만 아무리 어깨로 치받고 발톱으로 할퀴어도 연꽃 방패들은 끄떡도 하지 않았다. 이빨로 물어뜯어도 길을 열어주지 않았다.

끼이잉, 끄으으응.

도망칠 길이 보이지 않자 몬스터들의 눈에 두려움이 어렸다.

철룡이 오색 광선을 한 번 더 방출했다. 수많은 몬스터들이 광선에 노출되자마자 재로 스러졌다.

철소용의 부적 병사들도 아직까지도 절반 이상이 남아서 몬스터들과 격렬하게 싸웠다. 시곤이 소환한 붉은 사슴벌레는 투명막 속 구석구석을 헤집으며 몬스터들을 잡아먹었다.

그 어떤 몬스터도 나련 선자의 연꽃 방패를 뚫고 달아나지 못했다.

그때 또 다른 꼬리깃털이 움직였다.

이번 꼬리깃털의 핵은 제련종의 선인 가운데 한 명인 파호였다. 파호는 검룡의 사제이자 철소용의 사형이었다.

현재 검룡은 철룡과 마찬가지로 선5급에 이르렀다. 여기서 한 걸음만 더 내디디면 검룡도 대선인이 될 수 있었다.

그에 비해 철소용은 이제 갓 선1급이 된 상태였다. 그리고 파호는 철소용보다 한 단계 위인 선2급이었다.

파호가 49명의 법력을 몸 안에 받아들여 두 눈으로 광선을 쏘았다.

파호가 주로 익힌 것은 벼락과 천둥 부적을 제련하는 법술이었다. 그 비술이 부적도 없이 증폭되어 발현되었다.

빠카카카캉! 빠지직, 빠지직!

파호의 광선이 스친 곳마다 시퍼런 벼락이 무수히 떨어졌다. 천둥이 연쇄적으로 울려 몬스터들의 귀청을 찢었다.

"크흐윽, 역시."

파호의 얼굴이 희열로 물들었다.

이렇게 강대한 힘을 발휘하고 나니 파호는 마치 자신이 대선인의 반열에 오른 것처럼 느껴졌다.

"보아라. 이것이 나 파호의 힘이니라."

파호가 눈에 힘을 딱 주었다.

빠카카카캉!

파호의 눈길이 닿는 곳마다 시퍼런 벼락의 향연이 펼쳐졌다. 파호는 그 힘에 취해 몬스터들을 수도 없이 죽였다.

파호에 이어서 붕룡의 차례였다. 붕룡은 법력관을 통해 49명 수도사들의 법력을 받아들인 다음, 그 힘을 두 눈에 집중했다.

꾸워어어억!

기력을 잃고 축 늘어져 있던 붕조가 400미터나 되는 날개 넉 장을 펄럭이며 다시 비상했다.

붕조는 그리 높이 날지는 않았다. 낮게 저공비행하며 몬스터들을 닥치는 대로 부리로 쪼고 입안에 집어삼켰다. 가끔씩 발톱을 휘둘러 몬스터들을 찢어죽이기도 했다.

몬스터들은 붕조의 우렁찬 울음과 거대한 몸체에 놀라 제대로 저항도 하지 못했다.

"이제 내 차례인가?"

이번엔 이탄이 법력관을 잡아당겼다.

이탄과 연결된 수도자들이 자신들의 법력을 이탄에게 보내주었다. 이탄은 그 법력을 체내에서 한 바퀴 돌렸다.

'에게?'

솔직히 이탄은 실망했다.

'49명분의 힘이 모인 것이라기에 제법 뻐근한 거력이 밀려들 줄 알았는데, 고작 이거야? 체엣. 형편없잖아.'

이탄의 뇌에서는 지금 이 순간에도 음차원의 마나가 끊임없이 법력으로 전환되는 중이었다. 그렇게 전환된 법력의 양이 실로 엄청나서, 단 1초만 모아도 49명 분량의 법력보다도 더 강대했다.

그러니 법력관을 통해 모은 법력이 이탄의 성에 차지 않을 수밖에.

Chapter 4

'겨우 이걸로 뭘 하라고?'

이탄은 내심 실망하면서도 모인 법력을 두 눈으로 보냈다.

쭈웅!

이탄의 눈에서 금빛 광선이 뿜어졌다. 칠채공작진법의 권능에 의해서 발현된 금빛 광선은 방출과 동시에 이탄이 주로 익힌 법술로 전환되었다.

쿠오오오웅!

수라체 발현!

이탄이 만들어낸 수라는 3개의 머리에 6개의 팔다리를 지니지 않았다. 무려 18개의 머리와 36개의 팔, 36개의 다리를 지녔다.

이것은 이탄이 독학으로 수라체를 연마하면서 빚어진 현상이었다.

이탄만의 독특한 수라가 등장과 동시에 나련 선자의 연꽃 방패를 뛰어넘었다. 그리곤 몬스터들을 상대하지 않고 그 너머의 녹마장들을 향해 달려들었다.

이탄이 만들어낸 수라는 그 크기만 20미터가 넘었다. 수라가 지닌 팔과 다리는 각각 36개나 되었다.

여러 개의 팔과 다리가 온 사방을 휩쓸었다. 일대에 광풍이 몰아쳤다. 36개의 수라 눈에서 터져 나오는 광선 36다발은 온 사방을 가로 세로로 자르며 난도질했다. 수라가 지닌 18개의 입은 열여덟 종류의 서로 다른 천둥을 터뜨렸다. 그 천둥들이 서로 중첩하여 파괴력을 극도로 끌어올렸다.

꽈르릉! 꽈과광!

범종이 깨지는 듯한 굉음과 함께 녹마장들이 피떡이 되어 날아갔다. 녹마병들이 저항 한 번 제대로 해보지 못하고 몰살을 당했다.

녹마사들이 완드를 겨눠 벼락을 날렸다.

수라의 몸이 청동빛을 강렬하게 내뿜었다. 그러자 녹마사들의 공격이 허무하게 스러졌다.

"허어!"

철룡이 입을 쩍 벌렸다.

금강수라종의 차기 종주인 철룡도 머리가 18개에 팔이 36개인 수라는 난생처음 보았다. 철룡의 상식에 따르면, 수라는 머리가 3개에 팔이 6개여야 정상이었다.

"한데 막내는 어떻게 저런 수라를 만들었을꼬? 아니, 그전에 막내가 스승님의 제자가 된 지 얼마나 되었다고 벌써 수라체를 구현하지?"

철룡은 경악하면서도 기뻤고, 기쁘면서도 의아했다.

사실 철룡은 아직 진실에 닿은 것이 아니었다. 지금 이탄은 고작 49명 분량의 법력만 투입해서 저 수라를 만들어 내었다. 하여 수라의 모습이 흐릿하고 비실비실—이탄이 느끼기에는— 기력이 없었다.

만약 이탄이 본인의 법력을 총동원하여 진짜 수라를 만들어낸다면?

진짜 수라는 조각상처럼 뚜렷하게 실체가 보일 것이다. 진짜 수라가 손발을 휘저으면 산봉우리가 붕괴하고 대지가 뒤틀릴 것이다. 지금보다 수십 배는 더 빠른 속도로 적진을 헤집으며 적들을 몰살시킬 것이다.

수라의 비실비실한 모습에 이탄이 눈을 찌푸렸다.

'영 충만하지가 않네. 쯧쯧쯧. 수라체를 만들면 뭔가 뿌듯하면서도 꽉 찬 느낌이 들어야 하는데, 저건 너무 맹숭맹숭하잖아. 매가리도 없고 말이야. 쯧쯧쯧쯧.'

이탄이 연신 혀를 찼다.

그래도 이탄은 여기서 만족하기로 마음 먹었다.

'하긴, 저렇게 맥아리가 없으니까 좋은 점도 있구나. 최소한 남들의 눈에는 잘 띄지 않을 거야. 후훗. 정체를 숨겨야 하는 나로서는 이런 상황이 나쁜 것만은 아니야. 후후훗.'

이탄이 남몰래 이렇게 웃었다.

택도 없는 소리였다.

이탄이 만들어낸 수라가 어찌나 눈에 번쩍번쩍 띄는지, 철룡을 포함한 모든 금강수라종의 수도자들이 이탄의 수라만 쳐다보았다.

게다가 지금 이탄에게 주목하는 사람은 비단 금강수라종만이 아니었다.

제련종의 검룡과 파호, 철소용이 이탄의 수라에게서 눈을 떼지 못했다.

천목종의 죽룡과 나련 선자도 부릅뜬 눈으로 수라만 응시했다.

음양종의 붕룡도 마찬가지였다.

오직 시곤만이 이탄의 수라를 보지 못했다. 이는 시곤이 온 힘을 다해 붉은 사슴벌레를 컨트롤하느라 다른 곳에 시선을 둘 여력이 없기 때문이었다.

심지어 적들까지도 이탄의 수라에게 시선을 집중했다.

"우와아악, 안 돼."

녹마병들이 괴물 수라를 피해 사방으로 우르르 흩어졌다.

히이이이힝!

녹마장들의 말이 수라에 놀라 두 다리를 번쩍 들고 히이힝 울었다.

거대 쥐들이 등에서 녹마사들을 내팽개치고 도망쳤다.

이탄의 수라는 도망치는 적들에게 빠르게 달라붙어 36개의 청동빛 팔을 휘둘렀다. 입에서 초음파를 터뜨렸다. 두 눈에서는 광선도 쏘았다.

괴물 수라가 미친 듯이 날뛰면서 적들을 격살하는 동안, 칠채공작진도 조용해졌다. 수도자들은 입만 쩍 벌렸다. 다들 괴물 수라의 무시무시한 모습과 대량 학살에 놀라서 여기가 전쟁터라는 사실도 잠시 잊어버린 듯했다.

오직 이탄만이 속으로 투덜거렸다.

'눈에 띄지 않는 것도 좋지만, 너무 약한데. 너무 맥아리가 없는데. 한 번 미친 척하고 내 진짜 법력을 불어넣어 봐?'

이탄의 뇌리에 얼핏 이런 생각이 들었다.

하지만 이내 마음을 접었다.

'에이. 아니지. 그랬다가 사람들의 주목을 받으면 나중에 뒤처리가 곤란해져. 그렇게 멋대로 굴었다가 철룡 사형이 캐물으면 뭐라고 답할 거야? 일단은 사람들 눈에 띄지 않는 게 좋아. 그게 더 내 성향에 맞는다고.'

이탄은 '있어도 없는 척, 없어도 있는 척하며 동차원에서 사람들 눈에 띄지 말고 딱 중간만 가자.' 라는 초심을 꿋꿋하게 지키기로 다짐했다.

이미 이탄은 사람들의 주목을 미친 듯이 받고 있고, 사람들 눈에 띄지 말자는 결심은 깨어진 지 오래라는 사실을, 오로지 이탄만 몰랐다.

당장 피사노교의 수뇌부들도 이탄이 만들어낸 청동빛 괴물 수라를 힐끗힐끗 쳐다보았다.

한편 구름 위.

지상에서 철룡이 수도자들을 모아서 칠채공작진을 펼칠 동안, 하늘 높은 곳에서는 차원이 다른 전투가 벌어지는 중이었다.

극양 대선인과 현음 대선인이 또다시 손바닥을 맞잡아 음의 법력과 양의 법력을 강하게 충돌시켰다.

투화확!

양극합벽 작렬!

감당하지 못할 양의 에너지가 파도처럼 밀려와 구름 위 상공 수십 킬로미터 영역을 뒤덮었다. 강력한 에너지가 구름 위를 노을처럼 물들였다.

Chapter 5

만약 이 힘이 지상으로 향했다면 수만 명이 그대로 잿더미가 되었을 것이다. 이 일대 전체가 황폐화되었을 것이다.

하지만 극양과 현음은 양급합벽의 방향을 잘 조절하여 지상으로는 여파가 가지 않도록 고려했다. 대신 모든 에너지가 피사노 쌀라싸에게만 집중되었다.

강렬한 에너지 폭풍에 휘말려 쌀라싸가 큰 피해를 입었다.

"크윽."

쌀라싸의 입술 사이로 검붉은 피가 주르륵 흘러내렸다.

그나마 쌀라싸가 죽지 않은 이유는 가슴에 결합된 악마 덕분이었다. 음양종의 두 대선인이 손을 맞잡는 순간, 악마와 쌀라싸는 동시에 철통같은 방어막을 쳤다. 덕분에 쌀라싸는 양극합벽에 노출되고도 목숨을 보존했다.

물론 쌀라싸도 목숨만 건졌을 뿐 무사하지는 못했다. 양극합벽에 얻어맞는 순간 쌀라싸의 혈관 속 피가 대부분 증발해 버렸다. 세포가 까맣게 죽었다. 몸이 분해되어 툭툭 떨어져 나갔다. 양극합벽의 무지막지한 공격력에 쌀라싸는 할 말을 잊었다.

그렇게 쌀라싸가 시선을 끌어준 사이, 피사노 캄사가 극양과 현음 뒤쪽에서 불쑥 튀어나와 공간을 뒤틀었다.

캄사의 몸 주변에 흐릿하게 문자가 흘렀다.

이 문자는 만자비문 가운데 하나로, 뒤틀림을 의미했다.

뿌드드득!

공간이 뒤틀렸다.

"아앗?"

"크와악."

극양과 현음이 그 뒤틀림에 휘말려 갈가리 찢길 뻔했다.

위기의 순간, 천목종의 대선인인 죽노가 나타났다. 죽노는 땅이 아닌 구름 위에 자줏빛 대나무 숲을 키워내어 캄사의 공격을 대신 받았다.

자주색 대나무들이 마구 뒤틀리면서 뻥뻥 터졌다. 세상 그 무엇보다 더 단단하다는 자죽도 만자비문 앞에서 버티지는 못했다.

"크윽."

자죽림이 터져나가자 죽노가 피를 토했다.

대신 극양과 현음은 무사했다.

"네놈이 감히 나를 방해해?"

피사노 캄사가 무시무시한 눈으로 죽노를 노려보았다.

그 순간 현음이 손을 뻗었다.

쩌저정!

눈 깜짝할 사이에 캄사가 수 킬로미터 크기의 얼음벽에 갇혔다.

와장창─.

캄사가 흐릿한 문자를 앞세워 현음의 얼음벽을 그대로 깨뜨렸다.

이번엔 극양이 캄사를 향해 손을 뻗었다.

까악! 화르르르륵!

극양의 손바닥에서 온몸이 활활 타오르는 까마귀가 나타나 캄사에게 달려들었다.

캄사가 까마귀의 목을 확 낚아챘다.

그 틈을 노려서 현음의 하얀 두꺼비와 극양의 붉은 두꺼비가 동시에 혓바닥을 쏘았다. 두 줄기의 혓바닥이 캄사를 타격했다.

캄사가 허공에서 주르륵 밀렸다. 캄사가 피를 울컥 토하는 것으로 보건대, 두꺼비의 혓바닥 공격이 생각보다 매서운 듯했다.

두 마리 두꺼비가 혀를 회수했다가 다시 쏘려고 들었다. 죽노는 캄사가 피할 곳을 예측하여 그곳에 미리 자죽림을 소환해 두었다.

음양종과 천목종의 대선인들은 손발이 척척 맞았다.

"크윽."

위기에 몰린 캄사가 얼굴을 잔뜩 일그러뜨렸다.

바로 그 순간, 쌀라싸가 개입했다.

"후우우—."

쌀라싸는 입을 크게 벌리더니 바람을 내뿜었다. 쌀라싸와 결합한 악마도 함께 입을 벌려 바람을 불었다.

쌀라싸의 입에서 튀어나온 녹색의 바람과 악마가 만들어

낸 검은 바람이 서로 뒤엉켜 해골 모양으로 변했다. 오직 뼈다귀만 남은 검녹색 해골들이 눈 깜짝할 사이에 여덟 구나 소환되었다.

검녹색 해골들은 키가 18미터에 손톱이 4미터나 되었다. 게다가 뼈다귀 틈새에서 짙은 녹색 안개가 뿜어져 나와 무척 불길해 보였다.

그런 해골들이 극양과 현음을 향해서 이빨을 딱딱딱 맞부딪치며 달려들었다.

검녹색 해골들의 등장에 극양의 안색이 변했다.

"으으음. 저것은 또 어떤 마물들이란 말인고?"

현음도 한숨이 나오기는 마찬가지였다.

"도대체가 끝이 없구나. 하아아."

두 대선인은 두 번이나 연달아 양극합벽을 펼치느라 법력이 바닥난 상태였다. 이 상황에서 흉악한 해골들이 범상치 않은 기세로 달려들자 낯빛이 어두워졌다.

결국 이번에도 죽노가 해결사 노릇을 했다.

"이놈들, 감히 어딜 덤비느냐? 썩 물러가지 못할까."

죽노가 손가락을 튕기자 검녹색 해골들 앞에 자죽림이 무성하게 자라났다.

녹마병과 녹마장, 녹마사들이 아무리 애를 써도 죽룡의 자죽림을 부수지 못했다. 몬스터들이 제아무리 달려들어도 자죽림은 끄떡도 하지 않았다.

죽노가 소환한 자줏빛 대나무들은 죽룡이 소환한 대나무보다 10배는 더 단단하고 밀도가 높았다.

한데 검녹색 해골들은 그 단단한 대나무들을 부수기 시작했다.

자줏빛의 대나무들이 콰직콰직 뜯겨나갔다. 해골들이 뿜어낸 녹색 연기가 대나무의 강도를 약화시켰다. 검녹색 손톱이 약화된 대나무를 강제로 잡아 뜯었다. 이런 일이 가능한 이유는 검녹색 손톱이 대나무보다 더 경도가 높았기 때문이었다.

그래도 자죽림은 자죽림이었다. 대나무가 부서지기는 했으나 그 속도가 제법 느렸다. 그만큼 대나무의 강도가 높다는 의미였다.

거기에 더해서 죽노가 법력을 쏟아부어 부서진 대나무를 되살리기까지 했다. 그 탓에 검녹색 해골들도 생각보다 쉽게 길을 뚫지는 못했다.

그렇다고 쌀라싸가 헛짓을 한 것은 아니었다. 검녹색 해골들 덕분에 캄사가 겨우 한숨 돌렸다. 죽노가 검녹색 해골들을 상대하는 동안, 캄사는 두 마리 두꺼비의 공격을 피해 멀리 몸을 빼냈다.

"허억, 허억, 허억."

멀리서 캄사가 숨을 거칠게 헐떡였다.

쌀라싸가 그런 캄사를 마뜩지않은 눈으로 흘겨보았다.

"도망칠 것이 아니라 좀 더 가열차게 공격을 했어야지. 그랬다면 해골종과 함께 적들의 숨통을 끊을 수도 있었으련만. 쯧쯧쯧."

쌀라싸가 투덜거렸다.

Chapter 6

어쨌거나 이미 캄사는 후방으로 빠진 상태였고, 검녹색 해골 여덟 구는 빽빽한 대나무 숲을 뚫는 데 시간이 좀 걸릴 것 같았다.

"어디 보자. 아래쪽은 전황이 어떻게 돌아가나?"

쌀라싸는 잠시 짬을 내어 구름 아래로 시선을 돌렸다.

구름 위에서 초월자들이 어마어마한 격전을 벌이는 동안, 지상의 전투도 꽤 치열했다. 남명의 수도자들은 철룡의 지휘 아래 칠채공작진법을 구축했다. 그 공작진의 위력이 어찌나 강력했던지 유바가 이끄는 몬스터들이 부지불식 간에 도륙을 당했다. 녹마병과 녹마장, 녹마사들도 눈 녹듯이 녹았다.

특히 쌀라싸는 괴물 수라에게서 눈을 떼지 못했다.

"저게 뭐야?"

쌀라싸가 지켜보는 가운데 피사노 교도들이 괴물 수라의
손에 얻어맞아 피떡이 되었다. 괴물 수라의 광선에 관통당
해 몸이 썽둥썽둥 썰렸다.

"안 되겠구나. 이러다 아이들이 전멸하겠어."

쌀라싸가 괴물 수라를 향해 턱짓을 했다.

여덟 구의 검녹색 해골 가운데 한 구가 지상으로 휙 내려
갔다.

"웅?"

이탄이 흠칫했다. 수라를 조종하여 한창 신나게 피보라
를 일으키는 중인데, 갑자기 하늘에서 검녹색 해골이 덮쳤
기 때문이다.

"넌 또 뭐냐?"

이탄이 36개의 팔을 휘둘렀다. 주먹과 손날, 손바닥이
풍차처럼 날아가 검녹색 해골을 몰아쳤다.

끼요옥!

검녹색 해골은 괴성을 지르며 4미터나 되는 손톱을 휘둘
렀다. 그것도 10개나 되는 손톱을 동시에 휘갈겼다.

괴물 수라의 크기가 얼추 20미터였다.

검녹색 해골도 키가 18미터나 되었다.

두 괴물이 맞부딪치자 그 충돌의 여파가 100미터가 넘게 미쳤다.

끄가가각!

거대한 검녹색 손톱이 괴물 수라의 가슴 위에서 미끄러지면서 금속 긁히는 소음을 내었다. 수라의 몸에서 청동빛 광채가 퍼지면서 검녹색 손톱을 밖으로 밀어내었다. 죽노의 자죽림도 파헤쳤던 손톱이 수라에게는 통하지 않았다.

대신 수라의 주먹도 검녹색 뼈를 한 방에 부수지 못했다. 뼈가 어찌나 질기고 단단하던지 주먹세례에 손날 공격을 연달아 얻어맞고도 끄떡없었다.

괴물 수라와 검녹색 해골은 서로가 서로에게 공격을 퍼붓고, 또 방어했다. 아주 짧은 찰나에 공방이 수십 번이나 오갔다.

그렇게 공방을 주고받아도 싸움은 결판이 나지 않았다.

'역시 다른 수도자들의 법력만으로는 뒷심이 부족해. 조금만, 아주 조금만 내 법력을 불어넣어야겠어.'

이탄이 결정을 내렸다. 이탄은 아주 미약하게 단 한 오라기의 법력만을 뽑아낸 다음, 그 법력의 끝을 다시 벼룩의 간만큼만 잘라서 톡 떨어뜨렸다.

눈에 보이지도 않을 정도로 미세하게.

가루나 다름없는 느낌으로 사뿐히.

괴물 수라에게 톡 떨어진 이탄의 법력이 이윽고 괴물 수라의 전신으로 퍼져나갔다.

투웅!

순간적으로 눈을 뜨기 힘들 정도의 청동빛 광채가 괴물 수라의 온몸으로 전파되었다. 팽팽하던 싸움이 단숨에 괴물 수라 쪽으로 기울었다.

꽈드득!

괴물 수라의 팔 2개가 검녹색 해골의 손목을 붙잡아 단숨에 비틀어 꺾었다. 4미터 크기의 손톱 10개에는 각각 2개씩의 손이 달라붙어 손톱을 우지끈 부러뜨렸다. 이어서 상대의 손가락뼈까지 분질러 버렸다.

"크우웃?"

검녹색 해골이 움찔했다.

괴물 수라가 상대에게 불쑥 머리를 들이밀었다. 18개의 머리 가운데 2개가 동시에 상대의 턱뼈를 치받았다. 그 상태에서 36개의 손바닥이 해일처럼 아래서 위로 밀려 올라오면서 해골의 갈비뼈와 목뼈, 척추와 안면을 동시에 후려쳤다.

퍼버버버벅!

타격이 한 번 발생할 때마다 괴물 수라의 손바닥에서 청동빛 광채가 물결처럼 번져 나갔다. 그 청동빛 속에 얼핏얼핏 황금빛도 은은히 섞였다.

광채에 밀려서 녹색 안개는 가까이 접근도 하지 못했다.

빠각!

마침내 검녹색 해골의 두개골이 빠개졌다.

괴물 수라는 36개의 손으로 적을 붙잡아 머리 위로 치켜들더니 그대로 손에 힘을 주어 뼈들을 잡아 뽑기 시작했다. 36개의 손으로 해체 작업을 하다 보니 시간이 얼마 걸리지도 않았다.

"크우우? 쿠웃? 쿠웃?"

검녹색 해골은 제대로 반항 한 번 해보지 못하고 온몸이 와해되었다.

이런 장면을 보고도 동차원의 수도자들은 별로 놀라지 않았다. 그들은 검녹색 해골이 얼마나 무서운 존재인지 알지 못했다. 구름 위에서 죽노가 검녹색 해골을 상대하느라 진땀을 흘린다는 사실도 알지 못했다.

'해골 형태의 새로운 악마가 나타났다가 괴물 수라에게 쳐맞고 부서졌구나.'

'저 해골 말이야, 커다란 덩치에 비해서 힘은 별로 없었나 봐.'

'맞아. 그러니까 저렇게 쉽게 제압되었겠지.'

수도자들은 그저 이런 생각을 할 뿐이었다.

반면 구름 위의 쌀라싸는 기겁을 했다.

"아니, 어떻게 저럴 수가 있지?"

쌀라싸는 조금 전 벌어진 일을 눈으로 보고도 믿기 힘들었다.

사실 검녹색 해골은 보통 존재가 아니었다. 이 해골은 인간의 흑마법이 만들어낸 존재가 아니라 부정 차원의 악마종 가운데 하나였다. 따라서 해골들 가운데 단 한 구만 출전해도 어지간한 군대는 단숨에 쓸어버릴 만했다.

그런데 팔다리가 여러 개 달린 저 해괴한 괴물은 장난감부수듯이 검녹색 해골을 해체해 버렸다.

"안 되겠구나."

쌀라싸가 다시 턱짓을 보냈다.

이번에는 총 네 구의 해골이 지상으로 내려갔다.

"압도적인 힘으로 짓뭉개주마."

쌀라싸가 지상을 향해 으스스하게 뇌까렸다.

Chapter 7

쌀라싸의 판단에 따르면, 검녹색 해골, 즉 해골종 네 구만 동원하면 칠채공작진을 통째로 부숴버리고도 남았다.

그러니 쌀라싸가 승리를 자신할 만했다.

어쨌거나 하늘에서 네 구의 해골들이 또 떨어졌다.

이탄이 눈을 찌푸렸다.

'아 씨, 이 해골들을 내려보내는 사람은 분명 피사노교의 고위층일 것 아냐? 이렇게 고위층의 관심을 끌면 내 입장이 곤란해지는데, 이걸 어쩌지?'

이탄은 마차 위의 노인이 자꾸 마음에 걸렸다.

그렇다고 지금 이 상황에서 발을 빼기도 어려웠다.

"에라 모르겠다. 어차피 내 얼굴이 드러난 것도 아니고, 저 따위 허섭한 해골 몇 구 부쉈다고 해서 내가 꼭 눈에 띄라는 법도 없잖아?"

조금 전 수라가 손바닥으로 몇 대 때리니까 검녹색 해골이 손쉽게 부서졌다.

'그렇게 약한 해골이라면 몇 구쯤 박살 내도 티가 별로 나지 않을 거야.'

이탄은 이렇게 믿었다.

아니, 그리 믿고 싶었다.

"이왕 내친걸음이니 단숨에 으스러뜨려야지. 괜히 질질 끌다가 자꾸 시선을 끌면 오히려 좋을 것 없어."

이탄이 아주 가늘게 한 오라기의 법력을 끌어올려 끝부분 아주 조금만 톡 끊었다. 그 다음 그 법력을 수라에게 보내주었다.

푸화악!

수라의 전신에서 청동빛 파동이 한 겹 더 퍼져나갔다. 두 번 업그레이드 된 수라가 그 자리에서 퓩 사라졌다. 그 다음 검녹색 해골 네 구의 사이에서 불쑥 나타나 36개의 손으로 적들을 붙잡았다.

해골종 한 구당 손 9개씩.

뿌득!

손목에 스냅 한 번 주었을 뿐인데, 네 구의 검녹색 해골들이 각기 열 조각으로 해체되었다.

힘을 쓰고 버틸 틈도 없었다. 그저 괴물 수라에게 붙잡혔다 싶은 순간 검녹색 해골들은 이미 뼈가 분리되어 있었다.

괴물 수라는 와르르 무너지는 해골의 뼈다귀를 붙잡아 무자비하게 꺾고, 분지르고, 손바닥 사이에 끼워 비벼서 가루로 만들었다. 혹은 해골의 2개 눈구멍에 손가락을 끼워넣고 빙글빙글 돌려서 눈구멍을 얼굴 반쪽만 하게 키우기도 했다.

검녹색 해골들은 그렇게 잘게 부서졌다.

그즈음 쌀라싸가 다시 지상으로 시선을 돌렸다. 원래 쌀라싸는 해골종들을 지상으로 내려보낸 뒤, 자죽림에 신경을 쓰느라 지상은 잠시 잊었다. 그 다음 몇 초가 흐른 뒤, 다시 구름 아래를 내려다보고는 가슴이 철렁했다.

"뭐야? 어디로 갔어? 해골종 녀석들이 다 어디로 갔냐고?"

쌀라싸가 고함을 질렀다.

악마가 입술을 달싹거리려다가 닫았다. 사실 악마는 지상에서 벌어진 일들을 똑똑히 보았다.

'괴물 수라가 눈 깜짝할 사이에 해골종 4명을 단숨에 으깨서 가루로 만들었지, 어디로 갔겠냐? 그 장면도 보지 못했다니 쌀라싸야, 대체 눈깔은 뭐 하러 달고 다니느냐? 눈깔이 장식이냐?'

악마가 속으로 이렇게 중얼거렸다.

악마는 조금 전에 자신이 목격한 장면을 쌀라싸에게 말해주려고 했다. 그러다 무슨 생각이 들었는지 흠칫하며 입을 다물었다.

'혹시 인연자인가? 만자비문을 얻은 인연자가 저 괴물을 만든 것 아냐?'

악마가 이렇게 추측한 데는 이유가 있었다.

사실 검녹색 해골들은 부정 차원의 악마종 가운데 하나였다. 해골의 뼈를 구성하는 음험하고도 끈적끈적한 기운은 언노운 월드의 마법과는 상극이었고, 주술에 대한 저항력도 아주 높았다. 물리적인 공격에 대한 대비는 굳이 말로 설명할 필요가 없었다.

만약 악마가 4명의 해골종과 드잡이질을 한다면?

물론 악마가 이기기는 할 것이다. 하지만 최소한 한 시간 가까이 싸워야 겨우 승기를 잡을 것이 뻔했다.

쌀라싸가 전력을 다한다고 해도 해골종 4명을 해치우려면 꼬박 하루는 싸워야 했다.

그런 해골종들이 눈 한 번 깜빡일 사이에 가루로 변했다.

'이건 물리적 힘이 아니야. 분명히 만자비문의 기운이 사용된 게야. 아마도 해체를 뜻하는 문자가 발동했거나, 아니면 고압을 의미하는 문자가 동원되었겠지. 그렇지 않고서는 이렇게 단숨에 검녹색 해골종들을 부술 수는 없어.'

이상이 악마가 내린 결론이었다.

악마의 상식으로는 이러한 결론을 내릴 수밖에 없었다.

사실은 아니었다. 조금 전 괴물 수라는 만자비문의 권능에 기대지 않았다. 오로지 물리적인 힘만으로 검녹색 해골종 4명을 아예 가루로 빻아버렸다.

이런 이적이 가능했던 이유는 두 가지였다.

첫째, 이탄이 불어넣어 준 법력이 그만큼 충만했기 때문이었다.

둘째, 이탄이 수라체를 연마하면서 깨달은 정상세계의 언령, 즉 '동시구현'의 신적 파괴력이 괴물 수라에게 더해졌기 때문이었다.

어쨌거나 악마의 착각이 이탄에게는 축복이 되었다. 악마는 조금 전에 목격한 사실을 쌀라싸에게 말해주지 않았다.

중요한 장면을 놓친 사람은 비단 쌀라싸만이 아니었다. 이탄의 동료 수도자들도 괴물 수라가 검녹색 해골 네 구를 때려 부수는 장면을 보지 못했다. 불과 1초도 되지 않아 싸움이 끝나버린 탓이었다.

이탄이 홀로 키득거렸다.

"큭큭큭. 이렇게 후다닥 해치워 버리니 속이 후련하네. 워낙 순식간에 일어난 일이라 구름 위에서도 제대로 보지 못했을 거야. 하긴, 이 복잡한 전쟁의 와중에 누가 저 약해 빠진 해골들에게 신경을 쓰겠어? 덩치만 컸지 거의 수수깡이나 다름없는 약체들인데 말이야."

수수깡?

약체?

만약 검녹색 해골들이 이탄의 중얼거림을 들었다면, 분명히 뒷목을 잡고 쓰러졌을 것이다. 부정 차원에서 검녹색 해골들은 공격력에 비해서 방어력이 높기로 유명한 악마종이었다. 그런 악마종이 수수깡에 비유된다는 것 자체가 커다란 치욕이었다.

이탄이 키득거리는 사이, 구름 위에선 쌀라싸가 잠시 행동을 망설였다.

'어떻게 하지?'

조금 전 쌀라싸는 악마의 도움을 받아 총 8명의 해골종을 이곳 차원으로 소환했다. 이들 해골종 가운데 5명이 지상으로 내려갔다가 흔적도 없이 자취를 감추었다.

'이런 상황에서 나머지 셋을 지상으로 또 내려보내?'

그런 짓을 했다가는 구름 위의 전투도 승리를 장담하기 어려웠다. 그럴 바에는 어느 한 곳이라도 확실하게 매듭을 지어야 했다.

Chapter 8

쌀라싸가 마음을 고쳐먹었다.

"결국엔 내가 본격적으로 나서야겠구나. 해골종들과 함께 저 귀찮은 늙은이들부터 심장을 뽑아줘야지. 그 다음 지상에서 벌어진 일들을 뒤처리하면 될 게야."

쌀라싸는 지상 전투에 대해서는 신경을 잠시 꺼버린 다음, 두 손을 신중하게 앞으로 내밀었다.

화르륵! 화륵!

쌀라싸의 양손에서 검녹색 편린들이 세차게 타올랐다. 드래곤의 비늘을 닮은 해괴한 불꽃은 쌀라싸의 손바닥을 넘어 손목, 그리고 팔뚝까지 타고 올라왔다.

"가라."

쌀라싸는 양손을 부드럽게 전면으로 뻗었다.

슈오오오옹!

쌀라싸의 손끝에서 방출된 검녹색 편린들이 떼 지어 날아가는 나비들처럼 우아하게 허공을 횡단했다.

"헙?"

"피해."

극양과 현음이 흠칫 놀라 자죽림 속으로 몸을 피했다.

검녹색 편린들은 느린 듯 보였지만 사실은 섬뜩할 정도로 빨랐다. 편린들이 어느새 자줏빛 대나무에 내려앉아 표면을 갉아먹기 시작했다.

몇 시간 전 쌀라싸가 이탄에게 날렸던 편린들은 지금 이 편린들에 비하면 아무것도 아니었다. 이탄에게 흡수된 편린은 고작 네 조각 정도였지만, 지금은 수를 헤아릴 수 없는 편린들이 검녹색으로 활활 타올랐다.

그나마 죽노의 자죽이니까 이 정도 버티는 것이지, 다른 물질이었다면 검녹색 편린에 닿자마자 그대로 타버렸을 것이다.

약간의 시간이 흐르자 자죽림에 구멍이 뚫렸다. 검녹색 편린들이 구멍 속으로 우르르 몰려들었다.

"이크."

극양 대선인이 붉은 두꺼비를 타고 멀리 몸을 피했다. 현음 대선인도 하얀 두꺼비에 올라타 피신했다.

"이럴 수가."

오직 죽노만이 제때 피하지 못했다. 자죽림이 이렇게 빨리 뚫린 것이 믿어지지 않는 듯 죽노는 그 자리에서 입만 쩍 벌렸다.

그런 죽노를 향해 3명의 해골종과 검녹색 편린 한 무더기가 동시에 달려들었다.

"안 돼!"

극양이 황급히 두꺼비의 방향을 틀었다.

서로 마음이 통한 듯 현음도 극양에게 달려가 손바닥을 하나로 합쳤다.

극양과 현음은 연달아 두 번이나 양극합벽을 사용하느라 법력이 바닥난 상태였다. 하지만 여기서 죽노를 잃을 수는 없기에 젖 먹던 힘까지 쥐어짜고 몸에 무리가 오는 것을 감수하면서까지 3차 양극합벽을 시도했다.

투확!

극양과 현음의 손바닥 사이에서 눈부신 빛이 작렬했다. 그 뒤를 이어 음과 양의 충돌 에너지가 해일처럼 터져 나왔다.

목표는 쌀라싸와 캄사.

이 가운데 캄사는 적들이 힘을 합칠 기미가 보이자마자 미친 듯이 구름 아래로 도망쳐버렸다.

그러고도 완전히 몸을 피하지는 못하여 캄사의 등판이 와르르 허물어졌다. 뒤통수도 4분의 1이 날아가 버렸다.

쌀라싸는 더욱 상황이 나빴다. 쌀라싸는 검녹색 편린들을 컨트롤하느라 몸을 피하는 것이 조금 늦었다.

그때 이미 양극합벽의 무지막지한 파괴력이 쌀라싸를 훑고 지나간 뒤였다.

쌀라싸가 황급히 만들어낸 보호막은 양극합벽 앞에서 허무하게 스러졌다. 악마가 보호막을 추가로 둘러주었으나 그 또한 오래 버티지는 못했다.

"끄아아아아—."

쌀라싸가 고개를 뒤로 젖혀 목이 찢어져라 괴성을 질렀다. 가공할 에너지에 노출되어 쌀라싸의 안면 앞쪽이 전부 날아가 버렸다. 두 눈알이 터지고 팔다리가 통째로 붕괴되었다. 그 고통은 이루 말할 수 없었다.

쌀라싸가 치명상을 입은 상태에서 목숨이라도 건진 것은 순전히 악마의 도움 덕분이었다. 쌀라싸의 심장이 붕괴하고 뇌가 정지하려는 순간, 악마는 쌀라싸의 몸뚱어리 전체를 부정 차원으로 옮겨놓았다.

차원의 문을 통하지 않고 강제로 차원이동을 하면 그 타격이 이만저만 큰 것이 아니었다.

하지만 악마가 지금의 위기를 넘기려면 다른 도리가 없었다.

'빌어먹을. 쌀라싸가 죽으면 나도 숨이 끊기잖아. 뿌드득.'

결국 악마는 본인을 위해서 큰 피해를 무릅쓰고 쌀라싸를 살렸다.

'이 타격을 회복하려면 아마도 한동안은 부정 차원에서 꼼짝도 못 하고 몸조리를 해야 할 테지? 젠장.'

악마는 눈앞이 캄캄했다.

결국 쌀라싸는 치명상을 입고 다른 차원으로 도망을 쳐버렸다.

쌀라싸가 갑자기 사라지자 검녹색 편린들도 자취를 감추었다. 해골종들도 모두 소환이 취소되어 와르르 허물어졌다.

죽노는 거의 죽다가 살아났다.

원래 죽노는 검녹색 편린들에게 온몸이 침식을 당해 끔찍하게 타오르던 중이었다. 그런데 갑자기 편린들이 사라지면서 겨우 목숨만 건졌다.

"끄어어."

죽노가 기절하듯이 뒤로 뻗었다.

무우우—.

죽노의 령인 판다가 길게 울면서 쓰러지는 주인을 등에 업었다.

이미 죽노는 오른쪽 팔을 잃었을 뿐 아니라 온몸에 큰 화상도 입은 상태였다. 죽노의 오른쪽 눈과 귀도 완전히 소멸되었다.

Chapter 9

크게 다친 사람은 죽노만이 아니었다. 극양과 현음도 무사하지 못했다.

무리하게 세 번이나 양극합벽을 사용한 대가는 참으로 혹독했다. 극양과 현음은 체내에 쌓아놓았던 법력이 크게 소진되면서 선8급의 지고한 경지에서 선7급으로 내려앉았다. 두 선인 모두 비슷한 피해를 입었다.

대선인의 입장에서 이렇게 한 단계를 퇴보한 것이 얼마나 큰 절망인지는 굳이 말로 설명할 필요도 없었다. 대략만 셈해도 두 대선인은 거의 1천 년에 육박하는 세월을 잃어버린 상황이었다.

"끄어어."

"하아아아."

음양종의 두 대선인들은 크나큰 상실감에 눈물을 주르륵 흘렸다. 그러면서 각자의 두꺼비 위에 축 늘어졌다.

실제로 지금 극양 대선인과 현음 대선인은 손가락 하나 까딱할 힘도 남지 않았다.

만약 캄사가 용기를 내어 구름 위로 되돌아 왔다면, 그는 손쉽게 극양과 현음, 그리고 죽노의 목숨을 앗아갈 수 있었을 것이다.

하지만 캄사는 감히 구름 위로 다시 올라갈 엄두를 내지 못했다. 캄사가 부르르 몸서리를 쳤다.

"으으웃. 그 무서운 권능을 무려 세 번이나 사용할 수 있었다니. 크으으으. 실패다. 이번 공격은 실패야."

캄사는 겁이 덜컥 났다. 이번 전투에서 캄사는 양극합벽 때문에 혈족들을 모두 잃었을 뿐 아니라, 겨우 재구성한 신체가 다시 붕괴했다.

'여기서 더 버틸 수는 없겠구나. 이러다 큰일 나겠어.'

결국 캄사는 이번 원정을 포기하기로 마음먹었다.

'이럴 때가 아니야. 서둘러서 본교로 복귀해야 해. 여기서 더 미적거리다가는 아예 죽임을 당할 게야. 혹시 목숨은 건지더라도 마나홀에 회복 불가능한 상처를 입을지도 몰라.'

처음에 캄사가 쌀라싸의 뒤를 따라 동차원으로 쳐들어올 때는 녹색 손톱이라는 마보를 사용했었다.

그러니 다시 서차원으로 돌아갈 때도 당연히 차원의 문을 열어야 했다.

다행히 캄사는 언노운 월드의 안식처에 차원의 문을 열기 위한 마보, 즉 마법 아이템을 하나 남겨두었다. 캄사는 정신을 집중하여 흑마법을 캐스팅했다.

캄사의 마법이 차원을 뛰어넘어 언노운 월드의 마법 아이템을 작동시켰다.

잠시 후, 캄사 앞에 문이 하나 형성되었다. 문 주위에는 '열림'을 의미하는 만자비문이 흐릿하게 맴돌았다.

캄사는 혹시라도 대선인이 쫓아오지는 않는지 뒤를 한 번 살펴본 다음, 재빨리 차원의 문 안으로 뛰어들었다.

쌀라싸에 이어서 이제는 캄사도 도망쳐버렸다.

유바가 감각을 통해 그 사실을 깨달았다.

[이런 미친! 우리 일족들을 꾀어서 이곳까지 쳐들어올 때는 언제고, 위기에 빠지니까 지들만 도망쳐? 크와앙!]

유바는 몬스터이기에 인간과는 성대구조가 달랐다. 대신 유바는 뇌파를 통해 다른 몬스터들과 의사소통이 가능했다.

유바의 말을 들은 몬스터들이 화들짝 놀랐다.

[헉?]

[피사노교 녀석들이 도망쳤다고? 크르르르.]

몬스터들이 코를 킁킁거렸다.

재차 확인해 보았지만, 그 어디에서도 쌀라싸와 캄사의 냄새는 나지 않았다.

[유바 님의 말이 맞구나. 크르르.]

[놈들이 우리만 남겨놓고 도망쳤어.]

[꾸어억. 이런 찢어죽일 배신자들.]

그렇지 않아도 몬스터 군단은 철룡의 칠채공작진에 휘말려 전멸에 가까운 타격을 입은 상태였다. 그 와중에 피사노교 놈들만 쏙 도망쳐버렸다는 사실을 알게 되자 눈알이 핵 돌아갔다. 속이 부글부글 끓었다.

몬스터들이 고개를 높이 들고 상황을 살폈다.

저 멀리 해안가로 향하는 길목에 차원의 문이 열린 모습이 보였다. 캄사가 도망칠 때 사용한 바로 그 문이었다.

[저기다. 우리가 살 길은 저 문뿐이야.]

유바가 앞장서서 길을 뚫었다.

스르렁!

유바의 몸에 박힌 수십 개의 눈알들이 환각을 만들어내었다. 유바는 그 환각으로 눈 깜짝할 사이에 수만 마리의 몬스터 환영들을 생성했다.

유바가 차원의 문을 향해 뛰기 시작했다. 유바가 만들어 낸 환영들이 유바의 주변에서 뿔뿔이 흩어지며 사방으로 뛰쳐나갔다. 이 혼란스러운 틈을 타서 몸을 빼내겠다는 것이 유바의 계획이었다.

유바의 부하들도 그 틈을 노려 탈출을 시도했다.

"놈들이 도망치게 두어서는 안 되오. 모두 잡으시오."

철룡이 고함을 질렀다.

칠채공작진의 수도자들이 전력을 다해 도망치는 몬스터들을 공격했다. 철소용이 부적 병사들을 계속 만들어내었다. 나련 선자는 연꽃 방패로 몬스터들의 도주로를 막았다. 철룡도 오색 광선을 쏘며 공격했다.

환영으로 만들어진 가짜 몬스터들이 수도자들의 공격을 받아 펑펑 터져버렸다. 물론 환영의 틈에 섞여서 달아나던 진짜 몬스터들도 피를 흘리며 쓰러졌다.

그 와중에 유바는 무사히 도망쳤다.

유바가 차원의 문 안으로 뛰어들고 잠시 후, 몬스터 수백 마리가 유바의 뒤를 따라 차원의 문 안으로 슬라이딩해 들어갔다.

무려 수백 마리가 아니라, 겨우 수백 마리였다. 처음 동차원에 쳐들어왔던 몬스터 군단의 규모에 비하면 살아서 돌아간 몬스터는 처음 숫자의 수백 분의 1에도 미치지 않았다.

실로 초라한 복귀였다.

녹마사들 가운데 일부도 몬스터들 틈에 껴서 언노운 월드로 도주했다. 녹마사들은 눈치가 빨라서 생존율이 상대적으로 높았다.

일부 운이 좋은 녹마장들도 겨우겨우 차원의 문을 넘었다.

녹마사와 녹마장들은 그나마 쥐와 말을 타고 있기에 재빠른 도주가 가능했다.

반면 두 다리로 뛰어야 하는 녹마병들은 단 한 명도 도망치지 못하고 모두 처참한 죽임을 당했다.

장장 이틀에 걸쳐서 벌어졌던 대혈투도 이제 끝을 향해 치달았다.

제4화
세 가지 기회

Chapter 1

피사노교의 공습으로 인하여 동차원은 큰 피해를 입었다.

천목종의 대선인인 죽노는 신체의 3분의 1을 잃었을 뿐아니라 법력에도 큰 손실을 입었다. 수련도 선7급에서 선6급 초반까지 뚝 떨어졌다.

비단 죽노만 피해를 본 것이 아니었다. 이번 전쟁으로 인하여 천목종의 선인이 100명도 넘게 죽었다. 완급 수도자들까지 합치면 무려 수천 명이나 목숨을 잃었다.

그나마 죽노의 직계 제자들인 죽룡과 나련 선자가 무사하여 종문의 줄기까지 흔들리지는 않았다. 전체적으로 보면 천목종의 피해가 가장 심한 편이었다.

천목종 다음으로 큰 피해를 입은 곳은 음양종이었다.

아니, 어쩌면 음양종의 전력 삭감이 가장 극심했다고 볼 수도 있었다.

원래 음양종은 은연중에 남명을 대표하는 종파였다. 특히 음양종의 두 대선인, 즉 극양노조와 현음노조는 남명 전체에서 가장 권위가 높은 수도자들이었다.

그런 극양과 현음이 피사노교의 거물들과 싸우다가 치명적인 법력의 손실을 입었다. 두 사람 모두 선8급에서 퇴보하여 선7급까지 내려왔으니 그 충격은 이루 말할 수도 없었다.

대신 음양종의 일반 선인들이나 완급 수도자들은 생각보다 사상자가 많지 않았다.

제련종도 나름 피해 상황이 집계되었다.

화화 대선인의 경우는 전투 중에 정신을 잃을 정도로 타격을 받았으나, 다행히 급이 떨어지지는 않았다. 다만 1천 년 가까이 제련한 화로를 잃은 것이 문제라면 문제였다.

검룡도 오랜 세월 제련한 금빛 검 서른여섯 자루를 모두 잃어 우울해했다. 그래도 직접적으로 몸이 상한 것은 아니니 다행이었다.

철소용은 오히려 이번 전쟁의 덕을 보았다. 살벌했던 첫 전쟁을 겪은 이후, 철소용은 마음이 금강석처럼 단단해지고 새로운 깨달음을 얻었다.

만약 철소용이 이 깨달음을 잘 소화해낸다면, 조만간 선1급의 틀을 벗어나서 선2급으로 성장할 것이다.

화화 대선인은 몸이 아픈 와중에도 희미한 미소를 머금고는 막내 제자인 철소용의 머리를 쓱쓱 쓰다듬어주었다.

"잘 했구나. 아주 잘 견뎌주었어."

"우흐흑, 스승님. 흐흐흐흑."

철소용이 병상에 누운 스승의 품에 안겨 펑펑 눈물을 흘렸다.

화화 대선인도 무사하고, 검룡도 법보를 잃은 것만 빼고는 괜찮았으며, 철소용은 오히려 성장의 발판을 마련했으니 제련종은 나름 선방한 셈이었다.

하지만 제련종의 수도자들은 대부분 고개를 푹 숙일 수밖에 없었다. 제련종의 완급 수도자들이 이번 전투 중에 무려 수천 명도 넘게 죽었기 때문이다. 게다가 선인들도 수십 명 이상 잃었다.

금강수라종에서는 막사광이 비교적 큰 타격을 입었다.

막사광은 적진에 홀로 고립되어 거의 죽을 뻔했다. 이탄이 때맞춰서 구해주지 않았다면 막사광은 거의 100퍼센트 죽은 목숨이었다.

겨우 살아나기는 하였으나 막사광도 법력에 큰 손실을 입었다. 선2급 수준에서 선1급으로 법력 수준이 하락한 것이다.

수련이 퇴보한 막사광도 문제지만, 금강수라종의 주요 선인들이 다수 사망한 사실도 큰 문제였다. 이번에 죽은 사람 가운데는 예전에 이탄을 제자로 들이려고 노력했던 쇠꼬챙이 같은 선인도 포함되었다.

이 밖에도 금강수라종에서는 선급 수도자들만 무려 160명 이상 사상자가 발생했다. 완급 수도자까지 포함하면 거의 7천 명 이상이 사상자 명단에 이름을 올렸다.

피해자의 숫자만 놓고 보면 남명의 여러 종파들 가운데 금강수라종이 가장 큰 타격을 입었다. 이렇게 유독 금강수라종의 사상자가 많은 이유는 이 종파의 수도자들이 전쟁터에서 앞장서서 싸우기 때문이었다.

그렇다고 하여 금강수라종이 피해만 입은 것은 또 아니었다.

철룡은 이번 전쟁을 통해 오륜태양을 극한까지 펼치는 경험을 하였고, 칠채공작진법을 진두지휘하기도 했다.

덕분에 철룡의 명성은 하늘을 찌를 것처럼 올라갔다.

게다가 철룡은 이번 전쟁을 통해 큰 깨달음을 얻었다. 철룡이 단숨에 선5급의 벽을 뛰어넘어 선6급이 되자 다들 깜짝 놀랐다.

이는 금강수라종 종파의 입장에는 대선인이 한 명 늘어난 셈이었고, 철룡의 입장에서는 남명을 통틀어서 최연소 대선인이 되는 위업을 달성했다.

또 한 가지.

이번 전쟁을 통해서 이탄도 혁혁한 명성을 날렸다. 이탄이 피구름을 몰고 다니면서 적진을 헤집은 사건이나, 칠채 공작진을 통해 선보인 괴물 수라의 위용은 동료 수도자들에게 큰 충격을 안겨주었다.

누가 봐도 이탄은 완급의 수도자가 아니었다. 어지간한 선인들보다도 이탄의 활약이 훨씬 더 컸다.

"역시 멸정 대선인께서 제자로 삼으실 만해."

"맞아. 그 정도의 천재니까 대선인의 제자로 들어갔겠지."

"그런데 도대체 이탄 선인의 등급이 뭐야? 선1급인가? 아니면 선2급?"

"그야 나도 모르지. 하지만 완급을 넘어선 것은 확실해. 최소한 선1급이라고."

수도자들은 이탄에 대해서 궁금하게 여겼다. 특히 이탄이 선보인 괴물 수라에 대한 의견이 분분했다.

"멸정 대선인께서 수백 년 동안 동부에만 머물고 계시잖

아. 혹시 그분께서 기존의 수라체를 획기적으로 개선하여 새로운 법술을 만드신 것일까?"

"옳거니. 자네의 추측이 맞네. 이탄 선인이 그 법술을 물려받은 게야. 틀림없어."

"역시! 사람은 줄을 잘 서야 해."

"야아, 부럽다. 부러워. 나도 천재로 태어나서 대선인의 애제자가 되고 싶구나. 그럼 나도 그런 놀라운 법술들을 배웠을 텐데. 야아아."

수도자들은 삼삼오오 모여서 이런 이야기들을 주고받았다.

이탄은 멸정동부 안에서 귀가 무척 간지러웠다.

Chapter 2

한편 이번 전쟁 이후 이탄만큼이나 주목을 받은 대상이 또 존재했다.

다름 아닌 시곤이었다.

시곤은 남명이 아니라 혼명, 그중에서도 마르쿠제 술탑 출신이었다. 단지 시곤은 인맥을 이용하여 이곳 남명에 유학을 온 처지였다.

그런 시곤이 이번에 큰 사고를 쳤다.

사실 이번 전쟁에서 시곤이 입은 피해는 엄청났다. 시곤
은 붉은 사슴벌레를 남발한 탓에 법력의 태반을 상실했다.
수준도 크게 퇴보하여 선1급이던 시곤이 완10급까지 무려
3단계나 하락했다.

일반적으로는 선급의 선인이 제아무리 법력을 잃는다고
하더라도 완급으로 퇴보하는 경우는 드물었다.

시곤의 경우는 무척 이례적이었다. 그만큼 붉은 사슴벌
레 소환이 위험한 법술이라는 의미이기도 했다.

결국 시곤은 축 처진 몸으로 혼명으로 돌아갔다.

그런 시곤을 향해서 뒷말이 무성했다.

"빌어먹을. 그 이방인 녀석 때문에 오염된 신의 자식들
이 남명까지 단숨에 쳐들어온 거잖아."

"마땅히 그 녀석을 벌해야 하는 것 아냐? 도대체 우리
종파에서 몇 명이나 죽었는지나 알기나 해? 젠장."

"맞아. 녀석을 그냥 풀어줄 수는 없다고."

이런 주장을 하는 수도자들이 다수였다. 분위기가 험악
하게 흘러갔다.

결국 주요 종파의 종주들이 나서서 상황을 정리했다.

"시곤이 비록 큰 죄를 저질렀으나 전쟁 중에 법력을 잃
으면서까지 많은 수도자들의 목숨을 구한 공도 있느니라."

"또한 혼명과의 관계도 있으니 수도자 시곤의 일은 당장 처리하지 않을 것이다."

"추후에 마르쿠제 대선인과 충분히 상의를 한 뒤 시곤에게 합당한 조치를 취할 것이니 종파의 수도자들은 이 일과 관련하여 혀를 함부로 놀리지 말라."

가을 서릿발과도 같은 종주의 명이 떨어졌다. 시곤에 대한 징벌을 당장 결정하지 않을 것이니 모두들 입을 다물라는 명령이었다.

각 파의 수도자들은 입을 꾹 다물었다.

물론 종주들 사이에서도 이와 다른 의견이 나오기도 했다. 일부 종주들은 시곤을 징벌해야한다고 주장했다.

하지만 마르쿠제 대선인과 의견을 조율한 다음에 시곤의 벌을 정하자는 의견이 더 많았다.

이탄은 운이 무척 좋은 편이었다.

일반적인 상황이라면, 이탄은 당장 스승에게 불려가서 괴물 수라에 대해서 꼬치꼬치 추궁을 받았을 것이 뻔했다. 그렇게 되면 이탄은 숨겨온 내력과 법력의 양에 대해서도 상세하게 조사를 받았을 것이다.

설령 스승이 이탄을 놓아준다고 하더라도, 그 다음에는 철룡 사형이 이탄을 데려가서 비슷한 질문들을 무수히 던졌을 터, 이탄이 가장 우려하던 일이 벌어졌어야 마땅했다.

한데 멸정 대선인은 전쟁 중에도, 전쟁이 끝난 이후에도 코빼기도 보이지 않았다. 지금 멸정은 한창 수련의 고비를 넘기느라 바깥에서 무슨 일이 벌어지고 있는지 신경도 쓰지 못했다. 멸정이 어찌나 차단을 철저하게 하였는지 멸정의 령도 멸정에게 바깥 이야기를 전달할 방법이 없었다.

이탄에게는 천만다행한 일이었다.

철룡 사형도 이탄을 붙잡고 자세하게 질문할 여유가 없었다.

사실 철룡은 이탄에게 궁금한 것이 많았다. 생각 같아서는 몇 날 며칠 동안 이탄과 이야기만 나누고 싶은 사람이 철룡이었다.

한데 전쟁 직후에 철룡에게 엄청난 일이 벌어졌다.

선5급에서 탈피하여 선6급으로 도약.

철룡은 갑자기 대선인으로 올라서 버렸다. 예기치 못한 경지의 상승이 철룡으로 하여금 동부안에 콕 처박히게 만들었다. 철룡은 급격한 법력의 상승을 다스리느라 다른 일에는 신경을 쓸 여력이 없었다. 최소한 앞으로 몇 년, 길면 10년 이상 철룡은 바깥세상에 나와보기도 힘들 것이다.

덕분에 이탄은 또 한 고비를 넘겼다.

막사광도 자신의 동부에 처박혀서 밖으로 나오지 않았다. 막사광은 법력의 퇴보에 큰 충격을 받은 듯 아무에게도 얼굴을 보이기 싫어했다.

멸정과 철룡, 막사광이 모두 정신이 없다 보니 이탄을 귀찮게 굴 사람은 없었다.

물론 이탄을 궁금히 여기는 사람들은 많았다. 특히 금강수라종의 선인들이 이탄에게 묻고 싶은 바가 많았다.

하지만 선인들은 감히 허락도 받지 않은 상태에서 멸정동부 안으로 들어오지 못했다. 그저 배고픈 강아지처럼 먼발치에서 멸정동부 안쪽만 기웃거리다가 돌아갈 뿐이었다.

그렇게 이탄에게 호기심을 품은 사람들 중에는 금강 대선인도 있었다. 금강 대선인은 당대 금강수라종의 종주였다.

금강수라종 내부에서 멸정 대선인이 '수라의 길'을 걷는 수도자들의 대표 격이라면, 금강 대선인은 '금강의 길'을 걷는 수도자들의 정신적 기둥이었다.

이름에서 알 수 있듯이 금강수라종은 '금강'과 '수라'가 합쳐져서 만들어진 종파였다. 이곳의 수도자들은 금강체와 수라체를 동시에 익히는데, 그래야 공격법술과 방어법술이 자연스럽게 연계되기 때문이었다.

하지만 수도자의 성향에 따라서 공격력에 좀 더 시간과 열정을 투자하는 사람들이 있었다. 금강수라종 내부에서는 이런 수도자들을 '수라의 길'을 걷는다고 표현했다.

반면 방어력에 좀 더 특화된 수도자들도 절반은 되었다. 이런 수도자들은 '금강의 길'을 걷는 사람들이었다.

다시 말해서 멸정 대선인이 수라의 길에 올라탄 수도자들의 정신적 뿌리라면, 금강 대선인은 금강의 길에 발을 들이민 수도자들의 정신적 기둥이었다.

그렇다고 해서 양측이 서로 반목하지는 않았다. 금강과 수라는 서로 자연스럽게 섞여서 융화되었다.

예를 들어서 멸정 대선인의 애제자인 철룡은 수라보다는 금강에 가까웠다. 반면 금강 대선인이 키워낸 제자들 중에서도 금강보다 수라에 더 적합한 선인들도 꽤 많았다.

금강수라종 내에서 금강과 수라는 서로 반목하는 라이벌의 개념이 아니었다. 그것보다는 수레의 두 바퀴처럼 서로가 서로에게 도움이 되는 상생의 관계였다.

다만 멸정 대선인은 금강 대선인을 은근히 마음속의 경쟁 상대로 여겼다. 금강 대선인도 그 사실을 잘 알기에 멸정 대선인과 부딪치지 않도록 늘 조심했다.

"허어어. 최근에 음차원의 기운이 갑자기 자취를 감추어 그 이유를 조사하느라 잠시 자리를 비웠건만, 그 사이에 오염된 신의 자식들이 동차원으로 쳐들어와서 큰 전쟁이 벌어졌더구나."

[맞아요, 맞아. 정말 큰 일이 날 뻔했지요.]

금강 대선인의 령이 맞장구를 쳤다.

금강의 령은 파란 빛깔의 코끼리였다. 하지만 일반적인 코끼리보다 크기가 많이 작아서 갓 태어난 송아지에 버금 갔다.

Chapter 3

금강이 코끼리 령의 귀를 만지작거리며 물었다.

"이번에 철룡이 지휘를 잘 해주었다지? 덕분에 오염된 신의 자식들을 물리칠 수 있어서 다행이로구나."

[맞아요, 맞아. 철룡 선인님께서 대활약을 펼치셨어요. 앗! 아니죠. 이제는 철룡 선인님이 아니라 철룡 대선인님이 시죠.]

파란 코끼리는 말을 척척 받았다.

금강 대선인이 은근히 운을 띄웠다.

"그건 그런데 말이야, 이번 전쟁에서 아주 특이한 법술이 발현되었다지?"

[음양종의 노조님들 말씀이신가요? 그분들이 발휘하신 이적이야말로 어마어마했지요.]

파란 코끼리가 눈을 반짝였다.

"물론 그분들이야 당연히 엄청나셨겠지. 하지만 그분들 말고도 독특한 법술이 새로 등장했다면서?"

[아하! 괴물 수라 말씀이시군요.]

"허어어. 괴물 수라라. 과연 그리 불릴 만하구나. 머리가 18개에 팔다리가 각각 36개라면 괴물이라 불려 마땅하지. 암, 그렇고말고."

금강이 무릎을 쳤다.

파란 코끼리가 눈매를 가늘게 좁혔다.

[주인님, 괴물 수라가 궁금하신 게로군요?]

"허허허허. 네 눈에도 그리 보이느냐? 허허허헛."

금강 대선인이 민망한 듯 수염을 쓸었다.

파란 코끼리가 냉큼 대답했다.

[네. 빤히 보이네요. 주인님께서는 온몸에 금강체를 이루셨으나 오직 안면 근육만은 금강체를 이루시지 못한 것 같아요. 마음속 생각이 얼굴에 바로바로 드러나는 것을 보면 말이죠. 혹시 금강체만으로 부족하다면 제가 어디서 철면피 법술이라도 찾아볼까요?]

"예기, 이 녀석. 오냐오냐해주었더니 이제는 내 머리 꼭대기까지 기어오르려 드는구나."

금강 대선인이 짐짓 화를 내는 척했다.

파란 코끼리가 코로 머리를 긁적였다.

[헤헤헤. 죄송합니다. 그나저나 주인님께서 저를 붙잡고 이런 이야기를 하실 때는 이유가 있으시겠지요? 그게 무엇인가요?]

"허허허허. 네 눈치가 갈수록 빨라지는구나. 허허허. 혹시 네가 멸정 선배님의 령과 친하지 않느냐?"

척하면 척이었다. 파란 코끼리는 금강의 말뜻을 냉큼 알아들었다.

[친하죠. 둘도 없는 절친이죠. 어떻게, 제가 한번 그 친구를 통해서 이탄이라는 선인님을 이곳으로 데려와 볼까요? 물론 멸정 대선인님 모르시게 말이죠. 헤헤헤.]

"어허허. 내가 뭐 꼭 그렇게 바라는 것은 아니란다. 어허허허. 다만 이탄이라는 후배 녀석이 무척 궁금하기는 해. 그렇다고 그 후배를 공식적으로 불러냈다가 나중에 멸정 선배님께서 오해하실까 봐 걱정도 되고. 어허허허. 이거 참. 오늘따라 날이 덥구나. 어허허허허."

금강 대선인이 손으로 부채질을 했다. 금강의 우락부락한 얼굴이 당황스러운 마음으로 인하여 푸들푸들 떨렸다.

금강수라종의 대표적인 대선인들 가운데 멸정은 둥글둥글한 동네 할아버지처럼 푸근하게 생겼다.

하지만 실제로 멸정은 엄하고 무서운 성격이었다.

이와 반대로 금강은 비록 외모는 우락부락하고 험상궂어 보였으나 실제로는 마음이 여리고 순박했다.

파란 코끼리가 싱긋 웃었다.

[헤헤헤헤. 걱정 마세요. 주인님께서 걱정하시는 일이 벌어지지 않도록 제가 다리를 놔볼게요. 멸정동부의 친구를 통해서 말이죠. 에헤헤헤.]

말을 끝마치기 무섭게 파란 코끼리가 날개를 활짝 펴고 하늘로 날아올랐다. 이 코끼리는 등에 날개도 달린 특수한 령이었다.

얼마 후, 파란 코끼리가 멸정동부로 쏙 들어와 멸정의 령을 찾았다.

[얼라? 이 시간에 네가 어쩐 일이얌?]

수다쟁이 멸정의 령이 파란 코끼리를 반갑게 맞았다.

두 령은 서로 코를 비비며 인사를 나눈 다음, 본격적으로 이야기를 나누기 시작했다.

[흐으음, 주인님 모르게?]

멸정의 령이 눈매를 가늘게 좁혔다.

파란 코끼리가 냉큼 고개를 주억거렸다.

[응응.]

[그렇게 이탄 공자를 몰래 불러내서 어쩌게?]

추궁하는 듯한 표현에 파란 코끼리가 화를 버럭 냈다.

[어쩌긴 뭘 어째? 설마 우리 주인님께서 이탄 선인님께 해코지라도 하실 것 같아?]

멸정의 령이 당황했다.

[아니. 나는 그런 뜻이 아니라…….]

[아니긴 뭐가 아니야. 그리고 말이 나왔으니까 말인데, 우리 주인님께서는 금강수라종의 종주시라고. 그분께서 부르시면 이탄 선인님은 무조건 우리 주인님을 찾아뵤야 하는 거야. 그게 종파의 율법이라고.]

딴에는 그 말이 맞았다. 파란 코끼리의 주장처럼, 종주가 부르면 소속 종파의 수도자들은 그 명에 따라야 했다. 금강 대선인이 찾으면 이탄도 특별한 사유가 없는 한 그 명을 거부할 수 없었다.

[나도 알아. 히이잉.]

멸정의 령이 고개를 살짝 숙였다.

파란 코끼리가 상대를 어르고 달랬다.

[어차피 종주의 명이시니 이탄 선인님은 우리 금강동부로 가야만 해. 단지 나는 나중에라도 혹시 네 주인님께서 오해를 하실까 봐 걱정한 것뿐이야. 만약 네 주인님께서 오해를 하시면 어떻게 해? 그럼 앞으로 내가 멸정동부에 드나들지 못하도록 출입금지를 시키실지도 모르잖아. 그럼 앞으로 내가 너를 어떻게 만나러 오겠어? 어떻게 놀러오겠

느냐고.]

[헉!]

멸정의 령이 당황했다. 령의 머릿속에 일련의 사태들이 그림처럼 그려졌다.

첫째, 종주의 명이 내려졌으니 이탄 공자는 무조건 금강동부로 가야 함.

둘째, 이 일로 인하여 멸정 대선인이 기분이 나빠짐.

셋째, 화가 난 멸정 대선인이 앞으로 파란 코끼리를 멸정동부에 출입금지시킴.

넷째, 파란 코끼리는 멸정동부에 다시는 놀러올 수 없음.

다섯째, 나는 수다를 떨 상대가 없어짐. + 친한 친구도 잃음.

[안 돼. 안 돼. 그런 일은 절대 벌어져선 안 된다고.]

멸정의 령은 세차게 도리질을 한 다음, 눈에 굳센 의지를 담아 말을 이었다.

[친구야, 걱정 마. 내가 주인님 모르게 이탄 공자님을 금강동부로 모시고 갈게.]

[진짜?]

파란 코끼리가 얼굴을 활짝 폈다.

[응. 진짜.]

멸정의 령은 심각한 표정으로 고개를 주억거렸다.

지금 멸정 대선인은 동부 깊은 곳에 마련된 수련실에 처박혀서 꼼짝도 하지 않았다. 그러니 멸정의 령과 이탄이 입만 잘 맞추면 얼마든지 비밀 엄수가 가능했다.

Chapter 4

멸정의 령은 당장 이탄에게 달려가 금강 대선인이 찾는다는 말을 전했다.

이탄의 반응은 떨떠름했다.

"종주님께서 나를 찾으신다고요? 왜요? 무슨 이유로요?"

그렇지 않아도 이탄은 전쟁 이후 사람들의 관심이 쏠려서 당황하던 참이었다. 그 와중에 금강수라종의 종주가 찾는다고 하자 마음이 심란했다.

[공자, 그렇게 긴장할 필요 없어요. 종주님께서 무슨 나쁜 뜻으로 찾으시는 것이 아니에요. 오히려 공자를 칭찬해주시려고 찾으시는 게죠.]

멸정의 령이 이탄에게 좀 더 자세한 배경 설명을 해주었다.

"흐음. 그렇습니까?"

대략적인 설명을 듣고 나자 이탄도 좀 안심이 되었다. 보아하니 금강 대선인이 이탄에게 무례하게 굴거나 꼬치꼬치 캐물을 상황은 아닌 듯했다.

'최근에 법술에 진도가 나가지 않아 답답하던 참이었는데, 금강 대선인을 만나면 무언가 돌파구를 발견할지도 몰라. 위험만 없다면 만나보는 것도 좋겠지?'

최근 들어서 이탄은 좀 더 높은 법술의 경지에 대해서 목이 말랐다.

그런데 멸정동부 안에서는 더 이상 돌파구가 보이지 않았다. 이탄에게 허락된 술법서들은 이미 다 읽어버렸다. 단약실이나 법보 창고도 새로울 것이 없었다. 스승이나 사형들도 모두 바빠서 이탄에게는 도움이 되지 않았다.

'하긴, 그분들이 바빠서 오히려 다행이지.'

이탄은 속으로 이렇게 중얼거린 다음, 멸정의 령을 향해 입을 열었다.

"알았어요. 종주님의 명이시라니 받들 수밖에요. 저는 금강동부가 어디인지 모르니 저를 그곳까지 데려다주세요. 게다가 스승님 몰래 다녀와야 한다니 더더욱 도움을 받을 수밖에 없겠네요."

[당연히 도와야죠.]

멸정의 령이 냉큼 답했다.

지금 멸정의 령은 기분이 무척 좋아 보였다.

사실 멸정의 령은 이탄이 "왜 이 일을 스승님께 비밀로 해야 합니까? 난 그럴 수 없어요."라고 고지식하게 뻗댈까 봐 우려했다.

그런데 이탄이 별 고민도 없이 뜻에 따라주니까 기분이 좋을 수밖에. 멸정의 령은 우려하던 바가 해소되어 어깨춤이 절로 나올 지경이었다.

[공자, 제 등에 올라타세요.]

멸정의 령이 이탄 앞에 자세를 낮추었다.

멸정의 령은 목 윗부분은 용과 같았고, 비늘은 황금색이었으며, 뿔은 5개나 되었다. 몸체는 사자였고, 등에는 한 쌍의 날개가 자리했으며 꼬리는 세 가닥이었다. 령의 덩치는 커다란 황소에 버금갔다.

이렇게 덩치가 크다 보니 령이 자세를 낮춰주지 않으면 등에 올라타기 어려웠다.

'이런 최상위급 령을 타면 어떤 기분일까?'

이탄은 호기심 어린 눈으로 멸정의 령에 올라탔다.

[제 목을 꽉 잡으세요.]

말이 떨어지기 무섭게 멸정의 령이 동부 밖으로 향해 쏜 살같이 날아갔다.

멸정의 령은 단지 속도만 빠른 것이 아니었다. 동부 밖으로 나오자마자 멸정의 령 주변이 투명하게 변했다.

'아하! 이렇게 투명한 상태에서 이동하니 내가 금강동부에 다녀온다는 사실을 아무도 모르겠네?'

이탄이 히죽 웃었다.

물론 이탄도 마음만 먹으면 신체를 투명하게 만들 방법이 있었다. 모레툼 교단의 신성 가호 가운데 하나인 은신의 가호를 펼치면 그만이었다.

하지만 이탄은 굳이 동차원의 수도자들에게 은신의 가호를 공개할 마음은 없었다. 이탄은 다른 사람들에게 자신의 실력을 드러내는 것을 꺼리는 편이었다.

멸정의 령은 정말 신속했다. 멸정동부와 금강동부는 200킬로미터 이상 거리가 떨어져 있는데, 멸정의 령은 그 거리를 불과 몇 분 만에 주파했다. 이탄이 비행 법보를 타고 날아오는 것보다 멸정의 령이 몇 배는 더 빨랐다.

[여기가 금강 대선인님께서 계시는 금강동부예요. 저는 초대받지 않았으니 안으로 들어갈 수 없어요. 오직 공자만 들어갈 수 있죠.]

"그런가요?"

[네. 안에 가시면 금강 대선인님의 령이 공자를 안내할 거예요.]

"오! 그렇군요."

[나중에 대선인님과 이야기가 끝나면 이곳으로 나와서 기다려 주세요. 제가 다시 공자를 모실게요.]

할 말을 마친 뒤, 멸정의 령은 멸정동부로 휙 돌아가 버렸다.

멸정의 령이 괜히 금강동부 앞에서 얼쩡거리다가 다른 수도자들의 눈에 띄기라도 한다면, 그것은 그것대로 문제였다. 이탄이 금강동부를 방문했다는 사실은 어디까지나 비밀이어야만 했다. 수다쟁이인 멸정의 령이 파란 코끼리와 수다도 떨지 않고 재빨리 복귀한 것은 바로 이런 연유 때문이었다.

금강 대선인의 동부는 멸정동부에 못지않게 웅대하고 위엄이 넘쳤다. 특히 이탄은 동부의 벽에 새겨진 선인들의 조각이 마음에 들었다.

조각 속 선인들은 각기 다른 자세를 취하고 있었다. 이탄의 눈에는 어쩐지 저 조각들이 어떤 법술을 나타내는 것처럼 느껴졌다.

잠시 후, 파란 코끼리 령이 이탄을 금강 대선인 앞으로 안내했다.

이탄이 노란 방석에 앉아 있는 대선인 앞으로 다가가 꾸벅 인사를 했다.

"종주님, 저음 뵙겠습니다. 저는 멸정 스승님의 문하에서 수학 중인 쿠퍼라고 합니다. 동차원의 이름으로는 이탄을 사용하니, 종주님께서는 쿠퍼와 이탄 중에서 편하신 대로 불러주시면 됩니다."

말을 하면서 이탄은 금강을 힐끗 관찰했다.

금강 대선인은 노란색 법의를 몸에 걸친 차림이었다. 키는 거의 2미터에 육박하는 거구였다. 머리카락은 한 올도 없었다. 수염이 덥수룩한 금강의 얼굴은 우락부락하기 이를 데 없어서 어린아이가 그를 마주치면 금방이라도 울음을 터뜨릴 것 같았다.

금강이 부드럽게 이탄을 맞았다.

"쿠퍼와 이탄이라. 발음하기 편하게 그냥 이탄 선인이라고 불러도 되겠는가?"

"네. 편하신 대로 불러주십시오."

이탄이 정중하게 대답했다.

그러면서 이탄은 속으로 생각했다.

'대선인쯤 되면 내 정체를 단숨에 파악할지도 몰라. 조심해야 해.'

이탄은 한 가닥의 경계심을 늦추지 않았다.

반면 금강 대선인의 마음은 달랐다.

'어이쿠, 역시 내가 무서운가 보구나. 하긴, 내가 봐도 내 얼굴이 험상궂으니. 쯧쯧쯧.'

상대가 다소 긴장한 듯 보이자 오히려 금강 대선인이 안절부절못했다.

Chapter 5

결국 금강 대선인이 먼저 입을 놀렸다.

"어허허허. 그리 긴장할 것 없다네. 내 비록 금강수라종의 종주를 맡고 있으나, 그 권위를 빌어서 까마득한 후배에게 어떤 위압을 강요할 마음은 전혀 없으니까 말일세. 허허허."

금강 대선인의 딴에는 이탄의 긴장을 풀어주기 위한 언사였다.

한데 이 말이 이탄의 귀에는 "나는 종주임. 너는 내 부하."라고 들렸다.

"아, 네."

이탄이 다소 떨떠름하게 대답했다.

금강도 당황하여 손으로 자신의 입을 막았다.

'헉. 내가 왜 그런 말을 했지? 이 상황에서 종주라는 지위를 굳이 강조할 필요가 없었거늘. 허어억.'

둘 사이에 잠시 침묵이 흘렀다.

금강 대선인이 침묵을 깨고 본론을 꺼냈다.

"허허험. 빙빙 돌려서 말하지 않겠네. 내가 말주변이 없어서 말을 돌리다 보면 사람들이 오해를 하더군. 하여 이탄 선인에게 직설적으로 물으려 하네."

"말씀하십시오."

"지난 전쟁에서 자네가 선보였던 수라체 말일세, 혹시 어떻게 그런 특수한 수라체를 발현한 것인가?"

이는 예상했던 질문이었다. 이탄은 준비한 대로 답했다.

"제가 동차원에서 보낸 시간이 고작 2년도 되지 않습니다. 그런 제가 무슨 재주가 있어 특별한 수라체를 발현했겠습니까? 저는 그저 배운 대로 행했을 뿐입니다."

이탄의 말뜻은 '책에서 배운 대로'였다. 단지 '책에서'라는 말을 생략했을 뿐 거짓말을 한 것은 아니었다.

금강 대선인은 참과 거짓을 판별하는 능력, 즉 통찰신통을 가진 사람이었다.

'이 아이의 말이 사실이구나.'

금강이 고개를 주억거렸다.

이탄이 눈치 빠르게도 금강의 표정 변화를 읽었다.

'혹시나 싶어서 진실 되게 표현을 하였는데, 역시 내 판단이 옳았구나. 금강 대선인은 내 말이 거짓인지 아닌지 판

별할 수 있나 봐.'

이탄은 남몰래 가슴을 쓸어내렸다.

금강 대선인이 무릎을 쳤다.

"역시 그랬구먼. 멸정 선배님께서 큰일을 해내신 게야. 어허허허. 우리 금강수라종의 큰 복이로다. 어허허허허."

금강은 이탄이 선보였던 괴물 수라가 멸정 대선인의 작품이라고 오해했다.

이탄은 굳이 그 오해를 바로잡지 않았다.

금강이 다시 물었다.

"하면 이탄 선인은 멸정 선배님으로부터 어떤 법술들을 배웠는가?"

"스승님께서는 제게 금강체와 수라체의 밑바탕에 대해서 기회를 주셨습니다. 그 밖에도 비행 법보와 부적, 단약 등을 내리셨습니다. 아! 제가 분신술도 조금 연마했으나 아직 실력이 형편없습니다."

이 말도 틀림없는 진실이었다. 금강 대선인이 빙그레 웃었다.

금강 대선인은 자신의 수염을 손으로 쓸어내렸다.

"허허허. 이제 보니 이탄 선인은 우리 금강수라종의 기반을 튼튼히 연마하였구만. 장하도다. 장해. 내가 오늘 이탄 선인을 보자고 한 것은, 종파의 종주 입장에서 자네의 공적을 칭찬하기 위함일세."

"네?"

이탄이 어리둥절한 표정을 지었다.

금강이 더욱 호탕하게 웃었다.

"어허허허. 뭘 그리 놀라나? 지난 전쟁에서 자네가 큰 공을 세웠다고 들었어. 자네 덕분에 우리 종파의 위상이 크게 올라갔다지? 또한 문하의 제자들도 자네 덕분에 여럿 목숨을 건졌다고 들었네. 그러니 종주인 내가 자네의 공을 치하할 수밖에 없잖은가. 어허허허허."

"그 말씀은……?"

이탄이 묘한 기대감을 품었다.

금강 대선인이 호쾌하게 답했다.

"비록 이탄 선인은 우리 종파에서 가장 훌륭하신 분을 스승으로 모시고 있으나, 멸정 선배님께서는 바쁘셔서 자네만을 돌보기 힘드실 것 아니겠나?"

"그건 그렇습니다."

"하여 내가 그분을 대신하여 이탄 선인에게 몇 가지 선물을 주려고 하네. 종주가 종파에 공을 세운 사람에게 내리는 선물이니 사양치 말게."

이탄은 뛸 듯이 기뻤다.

하지만 기쁜 티를 내지 않고 다시 여쭸다.

"실례가 되지 않는다면, 어떤 선물인지 여쭤봐도 될는지요?"

"어허허허허. 선물을 따로 정하지는 않았네만, 내 이탄 선인에게 세 번의 기회를 주고 싶다네."

"세 번의 기회라고 하셨습니까?"

"그래. 세 번의 기회."

금강 대선인은 이탄에게 세 번의 기회를 제공했다.

그중 첫 번째는, 이탄이 금강동부에 보관 중인 상급 술법 서들 가운데 한 권을 선택하면, 그 서적을 복사해준다는 의미였다.

'상급 술법서라고? 하면 백팔수라의 제4식이나 제5식, 제6식도 있을까?'

이탄은 가슴이 두근두근 뛰었다.

멸정동부에서 이탄은 백팔수라(百八修羅)의 전반부만 겨우 연마했을 뿐이었다. 제4식부터 시작되는 후반부는 보지도 못했다.

'혹은 금강체와 관련된 상위 술법서도 있을까? 어떤 책을 골라야 하지? 아, 탐나는 것이 많아서 고민되네.'

이어서 두 번째 기회란, 금강 대선인이 평생을 모아온 법보 가운데 이탄이 하나를 고르면, 그것을 선물로 주겠다는 의미였다.

금강 대선인은 쩨쩨하지 않았다. 대선인이나 사용할 수 있는 최상급 법보도 아낌없이 목록에 포함시켰다.

물론 금강은 이탄에게 법보 창고만 개방할 뿐, 그 안에서 어떤 법보가 상급 법보인지, 또 어떤 법보가 최상급인지 알려 줄 생각이 없었다.

'과연 어떤 법보를 고를까? 그걸 보면 이탄 선인의 안목을 확인할 수 있겠지.'

어쩌면 이것은 일종의 시험이었다. 이탄의 안목을 확인하기 위한 시험 말이다.

Chapter 6

마지막으로 금강이 제공한 세 번째 선물이란, 이탄에게 '벽'을 마주할 기회를 주겠다는 의미였다.

오래 전 동차원을 창조한 주신 콘은 남명의 땅에 선물을 하나 남겨주었다. 이것이 바로 금강이 말한 '벽'이었다.

너비 40미터.

높이 20미터.

수수해 보이는 이 네모난 벽에는 아무런 글자도 새겨져 있지 않았다. 그저 복잡한 선들만이 세월의 흔적처럼 남아 있을 뿐이었다.

그런데 이 벽을 하염없이 바라보다가 깨달음을 얻은 선인들이 일부 생겨났다. 역대 대선인들 가운데 이름이 높은 몇 명도 이 벽을 통해서 경지를 뛰어넘었다. 그런 대선인들은 일반적인 대선인들보다 더 높은 경지에 도달했다.

이후로 벽은 극비의 보물이 되었다.

남명을 구성하는 거대 종파들, 즉 음양종, 제련종, 금강수라종, 그리고 천목종은 이 벽의 존재를 아무에게도 알리지 않고 자신들끼리만 공유했다.

아니, 네 종파의 수도자들도 대부분 벽에 대해서 알지 못했다. 최소한 네 종파에서 선2급은 되어야 비로소 벽에 대한 이야기를 들을 수 있었고, 실제로 벽을 마주 볼 기회도 주어졌다.

벽을 공유하는 종파가 총 네 곳이므로 한 종파에게 주어진 시간은 1년에 단 3개월뿐이었다. 이 가운데 금강수라종은 매년 1월 초부터 3월 말까지 벽에 접근할 수 있는 독점적인 권한을 확보했다.

금강 대선인은 이탄에게도 그 소중한 기회를 나눠주기로 결심했다.

"우리 금강수라종에게 허용된 시간은 다음 달 초하루부터 시작하여 딱 석 달뿐이지. 그때 나는 종파의 미래를 짊어질 선인 6명을 선발하여 벽으로 보낼 터인데, 그 중 한 자리를 이탄 선인에게 제공함세."

"아, 그러시군요. 고맙습니다."

이탄이 습관적으로 고맙다는 인사를 던졌다.

솔직히 이탄은 이것이 얼마나 큰 기회인지 알지 못했다. 그래서 크게 기뻐하지도 않았고, 또 놀라지도 않았다.

금강 대선인이 속으로 생각했다.

'이런! 멸정 선배께서 막내 제자에게 벽에 대해서 알려주지 않은 모양이구나. 벽이 무엇인지 전혀 모르는 눈치야.'

이탄은 영문도 모르고 눈만 껌뻑거렸다.

금강 대선인이 말을 돌렸다.

"허허험. 어쨌거나 다음 달 초까지는 보름이라는 시간이 있지 않은가. 이탄 선인은 그 전에 첫 번째와 두 번째 기회를 잘 살려 보게. 내가 금강동부를 열어줄 것이니 원하는 서적 한 권과 법보 하나를 고르게."

"헉! 정말 고맙습니다."

이번에는 이탄이 진심으로 활짝 웃었다. 이탄은 당장에라도 상급 술법서를 읽어볼 생각에 마음이 들떴다.

법보는 준다니까 받기는 하겠지만 그다지 큰 관심은 없었다. 벽에 대해서는 더더욱 흥미를 느끼지 않았다.

이탄의 표정을 보고는 금강이 피식 웃었다.

'저렇게 밝게 웃는 것을 보니 이탄 선인이 벽에 대해서 전혀 모르고 있다는 것이 더 확실하구먼. 허허허.'

금강 대선인은 나름 수집광이었다.

종파에서 전해 내려오는 서적만 수만 권이 넘었고, 여기에 대선인 본인이 수집한 서적들까지 더하면 그 양을 헤아릴 수 없었다. 금강은 이 많은 서적들을 상급, 중급, 하급으로 분류하여 3개의 서고에 따로 보관하였다.

오늘 이탄에게 개방한 곳은 상급 서고였다.

이탄은 두근두근한 마음으로 서고에 들어갔다.

금강은 이탄만 혼자 서고에 들여보내되, 한 가지 조건을 달았다.

"서적이 많아서 어떤 것을 고를지 고민이 되겠지. 하지만 이 많은 서적들을 다 훑어보고 고르도록 무한정 시간을 줄 수는 없다네. 지금부터 이탄 선인에게 딱 한 시간만 서고를 개방할 터이니 정해진 시간 안에 마음에 드는 서적을 골라서 나오게. 그럼 그 서적을 복사해줌세."

"고맙습니다. 정말 고맙습니다."

이탄은 거듭 감사의 인사를 표한 뒤, 뒤도 돌아보지 않고 서고 안으로 뛰어 들어갔다. 지금부터는 1분 1초가 아까웠다.

잠시 후, 이탄의 입에서 탄성이 터졌다.

"와아아!"

금강 대선인의 상급 서고 안에는 정말 책이 많았다. 어떤 서적들은 책장에 세로로 꽂혀 있었다. 또 어떤 서적들은 바닥부터 천장까지 탑처럼 쌓인 모습이었다. 석판으로 만들어진 술법서도 보였다. 두루마리나 대나무를 엮은 서적도 존재했다. 서고는 정리정돈이 잘 되어있지는 않았으나 서적은 확실히 많았다.

"한 시간 안에 이 많은 책들을 다 살펴볼 수는 없어. 우선 백팔수라 후반부부터 찾자."

이탄은 금강 대선인이 일러준 방법을 써먹기로 했다.

"이 항아리인가?"

상급 서고 입구에는 뿌연 우유 빛깔의 항아리가 덩그러니 놓여 있었다. 이탄은 항아리 안에 입을 대고 "백팔수라 제4식 1편"이라고 똑똑히 외쳤다.

잠시 후, 잔뜩 쌓인 책들 사이에서 목판 하나가 휘리릭 날아왔다. 이탄이 찾던 백팔수라 제4식 1편이었다.

"역시 백팔수라 후반부가 여기에 있었구나. 하하하."

이탄은 뛸 듯이 기뻤다.

이탄은 항아리에 입을 대고 다음 책을 찾았다.

"백팔수라 제4식 2편."

잠시 후, 두 번째 목판이 휘익 날아와 이탄 앞에 안착했다.

이탄은 이와 같은 방식으로 백팔수라 제4식의 1편부터 18편까지 모두 찾았다.

"금강 대선인께서 서적을 한 권만 복사해 주신다고 하셨지? 그렇다면 백팔수라 제4식을 구성하는 목판 18개를 전부 복사해 주시지는 않을지도 몰라. 최악의 경우에는 제4식의 1편만 내주실 수도 있다고."

이탄이 파악한 바에 따르면, 백팔수라의 각 식들은 1편부터 18편까지 18개의 동작 전체를 동시에 구현하는 것이 관건이었다. 고작 1편의 동작 하나만 익혀서는 아무런 쓸모가 없었다.

"정확하게 수련하는 것은 나중에 하기로 하고, 우선은 이 목판의 내용을 머릿속에 담아 가야지."

이탄은 두 눈을 부릅뜨고 18개의 목판을 머릿속에 쓸어 담았다. 각 목판에 기술된 동작들을 몸으로 대충 펼쳐보면서 뇌에도 동시에 담으니 잊어버릴 리는 없었다. 이탄이 백팔수라 제4식을 기억하는데 걸린 시간이 약 15분이었다.

백팔수라 제4식의 동작들은 제3식에 비해서 까다롭기 이를 데 없었다. 몇몇 동작들은 '과연 사람이 이런 자세를 취할 수 있을까?' 라는 의문이 들기도 했다.

Chapter 7

이탄은 잠시 백팔수라 제4식을 반추하다가 황급히 고개를 가로저었다.

"이크! 급하다 급해. 지금 내가 이렇게 딴 생각을 할 때가 아니지."

이탄은 서둘러서 항아리에 입을 대고 외쳤다.

"백팔수라 제5식 1편."

신통하게도 항아리가 이탄이 말한 서적을 찾아주었다. 새 목판이 이탄 앞으로 스르륵 날아왔다. 예전 목판은 다시 제자리로 돌아갔다.

이탄은 백팔수라 제5식의 첫 번째 목판에 이어서 나머지 목판들도 차례로 찾았다. 이렇게 백팔수라 제5식을 구성하는 목판 열여덟 장이 한 자리에 모였다.

이탄은 목판들을 바닥에 쭉 늘어놓고는 18개의 정교한 동작들을 머릿속에 담고 몸으로 체득했다.

이탄이 제5식을 살펴보는 데 걸린 시간도 똑같이 15분 안팎이었다.

특히 이탄은 제5식을 외우다가 아주 충격적인 사실을 깨닫고는 깜짝 놀랐다.

하지만 지금은 시간이 촉박하여 제5식에만 매달릴 수는

없었다. 이탄은 궁금한 점을 뒤로 미루고는 다시 항아리에 입을 대었다.

"백팔수라 제6식 1편. 2편. 3편. ……. 18편."

이탄이 빠르게 외쳤다.

새로운 목판 열여덟 장이 이탄의 발밑에 쫙 펼쳐졌다.

한데 제4식과 제5식에 비해서 마지막 제6식은 난이도가 엄청나게 올라갔다.

"으응?"

이탄은 제6식을 몸으로 체득하려다가 말고 멍하게 제자리에 멈춰 섰다.

"이제 무슨 소리야? 손으로 하늘과 땅을 짚고 동시에 동쪽과 북쪽, 서쪽과 남쪽을 주먹으로 내질러야 한다고?"

제6식의 첫 번째 동작을 펼치려면 총 6개의 팔이 필요했다.

사실 수라체를 연마하는 수도자들은 제6식에 이르러서 큰 고민에 빠지곤 했다. 제6식부터는 인간이 구현할 수 있는 동작들이 아니기 때문이다. 제6식을 제대로 펼치려면 머리가 3개에 팔이 6개여야만 동작 구현이 가능했다.

"혹시 제6식은 한 동작 한 동작이 동시구현을 밑바탕에 깔고 있는 것일까?"

이탄은 얼핏 실마리를 잡았다.

금강수라종의 역사상 그 누구도 생각지 못한 방법을 이탄은 생각해내었다. 이것은 이탄이 정상세계의 언령이자 신의 문자 가운데 하나를 깨우친 덕분이었다. 시간과 공간을 뛰어넘어 다수의 동작을 '동시에' 구현해 내는 문자 말이다.

"아차! 내가 이럴 때가 아니지."

이탄이 다시 정신을 차렸다.

지금은 고민을 할 때가 아니었다. 암기를 할 때였다. 이탄은 만사 제쳐놓고 백팔수라 제6식을 구성하는 18개 동작들을 모두 머릿속에 담았다.

그렇게 암기를 하고 나니 이제 시간이 고작 3분 남았을 뿐이었다.

"어떻게 하지? 무슨 서적을 복사해달라고 할까?"

이탄은 백팔수라의 목판들을 제자리에 돌려놓은 뒤, 탑처럼 쌓인 책들 가운데 한 권을 아무렇게나 잡아 뽑았다.

〈〈무간옥(無間獄)〉〉

책 이름이 얼핏 이탄의 눈가에 스치고 지나갔다.

그때 이미 한 시간이 모두 흘렀다.

데엥!

상급 서고 안에 종소리가 청아하게 울렸다. 서고의 철문이 쿠르릉 소리와 함께 좌우로 열렸다. 이탄은 후다닥 밖으로 뛰쳐나왔다.

서고 밖에서는 금강 대선인이 수염을 쓰다듬으며 이탄을 기다렸다.

"마음에 드는 술법서는 골랐는고?"

"여기 선택했습니다."

이탄은 금강 대선인에게 달려가 손에 쥔 서적을 내밀었다.

빛바랜 종이 위에는 무간옥이라는 글자가 똑똑히 박혀 있었다.

"호오오? 이런 희한한 술법서가 있었던가? 분명히 내가 수집한 서적은 아닌데, 언제부터 이런 서적이 서고에 있었지?"

금강은 흥미로운 눈빛으로 서적을 펼쳐보았다.

이 서적은 무척 오래되어 보였고, 두께도 참 얇았으며, 각 장마다 적힌 내용도 별로 없었다. 게다가 서적 속 내용이 법술에 대한 것도 아니었다.

금강이 우려 섞인 눈으로 이탄을 보았다.

"허어어. 이탄 선인, 정녕 이 서적을 고른 것이 맞는가?"

"맞습니다."

이탄은 영문을 몰랐으나, 일단 맞다고 주장했다. 백팔수라 후반부를 외우느라 주어진 시간을 다 사용했으며, 그 때문에 막판에 아무 책이나 골랐다고 털어놓을 수는 없어서였다.

금강이 다시 한 번 이탄에게 물었다.

"잘 생각해 보게. 정녕 다른 서적으로 바꿀 마음이 없는가?"

"없습니다. 저는 그 서적이 마음에 듭니다. 종주님, 부디 그 책을 복사해주십시오."

이탄이 고집을 피웠다.

금강이 은근히 눈을 찌푸렸다. 금강은 의문스러운 점이 많다고 생각했으나, 더 이상 이탄을 추궁하지는 않았다.

"알겠네. 내 이것을 복사해줄 터이니 돌아갈 때 가지고 가게."

"종주님, 감사합니다."

이탄이 꾸벅 목례를 했다.

금강은 묘한 눈으로 이탄을 보다가, 등을 휙 돌렸다.

"따라오게. 령을 시켜서 서적을 복사할 동안 이탄 선인에게 법보 창고를 보여줌세."

"알겠습니다."

이탄이 대선인 뒤에 냉큼 따라붙었다.

금강은 이탄을 상급 법보 창고로 안내했다. 이 창고 안에는 종파에서 물려받은 법보들과 금강이 직접 수집한 법보들이 보관되어 있었다. 또한 서고와 마찬가지로 창고도 3개의 등급으로 구별되었다.

하급 법보 창고.

중급 법보 창고.

상급 법보 창고.

창고의 규모는 하급 법보 창고가 가장 컸다. 상대적으로 하급 법보의 개수가 가장 많아서였다. 반대로 상급 창고는 가장 규모가 작았는데, 그만큼 상급 법보는 구하기가 어렵다는 것을 의미했다.

또한 최상급 법보는 상급 법보보다 훨씬 더 희귀했다. 예를 들어서 상급 법보가 100개라면 그 가운데 최상급은 겨우 한두 개가 있을까 말까였다.

이렇게 수가 적기 때문에 금강은 최상급 법보를 위한 창고를 따로 짓지 않고 상급 법보와 함께 두었다.

물론 금강이 직접 사용하는 최상급 법보들은 창고 안에 두지 않고 늘 몸에 지니고 다녔다.

Chapter 8

금강이 창고를 향해서 손을 뻗었다.

"자. 지금부터 시간을 재겠네. 이탄 선인에게 딱 한 시간을 줄 것이니 창고 안에 들어가서 한 개의 법보만 골라서 나오게. 그럼 그게 바로 자네의 것이 될 게야."

"알겠습니다. 시간을 꼭 지키겠습니다."

이탄이 머뭇거림 없이 창고 안으로 들어갔다.

그 즉시 창고의 철문이 쿠르릉 닫혔다.

창고 안은 쾌적하였다. 서고처럼 책들이 정신없이 쌓여 있는 게 아니라, 법보 별로 이름표가 붙어서 유리 진열대 위에 깔끔하게 정리되었다.

대신 서고처럼 원하는 물건을 찾아주는 항아리는 없었다. 이탄이 일일이 발품을 팔아 돌아다니며 마음에 드는 법보를 찾아야만 했다.

"어디 보자. 우선 시계방향으로 둘러볼까?"

이탄은 뒷짐을 지고 느긋하게 법보들을 살폈다.

서고에서처럼 조급한 마음은 들지 않았다. 이탄은 법보에 대한 욕심이 별로 없기 때문이었다.

'그저 적당한 비행 법보나 있으면 챙겨볼까?'

이것이 이탄의 생각이었다.

이탄은 법보 하나하나를 세심하게 살피는 대신 건성으로 둘러보았다. 처음 이탄이 방문한 곳에는 주로 무기형 법보들이 진열되었다.

'이건 칼이고, 이건 창이고. 도끼도 있네? 게다가 방패와 갑옷까지? 하아아, 여기엔 없는 게 없구나.'

특이한 것은, 이탄이 옆을 스쳐 지나갈 때 바르르 진동하는 법보들이 있다는 점이었다.

'대략 100개에 하나 꼴이네. 이 법보들은 뭐지? 왜 부르르 떠는 거야?'

이탄이 눈앞에서 바르르 진동하는 검을 물끄러미 쳐다보았다. 이탄이 관심을 주자 검의 진동이 점점 더 거세졌다.

'뭐야? 왜 그러는데?'

이탄은 뒷짐을 지고 다시 걸음을 옮겼다.

바르르 진동하던 검은 그제야 진동을 멈췄다.

'거 참 별 일 다 보겠네.'

이탄은 첫 번째 구역을 지나 두 번째 구역으로 접어들었다. 이곳은 악기형 법보들이 전시된 공간이었다.

비파, 피리, 북, 편종……

이름도 들어보지 못한 다양한 악기들이 이탄의 눈앞에 쫙 펼쳐졌다. 이탄은 별 관심 없이 두 번째 구역도 지나쳤다.

악기형 법보들 가운데 한두 개는 이탄이 옆을 스쳐 지나 갈 때 웅웅웅 울음을 토했다. 꽃 모양이 새겨진 자그마한 종과 길쭉한 모양의 북이 바로 그것들이었다.

이탄은 웅웅 울어대는 법보들은 그냥 무시했다.

세 번째 구역은 비행 법보들이 전시되었다.

"여긴 좀 자세히 봐야겠군."

이탄이 입꼬리를 살짝 끌어올렸다.

솔직히 이탄은 지금 사용하는 비행 법보, 즉 금속 실 형 태의 법보도 나름 만족스러웠다.

하지만 이왕 기회가 주어졌으니 마음에 드는 녀석이 있 으면 한 번 사용해볼 요량이었다.

"철룡 사형이 타고 다니는 오색구름도 멋지던데. 좀 그 럴듯한 녀석이 없을까?"

이탄은 진열대를 대충 지나치지 않았다. 법보를 유심히 보고, 그 옆에 적힌 설명도 차근차근 읽었다.

그렇게 3구역을 한 바퀴 돌자 마음에 드는 후보군이 2개 떠올랐다.

휴대가 간편한 신발 형태의 비행 법보.

하얀색 솜털 모양의 비행 법보.

목도리와 솜털, 두 가지 모두 이탄이 옆을 지나갈 때 바 르르 진동하지는 않았다. 그래도 이탄은 상관없었다.

"실도 괜찮지만, 신발이나 솜털도 좋을 것 같은데? 창고의 끝까지 한 번 둘러본 다음 마땅한 것이 없으면 이 두 가지 중에 하나를 선택하자."

이탄은 일단 이렇게 마음을 굳혔다.

이어서 4구역은 부적들이 진열되었다.

"부적도 괜찮은데."

이탄은 진지한 표정으로 부적에 대한 설명을 살폈다. 이탄이 가장 염두에 둔 것은 탈출용 부적이었다.

"그런데 부적은 일회용이잖아. 나름 좋은 기회인데 법보 대신 부적을 고르면 바보 짓 아닐까?"

중간에 이탄이 마음을 고쳐먹었다. 아무래도 법보 대신 부적을 선택하는 것은 아닌 듯했다.

한데 중간에 또 한 번 이탄의 마음이 변덕을 부렸다.

"어라? 위기의 순간에 이 부적을 날리면 주변 10킬로미터 영역을 꽝꽝 얼려버린다고? 이런 굉장한 부적이라면 어지간한 법보보다 더 나은 것 아냐? 비록 일회용 부적이라고 하더라도 말이지."

이탄이 얼음 계열의 상급 부적을 향해 자신도 모르게 손을 뻗었다. 그러다가 다른 손으로 자신의 손등을 찰싹 때리고는 고개를 가로저었다.

"아니야. 성급히 선택하지 말고 끝까지 둘러봐야지. 뒤에 또 뭐가 나올지 몰라."

이탄은 4구역을 지나 5구역으로 접어들었다.

창고의 제5구역은 생활용품과 관련된 법보들이었다. 이를테면 붓이나 종이, 부채, 모자, 목도리, 허리띠와 같은 법보들이 진열장에 전시되었다.

"이건 좀 아니지."

이탄은 5구역은 쳐다보지도 않고 지나쳤다.

아니, 지나치려고 했다.

"얼랄라?"

이탄이 걸음을 딱 멈추었다. 진열장을 바라보는 이탄의 동공이 크게 열렸다.

진열장 안에 들어 있는 것은 기다란 허리띠였다. 모양도 투박하고 재질도 정체불명인 기다란 허리띠 하나.

한데 허리띠의 길이가 무려 2미터에 달했으며, 세 가닥의 끈이 교차로 꼬여서 구성되었다.

'길이는 2미터. 재질은 불분명. 색깔은 검붉은 색. 그런데 무척 질겨 보이네.'

여기까지 생각이 미친 순간, 이탄의 뇌리에 퍼뜩 단어 하나가 떠올랐다.

'아몬의 현!'

오래 전 아몬은 부정 차원을 지배하는 최상위 악마종이

자 부정 차원의 칠대군주 가운데 한 명이었다.

그 아몬이 자신의 심혈관을 뽑아서 7개의 현을 만들고, 그 현을 세상에서 가장 단단한—붉은 금속과 이탄의 몸뚱어리를 제외하고는— 토템에 얹어서 악기로 제작한 것이 바로 '아몬의 토템'이었다.

악마사원이 자랑하는 삼대법보 가운데 하나인 아몬의 토템 말이다.

Chapter 9

'에이. 설마 저게 진짜로 아몬의 현은 아니겠지. 부정 차원의 최상위 물건이 왜 하필 동차원에 나타나겠어? 안 그래?'

이탄은 피식 웃었다.

생각해 보니 이것은 말도 안 되는 소리였다. 아나테마의 설명에 따르면, 아몬은 부정 차원의 칠대군주 가운데 하나였다. 당연히 그 아몬의 심혈관이라면 무지막지한 마기가 뭉클뭉클 뿜어져 나와야 정상이었다.

한데 진열장 속 허리띠는 마기라고는 한 점도 찾아볼 수 없었다. 오히려 신묘한 기운이 은은하게 피어올랐다.

'아니야. 아니야. 내가 잠시 헛생각을 한 거야. 저건 아몬의 현일 리 없어. 절대로. 절대로 아니야.'

이탄이 구부렸던 상체를 다시 일으켰다.

이럴 때는 아나테마와 연결이 끊긴 점이 아쉬웠다. 아나테마는 언노운 월드에 소속된 악령이라 그런지 이탄이 동차원으로 넘어올 때 함께 따라오지 못했다.

이탄이 혀를 찼다.

'하긴, 아나테마 영감은 내 의식이 간씨 세가로 넘어갈 때도 쫓아오지 못했지. 만약 이 자리에 아나테마 영감이 있었다면 저 허리띠에 대해서 물어봤을 텐데. 쳇.'

이럴 때만 아나테마의 악령이 아쉬워지는 이탄이었다.

마침내 이탄이 마음을 접었다.

'에잇. 아닐 거야. 그냥 지나가자.'

이탄이 허리띠에 대한 미련을 버리고 과감하게 등을 돌렸다.

바로 그때였다.

뭐라고 설명할 수 없는 끈적끈적한 기분이 이탄을 사로잡았다. 이 기분은 이탄의 볼록한 뱃속에 똘똘 뭉쳐 있는 만자비문으로부터 흘러나왔다.

'으응?'

이탄이 가만히 지켜보는 가운데 만자비문이 웅웅웅 울었

다. 이탄은 만자비문이 인도하는 대로 따라갔다.

만자비문은 허리띠 앞에서 웅웅웅 보챘다.

그에 호응이라도 하듯이 세 가닥으로 꼬인 검붉은 허리띠가 우르르 진동하기 시작했다.

이탄의 두 눈에는 똑똑히 보였다. 허리띠 속에서 흐릿한 문자들이 툭툭 튀어나와 이탄의 품속으로 안겨들었다.

이 흐릿한 문자들은 분명히 만자비문이었다. 비록 이탄의 것처럼 또렷한 만자비문은 아니었고, 진짜를 흉내 낸 모조 만자비문에 불과하였지만, 그래도 만자비문임은 분명했다.

'허어어. 허리띠가 만자비문의 기운을 품고 있었다니.'

이탄은 두 가지 점에서 놀랐다.

첫째, 허리띠 속에서 만자비문이 튀어나온 점이 우선 의외였다.

둘째, 허리띠가 이런 사악한 언령을 속에 품고 있으면서도 겉으로는 사악한 마기 대신 신묘한 기운을 내뿜어서 동차원의 선인들을 속여 낸 점도 놀라웠다.

'어쨌거나 이제 네 정체는 분명해졌구나. 너는 분명 아몬의 심혈관을 뽑아서 빚어낸 아몬의 현이야.'

이탄이 눈을 반짝 빛냈다.

루우우우웅!

이탄의 말에 호응이라도 하듯 허리띠가 마구 요동쳤다.

솔직히 이탄은 신발 모양의 비행 법보가 탐이 났다. 그 법보를 신고 다니면 정말 유용할 것 같았다.

'게다가 신발이니 사람들의 눈에 띄지도 않을 테고, 언 노운 월드에서 사용하기에도 적합하잖아? 쩝. 아깝다.'

이탄이 입맛을 다셨다.

따지고 보면 솜털 모양의 비행 법보도 쓸모가 많을 것 같 았다. 강아지 령도 솜털을 타고 다니면 좋아할 것 같았다.

'그 또한 아쉽네.'

이탄은 솜털 법보도 아까웠다.

이탄이 곰곰이 생각해 보니 주변 10킬로미터 영역을 꽝 꽝 얼려버릴 수 있는 부적도 괜찮을 것 같았다. 비록 일회 용이라는 점이 아쉽기는 하지만, 이탄은 부적을 선택할 마 음도 조금은 가지고 있었다.

"한데 이제는 선택의 여지가 없단 말이지. 휴우우."

신발도 좋고, 솜털도 좋고, 얼음 부적도 좋지만, 아몬의 현과 바꿀 수는 없었다.

"에효. 어쩌겠어. 너를 선택할 수밖에."

이탄이 진열장에서 허리띠를 꺼냈다. 세 가닥의 허리띠 가 이탄의 손에서 기분 좋은 울음을 토했다.

'이 허리띠에 아몬의 심혈관 세 가닥이 들어 있으니까

아직 네 가닥이 더 필요하네?'

아몬의 토템은 총 7개의 현이 요구되었다. 이 가운데 이탄이 3개를 손에 넣었으니 이제 4개의 슬롯을 더 채워야 했다.

이탄은 곰곰이 생각에 잠겼다.

'일전에 피사노 싸마니야가 말해주었지? 피사노교의 일곱째인 피사노 사브아가 2미터짜리 채찍을 사용하는데, 그 채찍이 네 가닥의 줄을 꼬아서 만들었다고 했겠다? 어쩌면 그 채찍이 답일지 모르겠군. 네 가닥의 줄이라니, 일단 개수가 딱 맞잖아.'

이탄은 '기회가 되는 대로 사브아의 채찍을 손에 넣어야겠구나.' 라고 결심했다.

이탄은 창고의 나머지 부분은 건너뛰었다. 남은 공간에 그 무엇이 진열되어 있건 간에 이 허리띠를 대신할 수는 없었다.

이탄은 불과 35분 만에 창고 밖으로 나왔다.

금강 대선인이 기다렸다는 듯이 스르륵 나타났다.

"이제 고작 30분이 조금 넘었을 뿐인데 벌써 법보를 골랐는가?"

금강이 고개를 갸웃했다.

이탄은 상대를 향해 기다란 허리띠를 공손히 내밀었다.

"네. 종주님. 저는 이 허리띠로 결정했습니다."

"흐으음? 허리띠라고?"

금강이 묘한 눈빛으로 이탄을 바라보았다.

이 허리띠는 분명 최상급 법보가 아니었다. 금강은 이탄의 안목을 시험했던 터라 내심 실망했다.

하지만 다른 한편으로 금강은 이탄의 선택이 흥미로웠다.

'이 허리띠는 내 기억에 없는 물건인데, 도대체 언제 이런 법보가 창고 안에 들어갔을꼬? 이건 대체 어느 선조님께서 수집하신 물건이지?'

금강의 판단에 따르면, 이 허리띠는 아주 강력한 법보는 아니었다. 하지만 용도도 불분명하고, 재질도 알 수 없는 이 허리띠가 어쩐지 묘한 느낌을 풍겼다. 평소에는 눈여겨보지 않을 물건인데, 이탄이 고른 뒤에 다시 보니까 무언가 중요한 점을 놓친 느낌이라고나 할까? 금강은 이 알 수 없는 육감에 곤혹스러웠다.

제5화
언령의 벽 I

Chapter 1

'아뿔싸! 그리고 보니 이탄 선인이 서고에서 고른 서적도 독특했지. 그리고 창고에서 선택한 법보도 아주 특이해. 이탄 선인은 비록 내가 기대하였던 최상급들을 고르지는 않았으나, 그의 선택에 무언가 숨겨진 의미가 있어 보이는구나.'

금강은 이탄이 돌아가고 나면, 이탄에게 복사해준 고서를 한번 진지하게 읽어볼 요량이었다.

'다만 저 허리띠는 복사품을 남겨놓을 수가 없으니 아쉽구나. 이탄 선인이 왜 하필 저 허리띠를 선택했는지 그 이유가 궁금한데.'

이탄을 바라보는 금강의 눈빛이 묘한 빛을 띠었다. 희한하게도 지금 금강은 이탄에 대한 학구열(?)이 불타오르는 중이었다.

'응? 종주님께서 왜 나를 저런 눈으로 보시지?'

이탄은 영문도 모르고 손가락으로 관자놀이만 긁었다.

마침내 파란 코끼리가 서적의 복사를 끝냈다.

[주인님, 시키신 일을 마쳤어요.]

파란 코끼리가 날개를 펄럭이며 날아왔다.

"수고했구나. 이리 주거라."

금강이 손을 내밀자 코끼리는 둘둘 말린 코를 길게 뻗어 책의 복사본을 금강 대선인에게 내주었다.

금강은 '무간옥'이라는 복사본을 휘리릭 넘겨본 다음, 이탄에게 건넸다.

이탄은 그제야 이 책을 자세히 보게 되었다.

'어랍쇼? 무슨 술법서가 이렇게 얇지?'

서고에서 이탄이 무심코 집었을 때는 미처 책 두께에 신경을 쓰지 못했다.

'설마 이거?'

이탄의 뇌리에 불길한 예감이 팍 들었다.

비록 이탄이 서고에서 백팔수라 후반부를 외우느라 바빴다고는 하지만, 그리하여 아무 책이나 마구 손에 잡히는 대로 선택했다고는 하지만, 그 책이 이렇게 이탄에게 불안감을 안겨줄 줄은 몰랐다.

이어지는 금강의 말이 이탄의 불안감을 증폭시켰다.

"자네가 왜 그 서적을 골랐는지 모르겠네. 그래도 분명히 무슨 합당한 이유가 있겠지. 허허허. 하지만 다른 강력한 술법서들도 많았는데 왜 하필 술법서도 아닌 일반서적을 선택했는지 영 이해가 가지 않는구먼."

'헉? 이게 술법서가 아니라고? 아이고. 시간이 급해서 아무 것이나 골랐더니 완전히 망했구나. 그런데 왜 종주님은 중요한 서고에 이런 망할 서적을 함께 둔 거야? 어우, 씨.'

이탄은 입술이 댓 발이나 튀어나왔다.

그렇다고 이제 와서 책을 물리고 다시 한 번 기회를 달라고 조를 수도 없었다. 금강 대선인은 분명히 서고 앞에서 이탄에게 한 번 더 확인했다. "정녕 이 서적을 선택한 것이 맞느냐?"고 몇 번이나 묻고 또 물었다.

그때 이탄은 "당연히 그 책을 선택한 것이 맞습니다."라며 확신에 차서 대답했다.

'어이쿠! 이런 바보, 천치. 내가 왜 그랬을까? 단 1초만이라도 책의 내용을 살폈더라면 다른 종류의 상급 술법서를 얻었을 텐데. 아이고.'

이탄은 마음속으로 땅을 치며 후회했다.

어쨌거나 이제는 이탄이 금강동부를 떠날 시간이 되었다.
금강 대선인은 이례적으로 이탄을 동부 입구까지 배웅했다.

파란 코끼리의 연락을 받아 멸정의 령이 휙 날아왔다. 멸
정의 령은 온몸을 투명하게 만들어 사람들의 눈을 피했다.

금강 대선인이 이탄을 향해 부드러운 미소를 보였다.

"그럼 보름 뒤에 다시 보세나. 그때 내가 이탄 선인을 벽
으로 보내줌세."

"종주님, 오늘 정말 큰 은혜를 입었습니다. 보름 뒤에 다
시 뵐 때까지 강녕하십시오."

이탄은 금강에게 공손히 허리를 숙인 다음, 동부를 떠났
다. 멸정의 령이 이탄을 등에 태우고 휙 날아올랐다.

이탄은 멸정동부로 돌아온 즉시 자신의 방 안에 처박혀
꿈쩍도 하지 않았다.

"기억에 손실이 생기기 전에 확실하게 내 것으로 만들어
야 해."

이탄의 머릿속에는 오로지 백팔수라에 대한 생각만 가득
했다.

이탄은 넓은 방 안 한 구석에 붉은 금속을 둘러놓은 뒤,
그 속에서 백팔수라 후반부 연마에 돌입했다.

백팔수라 제4식은 전반부에 비해서 난이도가 확 올라갔
다. 목판에 새겨진 글귀만 가지고는 정확한 동작을 잡기도

힘들었고, 그 동작과 연결되는 법력의 흐름을 만들어내는 것도 쉽지 않았다.

"동작에 연연하면 안 돼. 그것보다는 동작을 통해 에너지의 발현을 극대화시켜야 해. 그래야 비로소 백팔수라의 제 위력을 낼 수 있어."

이탄은 동작에 연연하지 않았다. 각 동작에 필요한 법력의 흐름을 먼저 만들고, 그 법력이 가장 위력적으로 표출될 수 있도록 동작을 가다듬었다. 속(법력)을 먼저 꽉 채우고, 그 속에 맞춰서 겉(동작)을 다듬는 방식이었다.

말이 쉽지, 동차원의 그 어떤 수도자도 이탄과 같은 방식으로 백팔수라를 독학할 수는 없었다. 이것은 오로지 이탄만이 가능한 방법이었다.

12일 뒤.

이탄은 지난 시간 동안 백팔수라에만 꾸준한 매달렸다. 그 결과 백팔수라 제4식의 1편부터 18편까지 18개 동작이 완성되었다.

이탄이 독학으로 재현해낸 18개 동작은, 금강수라종에서 전수되는 백팔수라 제4식과는 사뭇 달랐다.

이유는 간단했다.

백팔수라를 독학으로 익히면서 이탄은 오로지 파괴력의

극대화에만 매달렸다. 법력이 뿜어져 나올 때 그 파괴력이
극에 달할 수 있는 동작을 만들어낸 셈이었다.

한데 이렇게 만들어진 동작 가운데는 인간이라면 도저히
따라 할 수 없는 것들이 꽤 많이 생겼다.

예를 들어서 어깨와 팔꿈치, 손목을 일직선으로 유지한
상태에서 손가락을 독수리 발톱처럼 구부리고, 손목을 뒤
로 180도 젖혀서 손가락의 세 번째 마디들을 팔뚝에 밀착
시키는 동작이 있었다.

이것은 인간의 신체 구조상 불가능한 동작이었다.

한데 이탄은 인간이 아니라 듀라한이었다. 이탄의 근육
과 힘줄, 뼈와 신경이 인간과는 근본적으로 달랐다. 이탄은
이러한 차이점을 전혀 깨닫지 못하고 오로지 자신만의 방
법으로 백팔수라를 개조해내었다.

어차피 백팔수라 전반부를 연마하면서 한 번 가봤던 길
이었다. 후반부라고 해서 다를 것은 없었다. 이미 이탄의
머릿속에는 틀이 딱 잡혀 있었다.

우선 18개의 동작 하나하나를 완벽히 가다듬어 뼈대를
잡은 다음, 이탄은 정상세계의 신격이 다룰 수 있는 언령
가운데 하나인 '동시구현'을 접목했다.

Chapter 2

후오오옹!

백팔수라 제4식의 18개 동작이 동시에 터져 나왔다. 이탄의 머리 위에 머리가 18개, 팔다리가 각각 36개인 청동빛 수라가 조각상처럼 또렷하게 드러났다. 수라가 구현한 18개의 동작이 오로지 하나의 지향점을 향해 집중되었다.

백팔수라 제4식 수라관천(修羅貫天) 구현!

18개의 서로 다른 동작으로 증폭해낸 법력이 하나의 길쭉한 선을 만들었다. 이탄의 법력이 잔뜩 들어간 선은 이내 하늘마저 꿰뚫어(관천) 버릴 수 있는 거대한 창이 되었다.

언노운 월드의 마법들 중에서도 전편과 후편으로 나뉘는 것들이 종종 존재했다. 이 마법들 가운데 대부분은 전편이 좁은 영역을 공격하는 협역 마법, 후편이 넓은 영역을 휩쓰는 광역 마법으로 구성된 경우가 많았다.

아니, 그런 경우가 거의 100퍼센트였다.

백팔수라는 이와 정반대였다.

백팔수라의 전반부를 구성하는 3개의 술식, 즉 수라초현, 수라군림, 수라멸세는 모두 다 넓은 영역을 폭격하는 광역 법술이었다.

반면 백팔수라의 후반부에 해당하는 제4식 수라관천은

오로지 하나의 직선 위에 모든 힘을 때려 박은 뒤, 하늘을 일직선으로 꿰뚫어버리는 협역 법술에 해당했다.

이탄은 그 차이를 명확하게 인식했다.

"이 점이 도리어 더 신선하네. 위력이 약한 전반부가 광역 스킬인데, 위력이 더 강한 후반부는 오히려 좁은 영역만 공략하는 협역 스킬이란 말이지?"

사실 이탄은 광역 공격수법을 선호하지 않았다. 마법이나 법술 하나로 단숨에 전쟁터를 휩쓸어 버리는 것보다는, 적들은 하나하나 때려 부수고 해체하는 것을 더 선호했다.

"그렇게 하나씩 해체해야 손맛을 느낄 수 있지."

이탄은 섬뜩한 말을 아무렇지도 않게 내뱉었다.

어쨌거나 수라관천이 작렬했다. 청동빛 수라가 붉은 금속을 향해 창을 뿌렸다.

휘류류류류— 쿠와아앙!

무지막지한 기세로 뻗어 나간 창이 붉은 금속을 강하게 때렸다.

물론 붉은 금속은 끄떡도 하지 않았다.

이탄은 벼락처럼 일직선으로 뻗어 나가는 수라관천의 위력을 되새김질하면서 입꼬리를 끌어올렸다.

비록 붉은 금속은 개미 눈곱만큼도 부서지지 않았지만, 이탄은 금속에 가해진 충격의 정도를 가늠해내었다.

이탄의 판단에 따르면, 수라관천의 위력은 이탄이 간씨 세가에서 얻은 광정을 뛰어넘었다. 간철호의 광정이 아니라, 이탄이 붉은 금속을 이용해서 개량해낸 새로운 광정보다도 오히려 수라관천이 더 위력적이었다.

"오오오! 좋구나. 만약 전쟁터에서 수라관천을 적진 한복판을 향해 방출하면 어떻게 될까? 엄청 파괴적일 것 같은데."

이탄은 수라관천이 마음에 쏙 들었다.

백팔수라 제4식이 완성되었으니 이제 제5식으로 넘어갈 차례였다.

하지만 지금 이탄에게는 제5식을 연마할 시간이 부족했다.

"쩌업. 생각 같아서는 백팔수라 제5식과 제6식도 내리 수련을 하고 싶은데 말이지. 그렇다고 종주님과의 약속을 어길 수도 없고. 쯧쯧쯧."

이탄은 아쉬운 듯 입맛을 다셨다.

금강 대선인과의 약속 시간을 지키려면 백팔수라 제5식에 손을 댈 수는 없었다. 이탄은 현 상태에서 수련을 잠시 중단했다.

오늘이 12월 28일이었다. 이제 약속 시각까지는 딱 3일이 남았다.

이탄은 남은 3일 동안 여러 가지 일들을 처리하기로 마음먹었다. 우선 이탄은 금강 대선인으로부터 선물 받은 책부터 펼쳐 들었다.

"술법서도 아니고, 이게 대체 무슨 책이지?"

이탄은 책을 앞뒤로 살펴보았다.

"그래도 종주님으로부터 선물 받은 것이니 한번 읽어보기라도 해야지. 닷새 뒤에 종주님께서 이 책에 대해서 물어보실지도 모르잖아."

이탄은 무간옥이라는 책이 딱히 궁금하지는 않았다. 하지만 혹시 금강 대선인이 무간옥에 대해서 물어볼 수도 있다고 생각하여 한 번 훑어는 볼 생각이었다.

무간옥은 총 49페이지로 구성된 얇은 서적이었다. 각 페이지마다 의미가 모호한 산문이나 시 등이 담겨 있었는데, 내용이 기괴했다.

사람의 가죽을 벗겨 끈을 엮는 업무에 대한 산문.

불수레를 모는 마부가 읊는 시.

창날로 눈, 코, 입을 베는 일을 전문으로 하는 도살자의 일기.

주로 이런 단편적인 것들을 모아서 엮은 산문집이 무간옥의 주내용이었다.

"아우 씨. 이게 뭐야?"

이탄은 신경질이 나서 머리를 벅벅 긁었다.

금강동부에서 백팔수라 후반부를 얻은 것만으로도 이미 충분한 성과였다.

하지만 이탄은 거기에 더해서 그럴듯한 법술 한 가지를 더 얻을 기회를 가졌었다. 그런데 그 소중한 기회를 허무하게 날려버렸다고 생각하자 이탄의 머리에 열이 확 차올랐다. 이탄은 무간옥을 침대 위에 확 내팽개치고는 방을 나섰다.

"금강 대선인님을 다시 만나러 가기 전에 강아지 령을 한 번 봐야겠지."

그동안 이탄은 자신의 령에게 너무 소홀했다. 그러니 3개월간의 여행을 또 떠나기 전에 강아지 령을 만나봐야겠다는 것이 이탄의 생각이었다.

정말 탁월한 선택이었다.

이탄은 강아지 령이 크게 달라진 모습을 보게 되었다.

불과 몇 개월 전만 해도 이탄의 강아지 령은 손바닥 2개를 겹친 정도의 자그마한 크기에 귀엽기 이를 데 없었다.

한데 몇 달 못 본 사이에 강아지 령이 많이 변했다. 귀여운 생김새는 여전하였으나, 덩치가 넓은 공간을 가득 채울 정도로 커진 것이다.

무려 수십 미터가 넘는 령을 보고는 이탄이 깜짝 놀랐다.

"이게 대체 어찌 된 일이야?"

[끼이잉. 주인님, 너무하셔요. 오랫동안 얼굴 한 번 비추시지 않고요. 끼잉, 낑.]

이탄의 강아지 령이 툭 튀어나온 눈에서 눈물을 글썽거렸다. 그리곤 이탄에게 커다란 얼굴을 가까이 들이밀어 털이 부숭부숭한 뺨을 비볐다. 삼각형의 커다란 귀와, 그 귀밑에 길게 자란 털들이 이탄의 피부를 간질였다.

이탄은 수십 미터가 훌쩍 넘는 강아지 령을 올려다보았다.

"너 이게 어찌 된 일이야? 짧은 사이에 어떻게 이렇게 컸어?"

[히히히. 그건 모두 주인님 덕분이죠. 모든 령들은 각자의 주인님과 영혼이 연결되거든요. 저도 마찬가지고요. 그런데 그 연결 통로를 통해서 전해지는 주인님의 법력이 어찌나 밀도가 높고 양이 많던지 저도 무럭무럭 컸지 뭐예요. 히히히.]

Chapter 3

이탄이 한 번 더 중얼거렸다.

"아니, 그래도 그렇지. 이건 너무 크잖아."

[에이. 커서 불편하시다면 얼마든지 크기를 줄일 수 있답니다.]

강아지 령이 그 큰 덩치를 움직여 옆으로 휘리릭 뒹굴었다.

그렇게 한 바퀴를 구르고 나자 공간을 가득 메웠던 커다란 강아지 령이 원래 크기로 조그맣게 변했다.

강아지 령이 폴짝 뛰어서 이탄의 품에 안겼다.

"허어. 이거 참."

이탄이 물끄러미 강아지 령을 내려다보았다.

강아지 령은 앙증맞을 정도로 조그만 사이즈에, 동그란 눈이 톡 튀어나와 귀여웠다. 삼각형의 귀는 얼굴의 절반을 가릴 정도로 컸으며, 귀 밑에는 털에 길게 자랐다. 목둘레에는 목도리라도 두른 듯 털이 풍성했다. 꼬리도 풍성한 붓 모양으로 미끈하게 떨어졌다.

"그래. 이게 원래 네 모습이지. 하하하."

이탄이 강아지 령의 등을 슥슥 쓰다듬어주었다.

강아지 령은 기분이 좋은지 목구멍에서 그르렁 그르렁 소리를 내었다.

"덩치가 커진 것 말고, 또 다른 변화는 없어?"

이탄은 '강아지 령이 혹시 스승님의 령처럼 위엄 있는 모습으로 변할까? 아니면 종주님의 령처럼 특색 있게 진화하는 것 아냐?' 라고 상상하며 은근한 기대를 품었다.

보통 령들은 주인의 생각을 읽을 수 있었다.

하지만 이탄은 영혼을 나눠서 쓰기에 강아지 령은 이탄이 허용하지 않는 한 속마음을 읽지 못했다.

이탄이 이렇게 영혼을 나눠 쓰기 시작한 것은 모두 아나테마 때문이었다. 아나테마에게 생각을 읽히는 것이 싫어서 연습을 하다 보니 자연스럽게 터득한 비법이었다.

강아지 령이 곰곰이 고민하다가 머리를 가로저었다.

[아직까지 별로 달라진 것은 없는 것 같아요. 덩치가 무럭무럭 자라고, 힘이 좀 더 세진 것뿐이에요.]

"이를테면 하늘을 날 수 있게 되었다거나."

[아뇨. 저도 그런 이능력을 갖고 싶어요. 하지만 아직 안 되더라고요.]

강아지 령이 도리질을 했다.

"혹은 몸을 투명하게 만들 수 있다거나."

[아뇨. 그것도 안 돼요. 히이잉. 죄송해요.]

강아지 령이 슬픈 표정을 지었다.

이탄은 황급히 강아지 령을 달래주었다.

"아냐. 아냐. 오해하지 마. 너에게 그런 능력을 바란 것은 아니야. 그냥 덩치가 꽤나 커졌기에 혹시 다른 능력도 생겼나 물어본 것뿐이야."

[네에.]

강아지 령이 고개를 끄덕였다. 그 다음 이탄의 가슴에 조그만 얼굴을 폭 파묻고는 이탄의 냄새를 킁킁 맡았다.

[하아, 좋네요. 주인님의 냄새.]

"냄새? 나에게서 무슨 냄새가 나?"

이탄이 흠칫해서 물었다. 이탄은 혹시라도 몸에서 죽은 시체의 냄새, 즉 언데드의 냄새가 날까 봐 걱정했다.

다행히 강아지 령이 맡은 냄새는 그런 종류가 아니었다.

[하아아, 제가 맡는 냄새는 법력의 향기예요. 주인님께서 생성하시는 법력의 향기 말이에요. 헤헤헤.]

"어엉? 세상에 그런 향기도 다 있어?"

[있죠. 하지만 이 향기는 오로지 주인님과 연결된 령만이 맡을 수 있어요. 저도 다른 수도자들의 법력 냄새는 맡지 못한답니다. 오직 주인님의 향기만 맡을 수 있어요. 왜냐하면 영혼의 연결을 통해서 밀려드는 법력이라 제게 친숙하거든요. 히히히.]

"그렇구나."

이탄은 강아지 령의 머리를 슥슥 쓰다듬었다.

강아지 령이 삼각형 귀를 기분 좋게 쫑긋거렸다. 귀는 크림색인데 귓속은 분홍빛이라 더 예쁜 것 같았다.

이탄이 속으로 중얼거렸다.

'어쩌면 네가 세상에서 가장 나와 밀접한 사이가 될지도 모르겠구나. 듀라한인 내게 그 어떤 존재가 곁을 허락하겠느냐? 그런데 너만은 다를지도 모르지.'

이탄은 '언젠가 때가 되면 강아지 령에게 내 진짜 정체를 밝힐 날이 올지도 모르겠다.'라고 생각했다.

그러다 문득 아나테마가 떠올랐다.

'푸훗, 그래. 아나테마 영감도 나와 꽤 많은 것을 공유하는 사이지. 비록 그 영감이 음흉한 구석이 있고, 강아지 령처럼 귀엽지도 않지만 말이다.'

이탄이 싱긋 웃었다.

사흘 뒤인 12월 31일.

이탄은 다시 금강동부로 향했다. 이번에도 멸정의 령이 이탄을 금강동부 바로 앞까지 태워주었다.

[흥. 흥. 공자. 당분간 또 못 보겠네요. 흥. 흥.]

멸정의 령이 새침하게 굴었다.

이탄은 쓴웃음을 지었다.

"그러게요. 석 달간은 보지 못할 것 같군요. 이거 아쉽네요."

[흥. 흥. 흥. 공자, 빈말 하지 말아요. 그리고 나도 뭐 공자와의 이별이 아쉬워서 이러는 건 아니거든요. 흥.]

말은 이렇게 했으나 멸정의 령은 이탄과 3개월이나 떨어지는 것이 싫은 듯했다.

그 마음을 읽었기에 이탄은 멸정의 령이 완전히 멀어질 때까지 내린 자리에 서서 손을 흔들어주었다.

멸정의 령은 투명화하여 하늘을 날아가면서도 몇 번씩 뒤를 돌아보았다. 그리곤 이탄이 계속 손을 흔드는 모습을 보자 배시시 웃었다.

[후훗. 공자도 참.]

멸정의 령은 속으로 이렇게 중얼거렸다.

이탄이 합류했을 때는 이미 금강동부에 다른 5명의 선인들이 도착한 상태였다.

"어? 부공 형님."

이탄은 선인들 가운데 부공을 알아보았다.

부공은 덩치가 크고 머리를 빡빡 깎은 수도자로, 과거에 이탄이 남명으로 건너오기 전에 이탄을 제자로 삼고 싶어 하던 사람이었다.

하지만 이탄이 멸정 대선인의 막내제자가 된 이후로는 이탄과 친구가 되어서 서로 친교를 나누었다.

현재 부공의 수준은 선2급이었다.

Chapter 4

이탄이 보기에 부공을 제외한 나머지 4명의 수도자들도 모두 선2급 이상의 쟁쟁한 실력자들 같았다.

'오호라! 종주님께서 내게 보여주신다는 벽이 생각보다 중요한 물건인가 보네? 이런 뛰어난 선인들만 모으신 것을 보면 말이야.'

이탄이 내심 반색을 할 때였다. 부공이 다가와서 이탄의 어깨에 팔을 척 둘렀다.

"여어, 이탄 아우. 역시 아우도 탐색대 명단에 들어 있었구먼. 아하하하. 하긴, 아우 같은 사람이 빠지면 안 되지."

"탐색대요?"

"엉? 몰랐는가? 오늘 이 자리에 모인 6명의 수도자들은 벽을 관찰할 기회를 얻은 탐색대라네. 우리의 능력과 운에 따라서 금강수라종의 미래가 바뀔 수 있으니 참으로 중대한 임무를 맡은 게지."

부공의 말을 듣자 이탄은 다시금 깨닫는 바가 있었다.

'역시! 벽을 관찰한다는 것이 무척 중요한 일인가 보구나. 부공 형님이 이토록 자부심을 갖는 것을 보니 그 중요성이 새삼스레 마음에 와닿네. 이거 내가 종주님께 아주 큰

은혜를 입었나 봐. 하하하.'

이탄은 나름 기뻤다.

그러는 사이 부공이 이탄에게 나머지 4명의 선인들을 소개시켜 주었다.

"이탄 아우, 이리 와서 여기 이분께 인사를 드리게. 이분은 엄홍 선인이시라고, 철룡 대선인님과 친한 분이시라네."

"아! 그러시군요. 철룡 사형의 사제인 이탄이라고 합니다."

이탄이 엄홍에게 허리를 꾸벅 숙였다.

이탄의 살가운 모습에 엄홍 선인도 환하게 웃었다.

"허허허. 이탄 선인의 이름은 많이 들었네. 이번 전쟁에서 크게 활약했다지?"

엄홍은 평범한 체형에 외모도 평범했다. 하지만 의외로 성격이 다혈질이라 전투가 벌어지면 늘 앞장서는 편이었다.

나중에 부공이 귀띔해준 바에 따르면, 엄홍 선인은 이미 선4급에 올랐다고 했다. 비록 엄홍은 철룡에 비해서는 뒤처지지만, 그의 나이에 선4급이면 무척 빠른 편이었다.

이어서 부공은 이탄에게 중년으로 보이는 여선인 한 명을 소개시켜 주었다.

"여기 있는 엄수현 선자는 나와 제법 친한 사이지. 또한 막사광 선인과도 친구고."

"처음 뵙겠습니다. 막사광 사형의 사제인 이탄이라고 합니다."

이탄은 이번에도 허리를 깊게 숙였다.

엄수현이 사람 좋게 웃었다.

"호호호. 막사광에게 막내 사제가 생겼다는 이야기는 들었어요. 나와 엄홍 선인께서 종파의 명을 받아 다른 곳에 임무를 나가 있는 동안 이곳에서 큰 전쟁이 터졌다면서요? 그때 이탄 선인의 활약이 대단했다죠?"

엄수현은 넉넉해 보이는 외모처럼 성격도 좋았다. 그녀는 금강체를 깊이 있게 연구하는 수도자로, 이미 부공과 마찬가지로 선2급에 도달한 수재였다. 또한 그녀는 개인적으로 엄홍의 조카이기도 했다.

엄수현과 몇 마디를 더 나눈 뒤, 이탄은 창백한 안색의 유약해 보이는 중년 사내와 인사를 나누게 되었다.

이번에도 부공이 이탄을 소개시켜 주었다.

"인사드리게. 여기 계신 해원 선인께서는 나의 사형 되신다네."

"아! 처음 뵙겠습니다."

이탄이 좀 더 적극적으로 인사를 올렸다.

해원은 굳이 입을 열어 대답하지는 않았다. 하지만 은은한 웃음으로 이탄을 반겨주었다.

"해원 사형은 정말 사람이 좋으셔. 나중에 아우에게도 정말 잘해주실 게야. 사형은 나와 다르게 성품이 온화하시고, 또한 이미 선3급의 경지에 오르신 분이시거든."

부공은 이탄의 귓가에 이렇게 속삭였다.

"네에. 정말 좋아 보이세요."

이탄이 선뜻 부공의 말에 동의했다.

마지막으로 부공은 이탄을 멸치처럼 비쩍 마른 선인 앞으로 데려갔다. 한데 이 선인 앞에서는 부공의 표정이 썩 좋지 않았다.

"풍양 선배님, 제가 아는 동생을 인사시켜드려도 되겠습니까?"

말투로 보건대 부공은 이 풍양이라는 선인을 무척 어려워하는 듯했다.

눈을 지그시 감고 있던 풍양이 한쪽 눈을 슬쩍 들어 부공을 바라보았다.

"풍양 선배님."

부공이 다시 말을 붙이려고 하는데, 풍양이 아무런 대꾸도 없이 눈꺼풀을 닫았다. 풍양의 표정에는 '귀찮으니까 넌 그냥 꺼져라.' 라는 말이 쓰여 있는 듯했다.

부공이 굵은 눈썹을 꿈틀거렸다.

'뭐야?'

이탄도 괜스레 부아가 치밀었다.

그래도 이 자리에서 풍양과 다툴 수는 없었다. 부공이 이탄의 소매를 조용히 잡아끌었다.

나중에 이탄이 부공에게 들은 바에 따르면, 풍양은 철룡과 엄홍, 두 선인들과 비슷한 연배에 서로 경쟁자였다고 한다.

한데 철룡이 선6급의 대선인이 되면서 승승장구하는 반면, 풍양은 이제 갓 선4급에 오른 터라 자격지심이 크다고 했다. 때문에 풍양은 후배들에게도 무척 날카롭게 군다고 했다.

'제가 아무리 선배라도 그렇지, 어떻게 면전에서 나와 부공 형님을 무시하지? 흥. 나중에 한번 얼마나 실력이 뛰어난지 보자.'

이탄은 내심 풍양에 대해서 억하심정이 생겼다.

서로 인사를 나누는 중에 금강 대선인이 모습을 드러내었다.

"종주님을 뵙습니다."

이탄을 포함한 5남 1녀의 수도자들은 한 목소리로 금강에게 예를 표시했다.

금강이 우락부락한 얼굴에 한가득 미소를 머금었다.

"어허허허. 다들 빠지지 않고 와주어서 고맙군. 이제 시간이 다 되었으니 이송법진으로 갑시다."

금강은 6명의 수도자들을 동부 내 은밀한 공간으로 안내했다. 이 공간 안에는 벽으로 이동하는 이송법진이 설치된 상태였다.

법진에 들어가기 전, 금강이 간략하게 설명을 해주었다.

그 말을 요약하면 다음과 같았다.

첫째, 금강수라종에게 허락된 기간은 1월 1일부터 시작해서 3월 31일까지 딱 3개월이었다.

둘째, 지금 벽에 머무는 이들은 천목종에서 엄선하여 선발된 6명의 수도자들이라고 했다. 오늘 자정까지는 천목종에게 벽을 독점할 권한이 있으니, 미리 그곳에 도착하더라도 괜히 벽을 기웃거려 오해를 사지 말고 자정이 될 때까지 진중하게 기다리라는 것이 금강 대선인의 당부였다.

셋째, 금강 대선인의 말에 따르면, 1월 1일 자정이 되는 바로 그 순간에 천목종의 수도자들이 자리를 비켜줄 것이라 했다.

Chapter 5

"그때 벽 앞에 6개의 좌대가 빌 터이니, 각자 한 자리씩 차지하고 앉아서 벽을 관찰하기 시작해야 할 것이네."

금강은 자리싸움이 일어날까 우려했는지 미리 자리도 정해주었다. 맨 왼쪽부터 시작하여 이탄, 엄수현, 엄홍, 풍양, 해원, 부공의 순으로 앉으라는 지시였다.

다시 말해서 벽을 정면에서 마주 볼 수 있는 중앙 자리는 선4급인 엄홍과 풍양에게 배정하고, 그 옆을 선3급인 해원과 선2급인 엄수현에게 내주며, 가장 바깥 자리는 부공과 이탄에게 할당하겠다는 의미였다.

결국 금강 대선인은 경지가 높은 엄홍과 풍양에게 가장 좋은 자리를, 경지가 낮은 이탄과 부공에게 가장 나쁜 자리를 준 셈이었다.

이런 결정에 대해서 이탄은 딱히 불만을 가지지 않았다.

부공 또한 자리에 연연하지 않았다.

금강이 탐색대의 수도자들을 격려했다.

"다들 알다시피 벽을 관찰할 기회를 가진다는 것은 보통일이 아니라네. 오늘 이 자리에 모인 여러분들은 우리 금강수라종의 미래를 책임질 기둥들이기에 동료 수도자들에게는 주어지지 않는 기회를 받은 것이니, 부디 여러분 한 사람 한 사람이 강한 책임감을 느끼고 3개월 동안 열심히 노력하기 바란다네. 그리하여 여러분들 가운데 단 한 명이라도 깨달음을 얻어 나중에 대선인의 경지에 오른다면, 나는 그것으로 만족한다네."

"네. 종주님."

"종주님의 말씀을 명심하겠습니다."

6명의 수도자들이 결의에 가득 찼다.

금강이 손으로 이송법진을 가리켰다.

"자, 그럼 이제 이송법진에 들어가시게."

엄홍과 풍양이 동시에 법진 안으로 들어갔다. 이어서 다른 수도자들도 법진에 발을 디뎠다. 이탄은 맨 꽁지로 법진에 탑승했다.

화아악!

빛이 터지고 잠시 후, 이송법진 안에는 아무도 남아 있지 않았다.

금강이 텅 빈 법진을 눈으로 더듬었다.

"부디 잘 하시게. 종파를 위해서 많은 것을 얻어오시게나."

금강은 염원이라도 하듯이 나직하게 뇌까렸다.

파앗!

이송법진 반대편에서 빛이 터졌다. 엄홍과 풍양을 비롯한 금강수라종의 여섯 수도자들이 목표지점에 도착했다.

벽이 위치한 곳은 동차원의 지하 깊은 곳이었다.

이곳이 정확하게 어디쯤인지?

깊이는 또 얼마나 되는지?

이와 같은 정보들은 전혀 알려져 있지 않았다. 그저 까마득한 고대에 주신 콘이 남명의 수도자들에게 이 벽을 남겨 주었고, 이곳으로 통하는 이송법진도 주신께서 만들어 주셨다는 이야기만 전설처럼 전해질 뿐이었다.

그 후로 남명 사대종파의 종주들은 이곳 지하로 통하는 이송법진이 낡아서 망가지지 않도록 조심조심 수리하며 대를 이어서 후배들에게 넘겨주었다.

지하의 온도는 무척이나 높았다. 평균 기온이 거의 100도에 육박하여 물을 놓아두면 저절로 펄펄 끓곤 했다.

당연히 옷이나 짐에도 불이 붙기 일쑤였다.

따라서 이곳에 도착한 수도자들은 법력을 동원하여 각자의 의복과 짐을 보호해야만 했다.

지하 광장을 중심으로 그 둘레에는 펄펄 끓는 용암이 강처럼 흘렀다. 가끔씩 용암으로부터 솟구치는 홍염이 수백 미터 높이로 일어나 동굴의 천장을 그슬렸다. 용암 위쪽으로는 매캐한 유황 연기가 가득했다.

이렇게 용암이 사방을 둘러싸고 있으니 동굴 전체가 훨씬 더 고열까지 치솟아 흐물흐물 녹아야 정상이었다.

한데 의외로 동굴의 기온은 딱 100도 근처에서 고정되었다.

이는 신비로운 벽 덕분이었다. 동굴 한쪽 면에 위치한 직사각형의 벽이 은은한 한기를 내뿜으면서 온도의 상승을 방지했다.

동굴 한쪽에는 인공적으로 만들어진 석실 6개가 나란히 존재했다.

이 석실들은 오랜 옛날 사대종파의 선배들이 만들어놓은 인공물들이었다. 벽을 관찰하다가 지칠 때 이곳 석실에서 쉬기도 하고, 잠을 자기도 하라는 의미였다. 각 석실 안쪽에는 선배들이 남긴 책이나 식량, 욕실 등도 구비되었다.

석실 내부의 기온은 사시사철 23도로 쾌적했다.

금강수라종의 탐색대는 석실에 옆에 마련된 대기실에서 자정이 될 때까지 기다리기로 했다.

대기실 안에는 마땅한 편의시설은 없었다. 대신 기온이 23도로 일정하게 유지되어 견딜 만했다.

풍양은 대기실 한쪽 벽에 책상다리를 하고 앉아 눈을 지그시 감았다.

엄홍은 조카인 엄수현과 이런저런 의논을 했다.

해원과 부공도 머리를 맞대고 고민 중이었다.

다들 표정이 엄숙했다.

이 중요한 기회를 통해서 무엇을 얻어야 할지, 어떤 깨달음을 얻을 수 있을지, 기대도 되고, 또한 걱정스럽기도 하였다.

이탄은 수도자들과 조금 떨어진 곳에서 동굴 전체를 살펴보았다. 이때만큼은 부공도 이탄에게 말을 걸지 않았다.

지금 이 자리에 있는 6명은 금강수라종의 동료인 동시에 다른 한편으로는 서로 경쟁자이기도 했다.

부공도 이 점을 의식하여 이탄이 아니라 사형인 해원 선인하고만 정보를 공유했다. 엄홍도 가문 사람인 엄수현만 챙겼다. 풍양은 처음부터 이 자리의 그 누구와도 정보를 나눌 마음이 없었다.

시간이 지루하게 흘렀다. 금강수라종의 여섯 수도자들은 지루한 시간을 명상과 의논으로 보냈다.

마침내 자정 5분 전이 되었다.

천목종의 여섯 수도자들이 마감 5분을 남겨놓고 벽 앞에서 철수했다. 그들은 각자의 석실로 돌아와 짐을 챙기고 동굴을 떠날 준비를 했다.

천목종의 여섯 수도자들 가운데 여수도자 한 명이 몽롱

한 눈빛으로 무언가를 더듬는 것 같았다.

나머지 5명은 아쉬움과 미련만 가득한 표정이었다.

'저 한 명이 뭔가를 얻었구나.'

'그게 뭘까?'

금강수라종의 수도자들은 몽롱한 표정의 여자 수도자를 눈여겨보았다. 장차 저 여수도자가 천목종의 거목으로 성장할 것이라고 생각하자 저절로 눈길이 갔다.

"이거 안일평 수도자가 아니십니까?"

엄홍이 천목종의 수도자 가운데 한 명에게 아는 체를 했다.

검은 수염을 기른 수도자가 엄홍을 보고 흠칫했다.

"엇? 엄 수도자께서 오셨군요."

Chapter 6

금강수라종의 대표 엄홍.

천목종의 대표 안일평.

두 사람은 할 이야기가 많았으나, 아쉽게도 시간이 허락하지 않았다. 자정이 되기 무섭게 천목종의 수도자들은 이송법진에 올라타서 종파로 복귀했다.

그와 교대하여 금강수라종의 여섯 수도자들이 각자의 좌대를 향해서 빠르게 날아갔다.

이들 가운데 풍양이 가장 신속했다. 한 줄기 벼락처럼 중앙 좌대로 날아간 풍양은 두 눈을 부릅뜨고 벽을 살피기 시작했다.

'이크.'

엄홍도 풍양의 행동을 보고는 행동을 서둘렀다.

5명이 먼저 착석하고 난 뒤, 이탄은 가장 늦게 자신의 자리를 찾아 앉았다.

그렇다고 해서 이탄이 열의가 떨어지는 것은 아니었다.

물론 예전에는 이탄이 벽에 대해서 다소 시큰둥하게 굴었다.

하지만 지금은 마음가짐이 달라졌다. 이탄도 벽에 대한 기대심과 호기심이 무럭무럭 커진 상태였다.

'벽이라는 것이 과연 뭘까?'

이탄은 차분한 눈길로 벽을 더듬었다.

너비 40미터에 높이 20미터.

수수한 빛깔의 벽에는 가느다란 실금들이 가득했다. 직선의 실금들은 워낙 가늘어서 일반 사람들의 눈에는 잘 보이지도 않았다.

그러나 법력을 쌓은 수도자들의 눈에는 이 복잡한 실금

들이 세월의 흔적처럼 보이기도 하였다. 혹은 신이 빚은 예술품처럼 느껴지기도 했다.

이탄은 벽에 그어진 실금 하나하나를 구별하여 머릿속에 담았다. 그렇게 개별적으로 관찰하다 보니 시간이 꽤 걸렸다. 이탄의 머릿속은 시간이 갈수록 점점 더 복잡해졌다.

그래도 이탄은 포기하지 않았다.

깊은 땅 속에서 시간은 바깥세상과는 다른 눈금으로 흐르는 듯했다. 이탄은 엉덩이에 본드라도 칠한 듯이 우직하게 자리를 지켰다.

하루를 꼬박 앉아서 벽을 쳐다보아도 딱히 얻는 것은 없었다.

이탄이 이틀을 노력해도 머릿속이 복잡하기만 할 뿐이었다.

사흘째 곡기를 끊고 벽에 매달려 보았지만 실마리는 잡히지 않았다.

나흘째 되던 날도 마찬가지였다. 얻는 것도 없이 눈만 뻐근할 뿐이었다.

닷새째에 이탄이 자리를 박차고 일어섰다.

무려 5일이 지나도록 수도자들 가운데 자리를 이탈한 사람은 아무도 없었다. 모두들 이탄보다도 더 지독하게 좌대 위에 앉아서 벽에 집착했다.

어쩌면 이들 수도자들은 서로 경쟁을 하는 중일지도 몰랐다. 누가 먼저 참지 못하고 자리에서 일어나는지, 누가 가장 늦게 일어나는지 겨루는 자존심 경쟁 말이다.

'훗.'

이탄이 그 경쟁에서 가장 먼저 탈락한 듯하자 풍양의 입꼬리가 살짝 비틀렸다. 벽에 단단히 고정되어 있는 듯하지만 사실 풍양의 눈빛은 이탄의 움직임을 놓치지 않았다. 풍양의 입가에는 이탄에 대한 비웃음이 걸렸다.

'그럼 그렇지. 서차원 출신의 미개한 녀석이 무슨 깨달음을 얻겠어?'

풍양이 이렇게 비웃는 소리가 이탄의 귀에 들리는 것 같았다.

이탄은 딱히 신경 쓰지 않았다.

자신의 석실로 돌아온 뒤, 이탄은 푹신한 의자에 앉아 눈을 감았다. 이탄의 머릿속에 선이 하나 떠올랐다. 가장 왼쪽 모서리에서 출발하는 선이었다. 이어서 그와 겹쳐진 두 번째 선이 연상되었다.

이어서 세 번째, 네 번째, 다섯 번째……

무수히 많은 선들이 이탄의 머릿속에서 재구성되었다.

이 선들은 벽에 그어진 실금들과 정확히 일치했다. 길이, 깊이, 너비, 각도 등등 눈곱만큼도 벽과 다른 점이 없었다.

이탄의 어마어마한 기억력이 이 선들을 정확한 위치에 재현해내었다.

물론 벽에 그어진 수억 개의 선을 모두 구성한 것은 아니었다. 이탄은 딱 10분의 1 정도만 기억한 뒤, 벽에 대한 관찰을 멈췄다.

'이 선들이 의미하는 바가 무엇일까?'

이탄은 두 가지 가능성을 염두에 두었다.

첫째, 이 선들이 어떤 동작을 나타내는 것일 수 있었다.

'이를테면 검이 지나간 흔적, 즉 검흔이라든가. 아니면 창이 휘젓고 지나간 투로, 즉 공격을 의미한다든가.'

만약 이탄의 가정이 옳다면, 이 선들로부터 법술의 동작을 끌어내어야 하리라.

'손날을 휘둘러서 벽에 새겨진 첫 번째 선을 가장 깔끔하게 그려낼 수 있는 동작이 무엇일까?'

이탄은 검이나 창을 쓰지 않았다. 따라서 저 선들이 지나가는 궤적을 손날의 움직임에 대비시켜보았다.

벽의 왼쪽 모서리에 새겨진 실금을 만들어내려면 어떤 동작을 취해야 할 것인지가 이탄의 뇌리에 곧 떠올랐다.

원래 어떤 동작을 보고 그 동작이 만들어낸 공격의 결과를 추적하는 일은 그리 어렵지 않았다.

거꾸로는 힘들었다. 결과물인 흔적만 본 다음, 도대체

어떤 동작이 이런 흔적을 만들어 낼 수 있는지 거꾸로 유추하는 일은 거의 불가능에 가까울 정도로 어려운 작업이었다.

이탄은 이 불가능한 일을 거뜬히 해냈다.

선행 경험 덕분이었다. 이탄은 백팔수라를 제4식까지 연마하면서 머릿속으로 특정 동작을 재구성하는 경험을 수도 없이 반복했다.

이 풍부한 경험이 이탄의 상상을 도왔다.

첫 번째 동작이 만들어지고, 이어서 두 번째 동작이 구성되고, 다시 이것이 세 번째 동작으로 이어졌다.

이탄이 총 100개의 동작을 만들어내기까지는 꼬박 이틀이 걸렸다.

'어휴. 이런 식이면 답이 없네. 수억 개의 실금들을 모두 동작과 연결시키려면 대체 얼마나 오랜 세월이 필요한 거야?'

이탄이 머리를 벅벅 긁었다.

게다가 이 동작 하나하나를 따로 펼치는 것은 말이 되지 않았다. 대체 어떤 동작이 가장 먼저 펼쳐져야 하는 것인지, 어떤 것이 마지막 동작인지 구별할 방도가 없기 때문이었다.

'결국 이번에도 동시구현인가?'

수억 개의 선.

그 선을 만들어내기 위한 가장 실용적인 동작 수억 개.

그 수억 개의 동작을 동시에 구현하는 방법.

'이상 세 가지 요소가 합쳐지면, 그것이 곧 벽에 대한 깨달음이 아닐까?'

이탄은 이렇게 추측했다.

제6화
언령의 벽 II

Chapter 1

한데 곧 알게 되었다.

'이게 아니네. 괜히 헛짚었잖아.'

이탄이 머릿속으로 만들어낸 100개의 동작은, 동시에 구현했을 때 서로 충돌이 나거나 겹치는 부분이 많아서 위력이 삭감되었다.

결국 이탄이 처음 추측했던 것은 벽에 대한 올바른 해석이 아니었다.

이어서 두 번째 가능성.

'혹시 저 선들이 법력의 흐름을 의미할까?'

이탄은 머릿속에 담아둔 수천만 개의 선을 몸속에 하나

씩 대비해 보았다.

예를 들어서 이탄은 '선의 각도가 곧 법력이 흐르는 방향'이라고 가정했다.

선의 길이는 법력의 세기라고 추정했다.

선과 선이 교차하는 지점들은 신체 내부의 각 점들로 예측했다.

이탄은 이상의 세 가지 가정을 바탕으로 '법력의 흐름 도해'를 그려보려고 애썼다.

이것도 쉽지 않았다. 선과 선이 만나는 교차점들이 너무 많아서 신체 내부의 점들로 매치시키는 것이 불가능했다. 또한 법력이 오직 직선으로만 흐른다는 것도 너무나 이상한 가정이었다.

결국 이탄은 두 번째 가설도 폐기했다.

이탄이 다시 석실을 나와서 벽 앞에 앉았다.

엄홍과 풍양은 그때까지도 벽을 떠나지 않았다.

해원도 마찬가지였다.

다만 부공과 엄수현 선자는 집중력 저하를 견디지 못하고 각자의 석실로 돌아가 잠시 휴식을 취하는 중이었다.

이탄이 다시 나타나자 풍양이 입꼬리를 또 비틀었다.

'잠깐 쉬었다가 다시 나오는 것도 아니고, 며칠씩이나 코빼기도 보이지 않다니. 너 같은 놈에게 이런 귀한 기회를

준 것은 종주님의 실수니라.'

풍양은 이탄을 이렇게 비난하는 것 같았다.

이탄은 여전히 풍양에게 신경 쓰지 않았다. 그저 자신의 자리에 앉아 벽을 물끄러미 바라볼 뿐이었다.

'저 선들이 의미하는 것이 어떤 공격형 법술의 흔적은 아니란 말이지. 그렇다고 법력의 흐름을 나타내는 것도 아니야. 그럼 뭘까?'

딱히 생각 나는 바가 없었다.

이렇게 모든 것이 모호할 때는 아무런 생각도 하지 않는 것이 오히려 정답일 수 있다고 이탄은 판단했다.

하여 이탄은 머릿속을 백지처럼 하얗게 비운 다음, 하염없이 벽만 쳐다보았다. 머리를 비운다는 것이 결코 쉬운 일은 아니었다. 이탄이 잡념을 지우려고 애를 쓸수록, 그런 애쓰는 마음이 새로운 잡념이 되어 이탄을 괴롭혔다.

이탄이 방법을 바꿨다.

'잡념을 아주 많이 떠올리자. 온갖 잡념을 다 떠올려서 머리를 꽉 채워버리자. 그러면 오히려 머리를 비운 듯한 효과를 볼 수도 있어.'

이탄은 완전히 다른 방식으로 머릿속을 비워나갔다. 비우지 않고 꽉 채우는 식으로 무념무상의 상태를 달성하려고 시도해 보았다.

이탄의 머릿속에 백팔수라가 가장 먼저 떠올랐다. 금강체를 달성하기 위해 법력층을 수도 없이 쌓았던 일도 생각났다. 모레툼 교단의 가호들도 이탄의 머릿속에서 맴돌았다가 다시 썰물처럼 빠졌다.

피사노교의 만자비문도 빼놓을 수 없었다. 붉은 금속은 더더욱 빼지 못했다. 아나테마에게 배운 저주마법들도 이탄의 뇌리로 섞여 들어왔다.

따지고 보면 이 모든 것들이 이탄이 강해지기 위해서 사용한 수단들이었다.

이탄은 사람이나 영혼도 떠올렸다.

아나테마의 악령, 헤스티아 영애, 간씨 세가의 사람들, 비크 교황, 피사노 싸마니아의 혈족들, 아울 검탑의 사람들, 라웅고 부탑주 쎄숨 스승님을 포함한 시시퍼 마탑의 마법사들, 동차원에서 만난 여러 인연들…….

이들만으로는 이탄의 머릿속이 꽉 차지 않았다.

이탄은 책의 내용도 염두에 두었다.

오래전에 읽은 책. 최근에 독파한 책. 목판에 새겨진 책. 금속 철판에 새겨진 책. 두루마리 서적. 대나무 서적…….

이탄은 책의 제목과 책 내용을 차례차례 연상했다. 그러다 문득 최근에 읽은 책 한 권이 이탄의 머릿속에 들어왔다.

읽다가 화딱지가 나서 벽에 확 집어던진 책이었다.

'제목이 무간옥이었던가?'

무간옥은 기괴한 책이었다. 금강 대선인의 상급 서고에 떡하니 꽂혀 있는데, 특이하게도 술법책이 아니라 잡동사니 산문집에 가까웠다.

'사람의 가죽을 벗겨 끈을 엮는 일에 대한 내용도 있고, 활활 타오르는 불 수레를 모는 마부에 대한 시도 있고, 창 날로 눈, 코, 입을 베는 도살자의 일기도 있고. 뭐 이딴 책이 다 있지?'

무간옥의 내용이 하도 어이가 없기에 더욱 기억이 생생했다. 이탄의 입에서 절로 헛웃음이 나왔다.

그 순간이었다.

'어라?'

이탄의 눈이 휘둥그레졌다. 벽에 그어진 수억 개의 선 가운데 수천 개가 따로 두드러져서 하나의 그림을 형성했기 때문이었다.

수천 개의 선들이 모여서 구성한 그림은 흉악한 도살자였다. 창날로 눈과 코와 입을 베어버리는 도살자 말이다.

'이게 뭐야?'

이탄이 눈을 한 번 감았다가 다시 떴다.

이번에는 또 다른 그림이 얼핏 보였다.

활활 타오르는 불꽃.

그 불꽃에 휩싸인 수레바퀴.

2개의 불 수레바퀴로 굴러가는 수레와, 그 수레를 모는 검은 모자를 쓴 마부.

이 그림들은 아무리 눈을 씻고 찾으려고 해도 찾아지는 그림이 아니었다. 관찰자의 머릿속에서 그림이 먼저 구체화된 다음에, 관찰자가 벽 위에 그 그림을 투영하면 비로소 벽에 새겨진 일부 선들이 그림에 겹쳐서 두드러질 뿐이었다.

이탄이 눈을 한 번 더 깜빡였다.

이번에는 도살자도 보이지 않고, 불 수레를 끄는 마부도 사라지고 없었다.

'허어, 그것참.'

이탄이 눈을 감았다가 다시 떴다.

이번에는 환상처럼 마귀가 보였다. 사람의 가죽을 벗겨서 그 가죽으로 끈을 배배 꼬고 있는 마귀였다.

Chapter 2

이탄이 머리를 좌우로 털었다.

'이상하다? 동차원의 주신이 남긴 벽이잖아. 그 벽에서 왜 악마나 마귀의 모습이 보이지? 피사노교의 벽도 아닌데.'

피사노교를 떠올리자 자연스럽게 만자비문이 떠올랐다.

겉으로 드러나지는 않았지만, 이탄의 볼록한 뱃속에서 만자비문이 톡톡 튀어나와 이탄의 (진)마력순환로 속을 떠돌았다.

만자비문은 부정 차원을 지탱하는 마격의 언어, 혹은 마격의 언령이었다.

이와 대비되어 정상 차원에도 신격의 언어, 혹은 신격의 언령이 존재했다.

'마격의 언령은 총 10,000 글자지. 그러면 신격의 언령은 몇 글자나 될까?'

이탄의 뇌리에 이런 의문이 똬리를 틀었다.

당장 이탄이 습득한 신격의 문자는 단 한 글자였다. 시간과 공간의 제약을 뛰어넘어 '동시구현'을 가능케 만들어주는 문자 하나.

이탄이 이 점을 궁금히 여길 때였다.

벽을 구성하는 바깥 틀이 갑자기 이탄에게 확 다가왔다.

'응?'

지금까지 이탄은 벽에 새겨진 실금들만 눈여겨보았다.

이탄뿐만이 아니었다.

지금 이 자리에 앉아 있는 모든 수도자들.

과거에 이 앞에 앉아서 벽을 관찰하던 수많은 사람들.

이들 모두가 벽 자체가 아니라 벽 위에 새겨진 실금만 집중했다. 그 실금을 담고 있는 틀, 즉 벽 그 자체를 눈여겨본 사람은 아무도 없었다.

'실금이 내용물이라면, 그 실금들을 가둔 벽이 틀은 아니던가. 어쩌면 저 선들은 자유롭게 튀어나와서 창공을 마구 날아다니고 싶을지도 몰라. 그런데 벽이라는 틀이 저 선들을 꽉 가둔 거지. 마치 감옥처럼 말이야.'

이런 철학적인 생각이 이탄의 뇌리를 스치고 지나갔다.

지금 이탄을 가두고 있는 것은 듀라한이라는 정체성이었다.

한편 저 선들을 가두고 있는 것은 벽이라는 정체성이었다.

'그러니까 정체성이 곧 규정이 되고, 규정이 곧 한계를 강요하는 감옥일지도 몰라.'

이탄은 문득 이런 생각을 했다.

무간옥이라는 책에서 마지막 글자인 '옥'은 감옥, 혹은 지옥을 의미했다. 지옥에 갇힌 죄수들에게는 지옥이 곧 감옥이었다.

그 순간 '가둠', '규정', '제약'이라는 의미의 '옥'이 살아 있는 문자가 되어서 벽으로부터 튀어나왔다.

'허억!'

이탄이 화들짝 놀랐다.

벽에서 갑자기 문자가 튀어나와 이탄의 가슴에 그대로 틀어박혔기 때문이다.

'동시구현'이라는 정상세계의 언령을 깨달은 순간, 이탄은 시간과 공간을 초월하여 동시에 여러 개의 공작을 구현하는 일이 가능해졌다.

'가둠', '규정', '제약'을 의미하는 문자가 이탄에게 와서 박힌 순간, 이탄은 정상 세계의 에너지와 흐름을 가두고, 제약하고, 규정하는 권능이 가능해졌다.

'허억, 허억, 허억.'

이탄은 갑자기 숨이 가빠왔다.

이건 법술이 아니었다. 법술 따위의 저차원적인 능력으로는 감히 정의를 내릴 수조차 없는 고차원적인 어떤 이능력이었다. 신격 존재에게나 허용된 신적 권능이었다.

이탄의 온몸이 부들부들 떨렸다.

이렇게 이탄이 몸을 떨고, 헛바람을 집어삼키면, 옆에 있는 동료 수도자들이 이탄의 변화를 이상하게 여겨야 마땅했다.

당장 풍양 선인만이라도 이탄을 노려보면서 '저 비천한 녀석이 갑자기 왜 저러지?'라고 의문을 품어야 했다.

한데 다른 수도자들은 이탄의 변화를 느끼지 못했다. 마치 이탄이 앉아 있는 자리가 '가둬져' 있어서 다른 사람들의 인식이 접근하지 못하는 듯했다.

이어서 또 다른 문자가 이탄에게 보였다.

최근 이탄이 읽은 책 제목이 무간옥이었다.

'무간'이라는 것은 시간 축에서 간격이 없다는 의미 같지만, 사실은 그 간격이 무한히 넓다는 의미도 동시에 내포되어 있었다.

따라서 무간이란 곧 '무한'을 의미했다.

무한.

영원.

영생.

이 모든 것들이 결국엔 같은 힘을 지닌 단어였다. 무한과 영원과 영생을 의미하는 정상 세계의 언령이 이탄에게 확 다가왔다.

'으허어어억—.'

이탄이 숨 가쁘게 발버둥 치는 가운데, 이탄의 권능 목록 안에 '무한'이라는 문자가 추가되었다. 정상 세계에서 시간축의 인과율을 담당하는 문자가 이탄에게로 날아와서 이탄의 소유가 된 셈이었다.

무한한 시간을 손에 넣었다는 것은 곧 시간을 자유롭게 컨트롤할 수 있다는 의미나 다름없었다.

하여 무한의 권능은 곧 시간의 권능이었다.

자고로 정상세계에서 이 문자를 소유한 존재는 '시간의

신'으로 추앙받았었다.

와장창!

오늘은 여기까지가 한계였다.

언령의 세계, 문자의 세계에서 홀린 듯이 떠돌던 이탄이 거울 깨지는 듯한 표정과 함께 다시 현실 세계로 돌아왔다.

"아!"

이탄이 탄식을 흘렸다.

풍양이 고개를 휙 돌렸다. 이탄이 낸 소리에 방해를 받은 듯, 이탄을 노려보는 풍양의 눈이 이글이글 타올랐다.

다른 수도자들도 이탄에게 화를 내지는 않았으나 짐짓 못마땅한 표정이었다.

이탄이 사죄의 의미로 다른 수도자들에게 목례를 했다.

대부분의 수도자들은 이탄의 사과를 받아주었다. 오직 풍양만이 화난 표정으로 이탄을 노려보았다.

이탄은 풍양과 눈싸움을 하지 않았다. 다시 벽을 쳐다보았다.

그렇게 계속 벽을 노려보아도 새로운 문자는 떠오르지 않았다. 오늘 이탄은 '가둠'과 '무한'을 의미하는 언령 2개를 얻은 것으로 만족해야만 했다.

Chapter 3

다음 날에도 이탄은 문자에 집중했다. 벽에 새겨진 선은 잊었다. 이탄은 선이 아니라 문자, 즉 언령을 찾으려고 애썼다.

오늘도 무간옥의 그림들이 이탄의 뇌리에 문득문득 스치고 지나갔다.

그림의 주인공들은 어찌 보면 마귀가 아니었다. 그보다는 지옥을 지키는 간수들에게 가까웠다.

사람의 가죽을 벗기는 간수.

죄인들을 불 수레에 실어 나르는 간수.

죄인들의 눈, 코, 잎을 베는 간수.

이 간수들이 지옥에 갇힌 죄수들을 괴롭히는 것이 무간옥의 주된 내용이었다.

고통을 받는 자 .VS. 고통을 주는 자.

죄수 .VS. 간수

'이들 사이에서 주고받는 게 뭘까? 죄수와 간수를 연결 짓는 것은 고통이 아닐까?'

이탄이 얼핏 이런 생각을 할 때였다.

갑자기 '고통'이라는 감각이 문자가 되어 이탄에게 훅 파고들었다.

"끄아악!"

통증이 어찌나 컸던지 이탄이 괴성을 질렀다.

희한하게도 다른 수도자들은 이탄의 비명을 듣지 못했다. 벽에서 언령이 튀어나와 이탄에게 파고들 때마다 이탄의 세계와 다른 수도자들의 세계가 분리되었다.

이어서 '연결'이라는 문자도 이탄에게 날아왔다. 이탄은 이 문자도 흡수했다.

아니, 엄밀하게 말해서 이탄이 문자를 흡수한 것이 아니었다. 문자 스스로 이탄에게 파고들어 이탄의 소유물이 되었다.

가둠.

무한.

고통.

연결.

이탄이 벽에서 찾아낸 문자가 이제 총 4개로 늘어났다. 여기에 동시구현까지 더하면 5개였다.

동차원이 탄생한 이래, 벽에서 언령을 찾아낸 선인들은 거의 없었다. 까마득한 옛날에 수도자 단 2명만이 몇 글자의 언령을 찾아내었다. 그 후로 벽에서 언령을 발견한 선인들은 전무했다.

대부분의 선인들은 벽을 몇 달간 관찰하고도 아무것도 얻지 못했다.

일부 선인들은 선의 연결을 관찰하다가 새로운 법술이나

법력 운용 방법들을 깨닫기도 했다.

또 일부 선인들은 벽에서 몇 가지 그림을 발견하였다. 이때 선인들마다 찾아낸 그림들이 제각기 달랐다.

그림을 발견한 선인들은 당장 발전을 이루지는 못했다. 하지만 그 선인들 대부분이 나중에 선6급까지 올라서서 대선인이 되었다.

이탄도 처음엔 그림을 발견했다.

사람의 가죽을 꼬는 마귀.

불 수레를 끄는 마부.

코와 입, 귀를 베어내는 도살자.

이 그림들이 당장 이탄에게 혜택을 주지는 않았다. 나중에 이 그림들이 이탄에게 어떤 영감을 줄지는 모르겠으나, 당장 이탄의 법술을 발전시키는 것은 아니었다.

하지만 언령은 달랐다.

벽에서 튀어나온 언령들은 그 하나하나가 이탄에게 신격을 부여했다. 이탄에게 정상 세계의 인과율과 법칙을 컨트롤 할 수 있는 신적 권능을 주었다.

그리하여 이 벽은 이탄에게 있어서 '언령의 벽'이었다.

이탄에게 언령을 보내주는 언령의 벽.

이탄에게 신의 권능을 부여하는 신의 벽.

두 달이 훌쩍 지났다.

지난 두 달간 이탄은 진전이 없었다. 아무리 벽을 뜯어보아도 새로운 언령은 나타나지 않았다.

언령이 지닌 막대한 권능을 깨달은 순간, 이탄에게는 이 벽이 지독히 소중한 보물이었다. 이탄은 보물에 홀려서 잠을 자지 않았다. 식음도 전폐한 채 벽을 관찰하고 또 관찰했다.

하지만 이탄이 집착할수록 새로운 언령은 더 멀어지는 것 같았다. 이탄이 아무리 애를 써도 새로운 깨달음은 오지 않았다.

"후우우."

이탄은 긴 한숨과 함께 벽을 떠나 석실로 돌아왔다.

쉬운 결단은 아니었다. 이탄이 벽에서 얻은 힘이 워낙 막강하였기에, 그 벽을 잠시라도 떠난다는 것 자체가 지독한 고통이자 상실감이었다.

이탄은 과감하게 그 집착을 끊어내었다.

놀랍게도 고통과 상실감을 온전히 떠안고 미련을 끊어내는 행위가 새로운 언령으로 이어졌다.

차단.

끊음.

단절.

이러한 의미의 언령이 벽을 떠나는 순간 오히려 이탄에게 날아와 이탄의 일곱 번째 언령이 되었다.

"아!"

이탄이 탄성을 흘렸다.

집착을 차단하고, 미련을 끊으며, 욕심과 단절하는 행위는 결국 굴레를 벗어나는 길이었다. 가죽이 벗겨지고, 불 수레에 실려서 끌려가고, 형틀에 앉아 눈, 코, 입이 절단당하는 것이 굴레라면, 이탄은 그 굴레를 벗어나는 길을 발견하였다.

무간옥의 내용이 자연스럽게 이탄의 머릿속에 떠올랐다. 결연한 차단이 결국 굴레를 벗어나 자유로움을 얻는 계기가 되었다.

'가둠'과 반대되는 '풀림'이 일곱 번째 언령이 되어서 이탄에게 날아왔다. 이 풀림이 곧 '해방'이었다. 곧 '자유'였다.

이탄이 총 7개의 언령을 확보한 이후로 한동안 또 정체기가 찾아왔다.

이탄은 정체기를 맞아도 더 이상 초조하지 않았다. 집착을 버리고 순리에 따라서 벽을 감상했다.

이제 이탄은 관찰의 단계를 뛰어넘었다. 이탄은 더 이상 벽에서 무언가를 얻기 위해서 뚫어져라 관찰하지 않았다.

그저 벽을 순수한 마음으로 감상했다.

다시 또 시간이 흘러 3월 21일이 되었다. 금강수라종에
게 주어진 시간은 이제 딱 열흘이 남았다.

그때 풍양이 사람들을 모았다.

지금까지 풍양은 단 한 번도 동료들에게 말을 걸지 않았
다. 말을 나눌 시간을 단 1분 1초라도 아껴서 벽을 관찰해
야 한다는 것이 풍양의 신념이었다.

그러던 풍양이 막판이 되자 생각이 바뀌었다.

"우리는 다 같은 금강수라종이다. 이제 남은 시간은 열
흘밖에 되지 않는다. 그러니 이쯤에서 서로의 흉금을 터놓
고 각자가 벽에서 느낀 바를 공유해야 할 것이다. 그렇게
지식을 모아서 집단지식으로 발전시켜야 할 게야."

Chapter 4

풍양의 말은 그럴듯하게 들렸다.

하지만 이탄은 풍양의 행동이 가소로울 뿐이었다.

'보아하니 벽에서 얻은 것이 없나 보지? 그러니까 다른
사람들이 뭘 얻었는지 궁금해서 미치겠지?'

풍양을 보는 이탄의 시선이 곱지 않았다.

'만약 풍양이 중요한 깨달음을 얻었다면? 그때도 자신이 깨달은 바를 우리들에게 공유해주었을까? 집단지식 같은 개소리를 했을까?'

이탄이 속으로 이렇게 질문을 던져보았다.

대답은 '아니오.' 였다. 풍양은 절대 자신의 깨달음을 다른 사람에게 공유할 성격이 아니었다. 최소한 이탄은 그렇게 판단했다.

다들 이탄과 비슷한 생각을 한 모양이었다. 수도자들은 꿀 먹은 벙어리처럼 입을 다물었다.

풍양이 인상을 썼다.

"이봐. 무슨 표정들이 그래? 우리는 다 같은 금강수라종이 아닌가? 종파의 발전을 위해 지식을 공유하고 집단지식으로 발전시키는 것이야말로 종주님의 크나큰 은혜를 갚는 길이다. 종주님께서 너희들을 왜 탐색대에 뽑으셨다고 생각하나? 종파의 발전을 위해서가 아니었던가? 내 말이 틀렸나?"

풍양이 언성을 높였다.

다들 아무 소리도 없었다. 이 자리에서 풍양의 말에 대놓고 반대할 수 있는 사람은 엄홍 선인 단 한 명뿐이었다. 나머지 선인들은 풍양보다 경지가 낮아 함부로 반대하기 어려웠다.

엄수현이 엄홍을 바라보았다.

해원과 부공도 엄홍을 곁눈질했다.

엄홍이 그 의미를 알아들었다.

"하아—."

엄홍이 크게 한숨을 내쉬었다.

풍양이 매섭게 눈썹을 치떴다.

"엄홍. 그 한숨의 의미는 뭐냐? 내 말이 같잖다는 뜻이냐?"

"이 사람, 풍양. 내가 그런 생각을 할 것 같은가? 나는 한 번도 자네를 낮춰보거나 무시하지 않았다네."

화를 내는 풍양에 비해 엄홍은 차분했다. 그게 오히려 풍양에게는 압박이 되었다.

"크윽."

풍양이 입술을 꽉 깨물었다.

엄홍이 다른 수도자들의 마음을 대변하여 말했다.

"자네 말대로 이제 우리에게는 열흘의 시간만 남았네. 하루하루가 정말 아까운 시간들이지. 1분 1초가 아깝지. 그러니까 우리는 이렇게 말로 언쟁할 것이 아니라 저 난해한 벽과 눈싸움을 하는 것이 좋겠네."

"뭐라고?"

풍양이 얼굴을 와락 구겼다.

"자네가 말한 지식의 공유. 집단지식. 다 좋은 말일세. 하지만 그런 일은 석 달이라는 시간이 모두 지난 뒤 종주님의 앞에서 해도 되지 않겠는가? 만약 종주님께서 지식을 공유하자고 하신다면, 그리고 금강수라종의 발전을 위해서 집단지식을 쌓자고 하신다면, 종주님의 은혜를 입은 우리들 가운데 그 누가 반대하겠는가?"

"뭐어?"

"게다가 깨달음이라는 것이 어디 공유할 수 있는 것이라던가? 깨달음을 집단지식으로 쌓을 수 있겠는가? 만약에 그런 일이 가능했다면 이미 나도 철룡과 같이 대선인이 되어 있었겠지."

엄홍은 일부러 철룡을 거론했다.

풍양이 가장 크게 자격지심을 느끼는 대상이 바로 철룡이었다. 철룡이 언급되자 풍양은 손톱이 손바닥 속에 박힐 정도로 주먹을 꽉 움켜쥐었다. 풍양의 깡마른 얼굴이 푸들푸들 떨렸다. 풍양의 표정은 마치 이탄이 읽은 무간옥 속 죄수의 표정을 묘사한 장면처럼 잔뜩 일그러졌다.

풍양이 소리가 홱 날 정도로 거세게 등을 돌렸다. 풍양은 자신의 좌대에 앉아서 시뻘겋게 충혈된 눈으로 벽을 노려보았다.

'후우우. 풍양. 그렇게 영민하고 뛰어나던 네가 왜 이렇

게 모나게 변한 게냐?'

엄홍이 그런 풍양을 안타까운 눈빛으로 응시했다.

그 날 이후, 금강수라종의 여섯 선인들의 분위기는 냉랭하게 변했다. 다들 무표정하게 벽만 쳐다보았다.

특히 풍양에게서는 찬바람이 쌩쌩 불었다.

이탄은 계속해서 벽을 감상하였으나 새로운 언령을 발견하지는 못하였다.

그래도 이탄은 초조해하지 않았다. 이탄은 바라는 것 없이 그저 벽에 그어진 선들을 감상할 뿐이었다. 벽의 빛깔과 세월의 흔적들을 제3자의 입장에서 지켜보다 보면 마음이 편해졌다. 이탄의 시선은 단조롭고 또 여유가 넘쳤다.

이탄은 벽에 집착하지는 않았으나, 그렇다고 무책임하게 시간만 흘려보내는 것은 또 아니었다.

'나중에 언제 또 이런 기회가 오겠어? 혹시 모르니까 일단 저 벽을 통째로 외워서 나가자.'

기가 막히게도 이탄은 벽에 그려진 수억 개의 선들을 일일이 다 외웠다.

선의 길이, 각도, 새겨진 깊이, 색깔 등등. 그 어떤 정보하나 빼놓지 않고 모조리 머릿속에 담았다.

인간이라면 불가능한 일이었다.

이탄은 그 불가능한 일을 해냈다. 마침내 이탄이 벽 전체의 모든 정보들을 전부다 머릿속에 욱여넣었을 때였다. 우연인지 필연인지 딱 그 타이밍을 맞춰서 이송법진에서 빛이 터져 올랐다.

푸화악!

등 뒤에서 쏟아지는 빛줄기가 벽에 6개의 그림자를 만들어내었다.

'다음 탐사대가 왔구나.'

이탄이 속으로 중얼거렸다.

그 짐작이 맞았다. 오늘이 벌써 3월 31일 밤이었다. 조금 더 시간이 흐른 뒤 자정이 가까워지면 금강수라종에게 허락된 시간은 모두 끝난다. 그러면 이탄 일행은 다음 차례인 제련종을 위해서 자리를 비켜주어야 할 것이다.

"젠장. 뿌드득."

풍양이 이빨을 갈았다. 이제 시간이 얼마 남지 않았는데, 풍양은 아직까지 아무것도 얻지 못한 모양이었다.

Chapter 5

엄홍도 표정이 좋지는 않았다.

엄홍 선인은 비록 후배 수도자들 앞에서 풍양과는 다른

태도를 보이기는 했지만, 솔직히 그 또한 마음속으로는 다른 수도자들에게 묻고 싶었다.

"너희들은 대체 뭘 얻었니? 저 난해한 벽에서 무엇을 보았지?"

이게 엄흥이 후배들에게 대놓고 묻고 싶은 바였다. 물론 엄흥은 그런 파렴치한 질문을 입 밖으로 내뱉지는 않았다.

한편 부공은 빡빡 밀은 머리를 양손으로 움켜쥐었다.

"으어어어."

부공의 입에서 가느다란 신음이 흘렀다. 보아하니 부공도 지난 3개월간 깨달은 바가 전혀 없는 듯했다.

해원의 표정은 알쏭달쏭했다.

'저건 대체 어떤 표정이지? 뭔가를 얻었나? 아니면 자포자기?'

이탄은 눈치가 빨랐다. 하지만 그런 이탄도 해원의 표정으로부터 알아낼 수 있는 바는 없었다.

반면 엄수현 선자는 확실히 속마음이 읽혔다.

'허! 몽롱하면서도 열기가 가득한 저 표정 좀 보라지.'

이탄이 보기에 엄수현은 분명히 깨달은 바가 있었다.

'그게 무엇인지는 모르겠지만, 작은 깨달음이라도 얻은 것이 확실하네. 혹은 벽에서 어떤 그림을 본 것일지도 모르지.'

이탄이 빙그레 웃었다.

이탄도 나름 얻은 바가 많기에 엄수현이 질투 나지는 않았다.

데엥!

마침내 종이 울렸다. 금강수라종에게 주어진 시간이 모두 끝났다는 의미였다.

"아이고, 끝났구나."

엄홍이 시원하게 자리를 털고 일어났다. 엄홍은 헛된 미련을 애써 버렸다.

"에잇. 모르겠다."

부공도 자리를 툭툭 털었다.

"끄응차."

이어서 해원 선인이 손으로 두 무릎을 짚고 일어섰다. 이탄도 좌대에서 엉덩이를 떼었다. 엄수현 선자는 멍한 눈빛을 애써 가다듬으며 몸을 일으켰다.

오직 풍양만이 선뜻 일어서지 못했다. 풍양은 금방이라도 피가 뚝뚝 떨어질 듯한 무서운 눈으로 벽을 노려보고 또 노려보았다.

"험험, 험험."

뒤에서 제련종의 파호 선인이 낮게 헛기침을 했다.

파호는 벼락을 다루는 선인으로, 이번 피사노교와의 전쟁에서 제법 공을 세워 벽을 관찰할 기회를 얻게 되었다.

'시간이 다 되었는데 왜 엉덩이를 떼지 않아? 지금 뭐하자는 수작질이야?'

파호는 풍양을 잡아먹을 듯이 쏘아보았다.

그래도 풍양이 버티고 있자 파호가 한 번 더 헛기침을 했다.

"어허허허험."

파호는 풍양에게 들으라는 듯 조금 전보다 더 큰 소리를 내었다.

마침내 풍양이 몸을 일으켰다. 등을 홱 돌린 풍양의 눈에서 살기가 줄기줄기 뿜어졌다.

'으흡!'

성격이 오만하기 이를 데 없는 파호조차도 풍양의 그 눈빛을 보고는 찔끔했다.

풍양이 파호를 노려볼 즈음, 금강수라종의 다른 선인들은 모두 각자의 석실로 들어가 짐을 챙겼다.

풍양도 바람처럼 홱 몸을 날려 자신의 짐을 꾸렸다.

"그럼 수고들 하시오. 좋은 결실을 맺기 바라겠소."

엄홍 선인이 금강수라종을 대표하여 제련종의 수도자들에게 건투를 빌었다.

"고맙소. 금강수라종도 깨달은 바를 잘 가다듬기를 빌겠소."

제련종을 대표하여 홍만해 선인이 인사를 받았다. 홍만해도 엄홍이나 풍양과 마찬가지로 선4급의 뛰어난 선인이었다.

"자, 우리는 이만 돌아가세나."

엄홍이 동료들을 둘러보았다.

"네."

해원, 부공, 엄수현, 이탄이 엄홍에 말에 따라 이송법진에 몸을 실었다. 풍양이 가장 마지막에 똥 씹은 표정으로 합류했다.

후오오오옹!

이송법진이 이내 화려한 광휘에 휩싸였다.

파앗—.

금강수라종에서 파견한 6명의 수도자들이 곧 금강동부로 이송되었다.

3월 31일 자정이 막 지나는 시점이었다.

탐색대가 3개월간의 관찰 업무를 마치고 복귀했다. 금강대선인은 호기심 어린 눈빛으로 탐색대원들을 살폈다.

'호오. 엄수현 선자는 확실히 뭔가를 얻었구나. 해원 선인도 가냘픈 실마리 한 가닥은 잡은 것 같네. 엄홍과 풍양, 부공은 빈손으로 돌아온 게지. 끌끌끌.'

금강의 눈에는 후배 수도자들의 성과가 한눈에 보였다.

오직 이탄만이 알쏭달쏭했다.

'허어. 이탄 선인은 모르겠구나. 저 깊은 눈빛을 보면 뭔가 얻어낸 것 같기도 하고, 아닌 듯도 싶고.'

금강을 보자마자 풍양이 청을 넣었다.

"종주님. 저희들에게 좋은 기회를 주신 것에 감사드립니다. 저희가 이왕 이렇게 인연을 맺었으니 그 인연을 계속 이어나가야 하지 않겠습니까? 제 생각에는 허무하게 각자 흩어질 것이 아니라 벽에서 얻은 깨달음을 공유하고 종파를 위해서 지식을 축적하는 단계가 필요하다고 생각합니다."

풍양은 집요했다.

엄홍이 미세하게 눈살을 찌푸렸다.

하지만 엄홍은 금강 대선인 앞이라 함부로 나서지 않았다. 다른 선인들도 입을 꾹 다물었다.

금강이 빙그레 웃었다.

"그리 생각하나?"

"네. 종파에서 기회를 주었으니 그것이 도리가 아니겠습니까?"

풍양이 두 눈을 똑바로 뜨고 대꾸했다.

금강이 되물었다.

"하면 풍양 선인이 지금까지 익힌 법술부터 먼저 금강수라종의 후배들에게 공유하면 되겠구먼. 그것들도 모두 종파의 도움을 받아 습득한 것들이니 지식의 공유가 필요하겠지. 내 말이 이상한가?"

금강의 말에 풍양의 얼굴이 하얗게 질렸다.

금강수라종이 비록 하나의 종파라고는 하나, 모든 지식들을 다 함께 공유하지는 않았다. 뿌리가 되는 법술은 서로 비슷하되, 각 스승들은 자신만의 비법을 제자들에게 전수하였다. 제자들도 함부로 스승의 비법을 다른 사람에게 알리지 않았다.

이렇게 서로 지킬 것은 또 지키되, 종파의 수도자들끼리 토론도 하고 의견도 교환하면서 법술을 발전시켜온 것이 바로 금강수라종이었다.

제7화
멸정 대선인의 점괘

Chapter 1

금강이 엄숙한 얼굴로 말을 이었다.

"벽에서 얻은 깨달음은 실로 신묘하여 동일한 벽을 보고도 수도자들마다 느끼는 바가 다르다네. 얻는 것도 상이하지. 그 깨달음이라는 것은, 벽을 관찰한 사람이 평생을 축적한 지식과 성품, 그리고 성장 배경에 따라서 각기 달라지는 것이라네. 그렇게 밑바탕이 제각기 다른데 깨달음만 공유한다고 뭐가 되겠는가?"

"큭."

금강의 날카로운 지적에 풍양이 얼굴을 시뻘겋게 물들였다.

금강도 더는 풍양을 나무라지 않았다. 금강은 6명의 수도자들을 쭉 둘러보고는 한 마디 격려를 남겨주었다.

"혹시 벽에서 무언가를 발견했다면, 그것은 큰 축복일세. 하지만 벽에서 발견한 것이 없다고 하여도, 그 또한 축복이라네. 깨달음이라는 것은 당장 찾는다고 해서 찾아오는 것이 아니야. 지금은 비록 빈손으로 돌아온 듯하지만, 나중에 자네들이 법술을 수련하다가 불현 듯 머릿속에 벽이 떠오를 때가 있을 거라네. 종종 큰 깨달음은 그렇게 시간이 한참 지난 뒤에 찾아오기도 하지. 그러니까 당장 손에 쥔 게 없다고 하여 너무 실망하지 말게나. 나 또한 오래 전 벽 앞에서는 빈손으로 돌아왔다네. 하지만 선5급에서 선6급으로 발돋움하려고 노력할 때, 바로 그 순간에 벽에서 보았던 무언가가 섬광처럼 찾아왔다네. 덕분에 오늘 이 자리에 있는 게지. 어허허허허."

그 말을 듣자 엄홍의 눈빛이 달라졌다.

부공도 실망감을 지우고 다시 반짝반짝 눈을 빛냈다.

시뻘겋게 달아올랐던 풍양의 낯빛도 비로소 가라앉았다.

'참으로 뛰어난 지도자구나. 금강수라종은 좋은 종주님을 두었어.'

이탄은 은근히 금강에게 감탄했다.

금강이 손으로 동부 밖을 가리켰다.

"자, 이제 자네들은 각자의 동부로 돌아가게. 그리곤 각자 벽에서 관찰한 것들을 머릿속으로 곰곰이 되새겨 보게나."

"알겠습니다."

수도자들이 한 목소리로 대답했다.

금강이 한쪽 눈을 찡긋하며 당부를 덧붙였다.

"물론 벽에 다녀온 일은 모두 비밀로 지켜야 할 게야. 벽에 대한 소문이 잘못 퍼지면 우리 종파의 모든 수도자들이 내게 달려올 게야. 왜 자신들에게는 기회를 주지 않느냐고 따져 물을 테지. 허허허. 나는 그런 험악한 꼴을 당하고 싶지 않다네."

금강은 비록 농담처럼 말하였지만, 사실 벽에 대한 비밀은 꼭 지켜져야 하는 사항이었다.

"명심하겠습니다."

"이 일에 대해서는 일체 입을 다물 것입니다."

"저희들을 믿어주십시오."

6명의 수도자들은 앞다투어 입에 자물쇠를 채울 것을 다짐했다.

잠시 후, 수도자들이 하나둘 금강동부를 떠났다. 이탄도 미리 와서 대기 중이던 멸정의 령에 올라탔다.

[어서 가요, 공자.]

멸정의 령은 고고하게 목을 세워 말했다. 도도한 말투와

달리 령의 표정이나 몸짓에는 이탄을 반기는 기색이 역력했다.

"그러죠. 서둘러 집에 가고 싶네요."

집이라는 표현이 마음에 쏙 들었는지 멸정의 령이 배시시 웃었다.

이탄이 멸정동부에 도착했을 때, 시각은 새벽 3시를 가리켰다. 이탄은 우선 몸을 씻고 침대 위에 책상다리를 하고 앉았다.

벽에서 이탄은 총 6개의 언령과 인연이 닿았다. 그 전에 이탄이 깨달은 언령까지 합치면 총 7개의 문자를 가진 셈이었다.

"부정 세계의 근간을 이루는 문자는 총 1만 개란 말이지. 그렇다면 과연 정상 세계의 인과율을 지배하는 문자는 몇 개일까? 만자비문보다 많을까? 아니면 적을까?"

아직은 알 수 없었다.

이탄은 새벽이 올 때까지 침대 위에 앉아서 머릿속을 가다듬었다. 이탄은 듀라한인지라 잠을 잘 필요가 없었다. 지치지도 않았다.

다시 열흘이 지났다.

지난 10일 동안 이탄은 백팔수라 제5식의 수련에 매진하였다. 기억이 왜곡되기 전에 한시라도 빨리 백팔수라를 완성하겠다는 것이 이탄의 의지였다.

백팔수라 제5식의 동작들은 제4식보다 더 까다로웠다. 인간의 신체 구조상 불가능한 동작들도 다수였다.

이탄은 그렇게 불가능해 보이는 동작들을 모두 구현해냈다. 언데드의 신체적 특성을 최대한 활용한 덕분이었다.

백팔수라의 전반부가 광범위한 영역을 폭격하는 광역 법술이라면, 후반부는 좁은 영역에 무지막지한 타격을 집중하는 협역 법술이었다.

예를 들어서 백팔수라 제4식 수라관천은 수라의 파괴적인 힘을 한 자루 창에 담아서 하늘마저 꿰뚫어버리는 공격 수법이었다. 그 위력은 백팔수라 제3식을 훌쩍 뛰어넘었지만, 공격범위는 제3식보다 오히려 좁았다.

이어서 백팔수라 제5식은 제4식의 창을 더욱 작게 압축하여 좁쌀 크기의 조그만 암기를 만든 다음, 그 암기로 단숨에 적을 격살하는 장점을 지녔다.

그리하여 백팔수라 제5식에 붙여진 이름이 수라광정(修羅光精)이었다.

이탄은 금강동부에서 수라광정을 처음 접했을 때 소스라치게 놀랐다.

"뭣? 광정이라고?"

이탄의 가슴이 두근두근 뛰었다.

"간철호가 쥬신 대제국의 폐황릉에서 수집했다는 그 광정이 왜 여기서 튀어나오지? 설마 우연히 이름만 같은 것일까?"

금강동부의 서고 안에서 이탄은 수라광정에 대한 깊은 호기심을 느꼈다.

하지만 당시에 이탄에게 주어진 시간은 불과 한 시간뿐이었다. 시간이 부족했던 이탄은 일단 수라광정에 대한 호기심을 접었다. 단순히 법술을 외워 놓기만 했다.

이탄은 그렇게 잠시 묻어두었던 수라광정을 오늘 다시 끄집어내었다. 침대 위에 앉아 백팔수라 제5식을 곰곰이 들여다보면서, 이탄은 저쪽 세상의 광정과 동차원의 수라광정 사이에 공통점들을 찾아내었다.

아니, 이건 공통점이라고 할 수도 없었다. 쥬신 대제국의 광정과 금강수라종의 수라광정은 완전히 같은 뿌리를 가졌다.

다만 쥬신 대제국의 광정이 두 손바닥을 사이에 에너지를 모으고 또 압축하여 빛의 결정체를 만들어내는 것이 특징이라면, 수라광정은 손바닥의 개수가 크게 늘어난다는 차이점만 있을 뿐이었다.

Chapter 2

"내가 독학으로 해석한 것이 맞나? 그렇다면 수라광정은 총 36개의 손으로 공간을 빙 둘러싸고, 그 공간의 중심부에 강렬하게 압축한 빛의 씨앗을 형성하기만 하면 성공이잖아. 이거 쉬운데?"

이탄은 아무렇지도 않게 말하였으나, 사실 인간이 36개의 손을 동시에 만들어내는 것 자체가 구현 불가능한 영역이었다. 이탄도 동시구현이라는 언령의 권능이 아니었다면 감히 시도조차 해보지 못할 뻔했다.

또한 36개의 손을 만들어내었다고 해도 그 다음이 문제였다.

36개의 손으로부터 동일한 시간에 동일한 양의 법력을 뿜어낸 다음, 그렇게 축적된 법력을 공간상의 아주 미세한 점 하나에 결집시켜 빛의 씨앗으로 압축해내는 일은 결코 말처럼 쉽지 않았다.

이탄은 그 불가능한 일들을 척척 해내었다.

청동빛 수라가 이탄의 머리 위에 조각상처럼 떠올랐다. 그 수라가 36개의 팔을 움직이더니 손바닥을 톱니바퀴처럼 서로 맞물려 연결했다.

수라가 지닌 36개의 손바닥이 둥그런 공 모양으로 허공을 감쌌다.

손바닥으로 이렇게 완벽하게 둥근 구체를 만들려면 손목과 손가락의 관절들이 아주 기괴한 각도로 꺾여야만 했다.

이탄은 거리낌 없이 이런 일들을 해냈다.

이윽고 36개의 손바닥으로부터 법력이 분출되었다. 이탄이 뿜어낸 법력은 밀도가 무지하게 높으면서도 양이 균일하게 제어되었다. 그렇게 36개 방위에서 분출된 법력이 손바닥 속 허공 한 점에 결집되기 시작했다.

츠츠츠츳—.

강렬한 광채가 수라의 손바닥 사이에서 분출했다.

이탄은 잔뜩 쌓인 법력을 빛의 씨앗으로 결집한 다음, 무지막지한 압력을 가하여 그 씨앗을 아주 작은 크기로 압축했다. 그 다음 씨앗 위에 새로운 법력을 보내어 씨앗의 크기를 다시 키웠다.

광정이 커지면 다시 힘으로 억눌러서 꽈악 압축하고.

그렇게 압축하고 나면 씨앗 위에 새로운 에너지를 쌓고.

이와 같은 과정이 수도 없이 반복되었다. 시간이 갈수록 빛의 씨앗은 더 단단하게 응축되고 또 압축되었다.

과거 이탄이 만들어낸 광정은 어쓰퀘이크(Earthquake: 지진)보다도 훨씬 더 높은 공격력을 자랑했다.

지금 수라가 만들어낸 수라광정은 과거의 광정보다 에너

지 밀도가 서른 배나 더 높았다. 2개의 손이 아니라 36개의 손으로 온 사방에서 동시에 에너지를 축적하고, 또한 동시에 360도 전방위에서 압축한 덕분이었다.

'밀도가 증가한 만큼 파괴력도 올라갔을까?'

이탄이 수라광정의 위력을 궁금히 여겼다.

만약 이탄의 추측이 맞는다면, 이 수라광정은 예전의 광정보다 서른 배쯤은 더 강력해야 마땅했다.

여기에 증폭 기술 한 가지 추가.

이탄은 수라광정을 바깥으로 분출하지 않았다. 36개의 손으로 압축하고 또 압축한 수라광정을 그대로 자신의 가슴에 때려박았다.

콰창!

이탄의 가슴 부위에서 붉은 금속이 노을빛으로 창연하게 일어났다.

이탄이 지닌 이 독특한 금속은 어마어마한 에너지 밀도를 가진 수라광정을 2배의 위력으로 반사시켰다.

마치 빛이 거울에 반사되는 것처럼 번쩍!

벼락처럼 방출된 수라광정이 멸정동부 벽에 좁쌀 크기의 구멍을 뚫고 밖으로 날아갔다. 그 다음 수십 킬로미터의 산맥을 관통한 뒤 반대편으로 튀어나왔다.

산맥을 관통하는 동안 수라광정의 속도는 전혀 줄어들지

않았다. 산맥에서 벗어난 이후에도 수라광정은 바다를 건너 한도 끝도 없이 계속 날아갔다. 그러다 급기야 대기권마저 통과해버렸다.

우주 너머 저 멀리. 이탄의 감각으로는 감히 더듬어 볼 수도 없는 먼 거리까지 수라광정은 하염없이 날아갔다.

그리곤 중간에 걸리적거리는 행성 4개를 연달아 뚫어버렸다.

이탄이 수라광정을 완성했으니 이제 백팔수라 제6식에 도전할 차례였다.

여기서 문제가 생겼다. 백팔수라의 제6식을 구성하는 18개의 동작들은 단지 난이도가 높은 정도가 아니었다.

이탄이 어이가 없다는 듯이 뇌까렸다.

"허어. 4개의 주먹을 동서남북을 향해 뻗고 나머지 두 손으로 각각 하늘과 땅을 가리키란 말이지. 이때 중앙의 얼굴은 정면을 보고, 왼쪽과 오른쪽 얼굴은 각각 하늘과 땅을 향하라고? 6개의 발은 둥글게 꽃잎 모양을 만들고?"

이상이 백팔수라 제6식 1편의 동작이었다. 이와 같은 동작을 표현하려면 최소한 머리가 3개 팔이 6개, 다리가 6개가 필요했다.

이탄이 중얼거렸다.

"물론 이 동작이 아예 불가능한 것은 아니야. 동시구현의 권능을 사용하면 얼마든지 6개의 팔다리를 만들어낼 수도 있겠지."

문제는 체내에 흐르는 법력 분포였다.

지금까지 이탄은 인체에 대한 놀라운 이해력을 바탕으로 백팔수라의 각 동작과 이에 대응하는 법력의 흐름을 추정해내었다.

이탄이 스승의 도움 없이 혼자 힘으로 백팔수라를 연마한 것은, 그만큼 이탄이 법력과 인체에 대한 깊은 이해가 있기 때문이었다.

사실 이탄은 역대 그 어떤 수도자도 가지지 못했던 수준의 이해력을 지녔다. 법술에 대한 이탄의 재능은 실로 가공할 만한 것이었다.

하지만 이런 재능은 오로지 인체에 대해서만 국한되었다. 인간은 머리가 하나고 팔다리는 각각 2개씩이었다.

이탄은 이와 같은 신체 구조를 지닌 인간이 특정 동작을 펼칠 때 법력의 흐름을 어떻게 운용해야 파괴력이 가장 극대화될 것인지를 먼저 상상했다. 그 다음 그 상상을 가다듬어 실제로 백팔수라의 각 동작들과 이에 대응하는 법력의 흐름을 창조해내었다.

이렇게 재해석의 과정을 겪으면서 이탄의 백팔수라는 금강수라종의 다른 백팔수라와는 완전히 차원이 다른 법술로 진화했다.

한데 백팔수라 제6식은 인간이 법술 구현의 주체가 아니었다. 머리가 3개이고 팔다리가 각각 6개인 수라가 주체였다.

따라서 이탄이 아무리 동작을 외우고 있어도, 이에 대응하여 수라의 체내에서 법력이 어떻게 흘러야 하는지 그 흐름을 추정할 방도가 없었다.

"법력의 흐름을 모르는 상태에서 단순히 동작만 흉내 내서는 백팔수라의 제 위력이 나오지 않지. 아무래도 백팔수라 제6식은 독학하기 어렵겠구나. 하아아—."

이탄이 깊은 한숨을 내쉬었다. 이탄은 백팔수라 후반부를 완성하지 못한 것이 못내 아쉬웠다. 미련도 많이 남았다.

그렇다고 해서 안 되는 일에 계속 매달릴 정도로 이탄이 어리석지는 않았다. 이탄은 일단 백팔수라 제5식까지 연마한 것으로 수련을 일단락 지었다.

Chapter 3

그즈음 멸정 대선인이 이탄을 찾았다.

멸정은 세상과의 인연을 끊고 동부 깊숙한 곳에 처박혀서 수련에만 매진 중이었다. 그런 멸정이 이탄을 찾는다는 것 자체가 이례적인 일이었다. 이탄은 서둘러 지하로 내려가서 스승의 수련실 앞에 머리를 조아렸다.

"스승님, 찾으셨습니까?"

"왔느냐?"

봉인된 밀실 안에서 멸정의 목소리가 들렸다.

이탄이 공손하게 아뢰었다.

"네. 스승님의 부르심을 받자마자 달려왔습니다."

"고맙구나. 내 오늘 급히 너를 부른 이유는 점괘 때문이니라."

점괘라는 말에 이탄이 흠칫했다.

이탄이 멸정을 처음 만나던 날, 멸정은 이탄에게 "내가 너를 제자로 들이는 이유는 점괘 때문이니라."라고 말해주었다.

그때는 그러려니 했다.

그런데 이번에도 또 점괘 운운하신다.

'스승님께서 점괘를 너무 맹신하시는 것 아닌가?'

이탄은 얼핏 이런 생각을 했다.

제자의 이런 마음을 아는지 모르는지, 멸정이 말을 이었다.

"조만간 서쪽에서 귀인이 방문할 것이다. 내가 뽑은 점 괘에 그리 나왔지."

"아!"

"그런데 네가 그 귀인과 인연이 있다더구나. 이 또한 점 괘에서 나온 내용이니라."

"아아아."

"내 짐작인데, 아마도 귀인이 너에게 무언가를 부탁하려 들 게다. 그러니 웬만하면 귀인의 부탁을 들어주기 바란다. 하면 귀인이 네게 대가를 지불할 터."

이 부분은 선뜻 이해하기 힘들었다. 이탄이 고개를 갸웃 했다.

'귀인이 대체 누구야? 설령 귀인이 있다고 치자. 서쪽에 서 온다는 귀인이 나를 어떻게 알고 부탁을 한단 말이지? 게다가 내가 귀인의 부탁을 들어주면, 그 귀인이 내게 대가 를 지불할 거라고?'

멸정이 이탄의 혼란스러운 속마음을 짐작이라도 한 듯 물었다.

"나의 설명이 혼란스럽더냐?"

이탄이 황급히 둘러대었다.

"아닙니다. 스승님. 그저 제가 귀인을 어떻게 알아볼 수 있을지 걱정했을 따름입니다."

"그건 걱정할 것 없느니라. 때가 되면 너 스스로 귀인을 알아보게 될 터이니."

"하면 제가 귀인의 부탁을 들어드리고 대가를 받으면 그게 끝입니까? 그 다음엔 제가 무엇을 하면 됩니까?"

이탄이 스승에게 답을 구했다.

멸정이 또다시 점괘를 입에 담았다.

"점괘에 의하면 네가 받을 대가가 나의 수련에 큰 도움이 된다는구나. 너는 귀인으로부터 받은 대가를 이곳으로 가져오면 되느니라. 이탄아, 나를 위하여 이 일을 해줄 수 있겠느냐?"

"당연히 할 것입니다. 스승님을 위해서 전심전력을 다하겠습니다."

이탄이 1초도 망설이지 않고 결연히 대답했다.

멸정이 소리 내어 웃었다.

"껄껄껄껄껄. 그리 시원하게 대답해주니 고맙구나. 내가 너를 제자로 받고도 제대로 가르치지 못하여 미안한 마음이 한가득이니라. 하루빨리 수련을 끝낸 뒤 네게 신경을 써줘야지."

멸정은 진심을 담아 말하였다.

이탄도 그것을 느꼈다.

"네, 스승님."

이탄은 밝게 대답했다.

이런 호쾌한 대답과 달리 이탄의 속마음은 복잡했다.

'스승님께서 수련을 끝마치시면 나도 스승님께 이것저 것 물어볼 수 있고 또 법술에 대한 가르침도 받을 수 있으 니까 좋지. 하지만 그렇게 가까이 지내다가 내 정체라도 발 각되면 어떻게 하지?'

이탄은 서로 상반된 마음을 다잡으며 멸정의 앞을 물러 나왔다.

그로부터 며칠 뒤.

혼명의 대표 선인인 마르쿠제가 머나먼 서쪽으로부터 이 송법진을 타고 날아와 남명을 방문한다는 소문이 돌았다.

이탄은 수다쟁이인 멸정의 령으로부터 그 소식을 들었 다.

"마르쿠제 님이 남명을 방문한다고?"

이탄은 깜짝 놀랐다.

Chapter 4

비록 지금은 멸정의 제자가 되었지만, 이탄은 원래 혼명 출신이었다. 처음 이탄이 동차원에 접속했을 때 배속된 곳이 혼명이었다. 이탄이 법술에 대한 기초를 배운 곳도 혼명의 여러 종파 가운데 하나인 트란기르였다.

따라서 이탄은 혼명에 대해서 우호적인 감정을 가지고 있었다. 또한 이탄은 혼명의 수도자들에게 일종의 동질감도 느꼈다.

이곳 남명의 수도자들은 오로지 자신들만이 주신이 내린 순혈을 물려받았노라는 선민의식이 강했다.

반면 혼명의 수도자들은 이탄과 마찬가지로 언노운 월드 출신이거나, 그 후예들이었다.

이탄이 혼명에 대해서 호감을 느끼다 보니, 마르쿠제 대선인에 대한 감정도 우호적이었다.

"여하튼 마르쿠제 님은 언노운 월드 출신이잖아. 게다가 그분이야말로 서쪽에서 오셨다고. 그러니까 혹시 스승님께서 언급하신 귀인이 마르쿠제 님이 아닐까?"

이탄은 문득 이런 생각을 했다.

"만약에 마루크제 님이 귀인이라면 정말 대박인데. 어떻게 스승님께서 점괘를 뽑자마자 이렇게 딱딱 맞아떨어지지?"

이탄은 "전에는 별로 믿지 않았는데, 점괘라는 것이 꽤 신통한가 보구나."라고 중얼거렸다.

이틀 뒤인 4월 17일.

마르쿠제 대선인이 남명을 직접 방문했다.

그보다 한발 앞서서 마르쿠제 술탑으로부터 공식적인 방문 목적이 전달되었다. 문서 안에는 다음과 같은 문구가 담겨 있었다.

존경하는 남명의 선배님들께,

다음과 같은 목적으로 회의를 요청드리니 검토를 부탁드립니다.

— 안건 (1) : 이번에 오염된 신의 악마들이 남명 지역을 침공한 건에 대해서, 앞으로 남명과 혼명이 정보를 적극적으로 교환하고 대책을 세우기 위한 회의가 필요하다고 생각합니다.

— 안건 (2) : 비록 의도한 바는 아니었으나, 결과적으로 저희 술탑의 제자인 시곤이 이번 전쟁의 빌미를 제공하였습니다. 이에 따라 시곤에 대한 처벌 수위를 논의하고자 합니다.

회의 장소와 시간을 정하여 알려주시면 참석하겠습니다.

술탑주 마르쿠제 씀

마르쿠제 술탑에서는 위와 같은 편지를 남명 사대종파의 선인들에게 보냈다.

음양종과 제련종, 금강수라종, 그리고 천목종에서는 술탑에서 제시한 안건을 받아들이기로 결정했다. 그리곤 회의 날짜와 장소를 정하여 마르쿠제 술탑에 통보했다.

한편 이탄에게도 공식적으로 초대장이 왔다.

금강 대선인이 이탄에게 연락을 보냈다.

— 초 대 장 —

금강수라종의 차석 종주인 철룡이 수련 중이라 회의에 참석할 수 없으니 멸정동부를 대표하여 이탄 선인이 참석하기 바랍니다.

이는 철룡 차석 종주의 의견이기도 합니다.

— 회의 일시: 4월 17일 오후 2시

— 회의 장소: 음양종 본단 영접실

다만, 이탄 선인은 대리 참석이므로 회의에는 참석하되 발언권은 없습니다.

금강수라종 제9대 종주

이탄은 금강 대선인이 보낸 편지를 손에 쥐고서 방 안을 서성거렸다.

"거 참, 정말로 스승님의 점괘가 맞나? 어떻게 이렇게 딱딱 맞아떨어지지? 어쩌다 보니 내가 직접 마르쿠제 님과 만날 기회가 생겼잖아?"

마르쿠제는 이곳 동차원에서도 유명한 인물이지만, 언노운 월드에서는 더더욱 유명한 거물이었다.

이탄은 그런 거물급과 만난다고 생각하자 어깨가 절로 으쓱했다. 다른 한편으로는 은근히 걱정도 되었다.

"에잇. 어쨌거나 이런 좋은 기회를 그냥 날려버릴 수는 없잖아? 가서 한번 마룻쿠제 님이 어떻게 생겼나 한 번 보고 오지, 뭐."

이탄은 주섬주섬 회의에 참석할 준비를 했다.

그런데 멸정의 령이 이탄보다 오히려 더 들뜬 듯했다.

[공자. 이것은 공자께서 주인님을 대신하여 참석하는 회의입니다. 그러니 격식에 맞게 번듯하게 차려입고 가야지요.]

멸정의 령은 이탄을 위해 고급스러운 수도복 수십 벌을 내왔다. 신발과 모자도 함께 준비했다.

이탄은 멸정의 령이 이렇게 난리법석을 떠는 것이 내키지 않았으나, 군소리 없이 상대의 뜻에 따랐다.

멸정의 령은 이탄에게 이 수도복 저 수도복 할 것 없이 모조리 입혀보았다. 대략 30번쯤 옷을 갈아입고 나자 이탄의 표정이 딱딱하게 굳었다.

"이제 시간도 얼마 남지 않았는데 그냥 정하죠."

이탄이 냉랭하게 말했다.

멸정의 령이 찔끔하여 서둘렀다.

[그, 그런가요? 그럼 저기 저 남색 수도복이 어떤가요? 아니면 그 옆에 매화 무늬가 수놓아진 수도복은 또…….]

"남색이 좋네요. 그걸로 합시다."

이탄이 딱 끊었다.

결국 멸정의 령도 더는 이탄에게 옷을 갈아입혀 보지 못했다. 남색 수도복으로 최종결정이 난 것이다.

[공자는 주인님을 대신하여 회의에 참석하는 것이니 마땅히 내가 회의장까지 모셔다드릴 수밖에요. 흥흥. 딱 이번 한 번만이에요. 앞으로 내게 여기저기 태워다 달라고 조르면 곤란하다고요. 흥. 흥. 흥.]

하늘을 빠르게 가로지르면서 멸정의 령이 이렇게 콧소리를 내었다.

이탄은 그저 쓴웃음만 지을 뿐이었다.

예전과 달리 멸정의 령은 투명화 권능을 사용하지 않았다. 이탄은 지금 멸정동부의 대표자 자격으로 사대종파 회의에 참석하는 것이었다. 따라서 멸정의 령은 최대한 화려한 모습을 드러내어 이탄을 돋보이게 만들어주고 싶었다.

크왕!

멸정의 령이 포효를 한 번 하자 몸뚱어리가 수백 배는 커졌다. 머리는 용에 몸체는 사자, 등에 날개가 달린 령의 모습은 실로 위압적이었다. 멸정의 령은 주변에 구름까지 잔뜩 끌어모아 신비감을 더했다.

우르릉, 우르릉, 우르릉.

멸정의 령 주변에서 우레성이 연신 울렸다. 구름 사이로 푸른 번개가 번쩍번쩍 뛰놀았다.

이것이 원래 멸정의 령이 지닌 본모습이었다. 지금까지 이탄이 보아온 령의 모습은, 멸정동부의 크기에 맞게 줄인 축소판에 불과했다.

제8화
마르쿠제 대선인의 방문

Chapter 1

이탄은 커다란 신수의 뿔 사이에 앉아서 팔짱을 꼈다. 맞바람이 휙휙 불어와 이탄의 귀밑머리를 흐트러뜨렸다.

희귀한 신수를 타고 구름 속을 날아가는 이탄의 풍모는 그야말로 법력이 높은 선인을 보는 듯했다.

이탄은 회의시간보다 40분 정도 일찍 도착했다.

크르릉!

구름을 뚫고 거대한 신수가 모습을 드러내자 음양종의 수도자 몇 명이 황급히 비행 법보를 타고 날아올랐다.

이탄이 령의 뿔 사이에 팔짱을 끼고 앉아 턱짓을 했다. 이탄이 받은 초대장이 허공으로 둥실 떠올라 음양종의 수도자들에게 날아갔다.

"아! 금강수라종에서 오셨군요."

"저희는 음양종의 수도자들입니다."

"저희를 따라오시지요. 회의장으로 안내해드리겠습니다."

3명의 수도자들이 앞다투어 이탄을 안내했다.

음양종의 본단은 2개의 산봉우리 사이에 위치했다.

이 중 오른쪽 산은 가을단풍에 물든 것처럼 새빨간 색이었다. 이와 대비되어 왼쪽 산은 푸른빛을 발산했다.

하늘에서 두 산봉우리를 내려다보면 붉은 산과 푸른 산이 태극 모양으로 얽혀 들어가는 것처럼 보였다.

그 태극 모양의 중심부에 음양종의 본단이 자리했다.

"허어, 대단하구나!"

이탄이 하늘 위에서 탄성을 흘렸다.

총 18,000개의 건물로 이루어진 음양종의 본단은 그 자체가 하나의 왕국이나 다름없었다. 본단의 외성 성벽은 어지간한 절벽보다도 더 높았다. 성벽 바깥쪽에 법진이 설치되어 있어서 본단 전체가 은은한 광채를 내뿜었다.

음양종 출신의 세 수도자들이 이탄보다 한발 앞서서 비행했다. 세 수도자들은 본진 상공에 가까워지자 품에서 노란 패를 하나씩 꺼내들었다.

"금강수라종의 대표자 참석이오."

"법진을 개방해주시오."

이탄을 안내하던 수도자들이 우렁차게 외쳤다.

그 즉시 쿠르르릉 돌이 굴러가는 소리가 울렸다. 본진을 뒤덮었던 은은한 광채 가운데 일부분에 구멍이 생겨났다.

"이리로 들어가시면 됩니다."

안내를 맡은 수도자들은 개방된 법진 속으로 쏙 들어갔다.

우르릉! 우르르릉!

멸정의 령이 우레성을 내면서 수도자들의 뒤를 따랐다.

3명의 수도자들은 이탄과 멸정의 령을 음양종의 본단 내 성벽 바로 뒤에 세워진 88층짜리 탑으로 안내했다.

멸정의 령은 탑 앞 너른 광장에 쿠웅 내려앉았다. 그 다음 뜨거운 콧김을 훅훅 뿜고 머리로 투레질을 몇 번 한 뒤, 위엄 넘치는 모습으로 자리를 잡았다.

이탄은 멸정의 령 옆에 서서 88층 탑을 올려다보았다.

음양종의 수도자가 조심스레 말을 걸었다.

"회의장은 건물 2층입니다."

"저희는 탑 안으로 들어갈 수 없으니 여기까지만 모시겠습니다."

이탄이 안내자들을 향해 정중하게 목례했다.

"고맙습니다."

그러자 오히려 음양종의 수도자들이 당황했다.

"고맙다니요. 마땅히 저희가 해야 할 일입니다."

"그렇습니다. 저희는 할 일을 했을 뿐입니다."

수도자들은 이탄이 탑 안쪽으로 사라질 때까지 계속 허리를 꾸벅거렸다.

탑의 입구에 도착하자 금강 대선인의 모습이 보였다.

"이탄 선인, 왔는가?"

"아! 종주님."

"허허허. 이렇게 다시 얼굴을 보니 반갑구먼."

금강은 환한 얼굴로 이탄을 반겼다.

이탄도 진심으로 금강의 환대를 고마워했다.

이탄은 금강과 함께 회의장으로 들어갔다. 회의장의 높다란 천장에는 음양종을 상징하는 태극 문양이 크게 자리했다. 회의장 자체는 소박하였으나, 이곳에 놓인 탁자와 의자, 꽃병, 화로 등은 모두 고급스럽기 이를 데 없었다. 회의장 안에는 음양종의 시녀들이 배치되어 차를 따르고 은은하게 향을 피웠다.

하지만 아직 회의에 참석할 사람들은 보이지 않았다.

"우리가 조금 일찍 도착했나 보구먼."

금강 대선인이 이탄을 한쪽 자리로 이끌었다.

"금강수라종에서는 종주님과 저만 참석한 것입니까?"

이탄이 의아하여 물었다.

금강은 너털웃음을 터뜨렸다.

"어허허허. 그렇다네. 이탄 선인과 나만 참석하면 되었지. 금강수라종의 두 맥 가운데 하나가 멸정 선배님의 멸정동부이고, 나머지 하나의 맥이 바로 금강동부이니 우리 둘만 참석하면 되는 것 아닌가? 허허허허."

"어이쿠, 종주님이시야 당연히 금강수라종을 대표하실 수 있겠지요. 하지만 제가 어찌 감히 그런 역할을 맡을 수 있단 말입니까? 저 대신 다른 분을 데려오시지 그러셨습니까? 저는 이렇게 과분한 자리에 어울리지 않습니다."

이탄이 울상을 지었다. 솔직히 이탄은 이 자리가 불편했다.

금강이 그런 이탄의 어깨를 툭툭 두드렸다.

"그렇게 부담 갖지 마시게. 이탄 선인은 종파의 차석 종주인 철룡을 대신하여 이 자리에 참석한 게야. 혹은 멸정동부를 대표하여 참석한 셈이기도 하고. 그러니 만약 누군가가 이탄 선인의 참석자격을 문제 삼는다면, 그것은 우리 금강수라종을 모욕한 것이나 마찬가지네. 만에 하나 그런 일이 있다면 내가 가만히 있지 않을 게야. 허허허."

금강이 이렇게까지 말하자 이탄도 더는 발을 뺄 수 없었다.

둘이 대화를 주고받는 사이, 회의 참석자들이 속속 도착했다.

"이런! 귀한 손님을 모셔놓고 저희가 오히려 늦었습니다."

회의장으로 들어온 사람은 태극법복에 네모난 관모를 쓰고 입술 위에 팔자 수염을 기른 노인이었다.

"오오, 태극 대선인 아닙니까? 이게 대체 얼마 만입니까?"

금강이 반색을 했다.

Chapter 2

태극 대선인은 극양노조, 현음노조와 함께 음양종을 지탱하는 네 기둥 가운데 한 명이었다. 또한 태극은 음양종의 당대 종주이기도 했다.

물론 태극 대선인은 스스로를 극양과 현음과 같은 위치로 올려놓지 않았다. 극양과 현음 대선인들은 선8급의 지고한 경지에 도달한 분들이고—비록 지금은 선7급으로 법력이 퇴보했지만—, 태극은 이제 갓 선7급에 올라선 후배였다.

태극 대선인의 옆에서는 우아하게 치장한 중년 여인이 배시시 미소를 지었다.

"금강 종주님께서는 태극만 보이고 저는 보이지 않나 봅니다."

여인의 책망 섞인 말에 금강이 연거푸 용서를 빌었다.

"어이쿠. 자한 선자님. 죄송합니다. 죄송합니다."

자한 선자 또한 태극과 마찬가지로 선7급의 대선인이었다. 그녀는 음양종의 차석 종주이자, 개인적으로는 현음노조가 끔찍이도 아끼는 외동딸이었다.

나이로 치면 자한 선자가 태극 대선인보다 더 많았다. 게다가 그녀는 현음노조의 딸이었다. 따라서 나이와 배경만 보면 태극 대선인이 차석 종주를 맡고 자한 선자가 음양종의 종주가 되는 것이 더 옳아 보였다.

실제로도 음양종 내부에서 그런 말들이 나돈 적도 있었다.

하지만 자한 선자 스스로가 종주의 자리에 앉기를 거부했다.

"나는 종주에 어울리는 사람이 아닙니다. 나보다는 태극 도우께서 더 적합하시죠."

당시 자한 선자가 사람들 앞에 나서서 이렇게 주장했다. 이후로는 음양종의 그 누구도 태극 대선인이 종주가 된 것에 대해서 왈가왈부하지 않았다.

태극 대선인과 자한 선자에 이어서 또 다른 선인이 모습을 보였다.

다름 아닌 붕룡이었다.

'안녕하십니까, 선배님.'

이탄이 붕룡에게 눈인사를 했다. 얼마 전 피사노교와 전쟁을 벌일 당시 이탄과 붕룡은 힘을 합쳐 칠채공작진법을 구현했던 인연이 있었다.

'잘 왔네.'

붕룡도 밝은 모습으로 이탄의 눈인사를 받았다.

붕룡 옆에는 하늘색 법복을 입은 여인이 자리했다. 자한 선자가 이 여인을 가까이 잡아끌었다.

"금강 선배님, 붕룡은 이미 잘 아실 테지요? 여기 이 아이는 선봉이라고 합니다. 오늘 회의의 내용을 기록하기 위하여 불렀습니다."

"선봉이라고 합니다. 금강 종주님."

하늘색 법복을 입은 여인이 금강 대선인을 향해 공손하게 허리를 숙였다.

"오오. 선봉 선자에 대해서는 들은 바가 있습니다. 허허허. 이렇게 만나게 되는군요."

금강이 선봉을 무척 환대했다.

이탄은 이 점을 이상하게 여겼다.

태극 대선인과 자한 선자는 분명히 금강 대선인과 같은 레벨이었다. 그 옆의 붕룡은 철룡 사형과 동일한 레벨로 볼 만했다. 이탄의 정보에 따르면, 붕룡이 이미 선4급에 도달해 엄홍 선인 등과 어깨를 나란히 한다고 들었다.

'이에 비해서 선봉 선자는 고작해야 선2급이나 될까? 아니면 선1급?'

이탄은 선봉 선자를 철소용 선자 등과 비슷한 수준으로 판단했다. 그런데 금강 대선인은 선4급인 붕룡보다도 오히려 선봉 선자를 더 우대하는 듯했다.

그 이유는 나중에 밝혀졌다.

알고 보니 선봉 선자는 자한 선자의 친딸이었다. 다시 말해서 선봉은 음양종의 최고봉에 우뚝 서 있는 현음노조의 외손녀라는 소리였다.

금강은 음양종의 사람들에게 이탄을 소개시켜 주었다.

"이번에는 제가 소개를 시켜드릴 차례네요. 여기 이탄 선인은 우리 금강수라종 멸정 선배님께서 거두신 제자입니다. 오늘 회의에는 멸정동부를 대표하여 참석하되 발언권은 주지 않을 생각입니다."

"이탄입니다. 여러 선배님들을 만나 뵙게 되어서 큰 영광입니다."

이탄이 허리를 깊숙이 숙였다.

태극 대선인이 이탄에게 관심을 보였다.

"호오. 자네의 이름은 익히 들었다네. 이번 전쟁에서 큰 공을 세웠다지?"

반면 자한 선자의 반응은 다소 시큰둥했다.

"멸정 선배님께서 좋은 제자를 두셨네요."

이상이 이탄에 대해서 자한 선자가 보인 반응의 전부였다. 아마도 이탄이 동차원 출신이라면 자한 선자도 이렇게 대하지는 않았을 것이다.

하지만 이탄은 언노운 월드 출신이었다. 자한 선자는 이탄의 외모만 보고는 약간 낮춰 대했다.

물론 자한 선자가 이탄을 무시하거나 폄하하는 것은 아니었다. 그저 은연중에 '우리 남명은 주신의 선택을 받은 선민들이고 혼명은 그보다 한 단계 아래다.' 라는 선입견이 자한 선자의 태도에 묻어났을 뿐이었다.

금강이 미세하게 눈을 찌푸렸다.

태극도 자한 선자의 태도가 마뜩지 않았다.

하지만 자한 선자가 현음노조의 외동딸로 곱게만 자라서 선민의식이 깊게 뿌리박혔다고 생각하면 그녀의 오만한 태도를 이해 못 할 바도 아니었다. 태극은 자한의 행동을 모르는 척 넘어갔다.

붕룡이 이탄에게 미안하다는 표정을 지었다.

반면 선봉 선자는 자한 선자와 마찬가지로 이탄을 한 수 아래로 낮춰 보았다. 선봉 선자는 피사노교와의 전쟁에 참전하지 않았기에 이탄의 활약을 직접 보지 못했다. 그저 이탄이 운이 좋아서 공을 제법 세웠다는 정도만 귀동냥했을 뿐이었다.

　그때 천목종이 등장했다.

　"어서 오시지요."

　"먼 길 오셨네요."

　태극과 자한이 천목종의 수도자들을 반갑게 맞았다.

　오늘 천목종에서는 2명이 참석했다.

　천목종을 이끌어가는 묵휘형 종주.

　천목종의 차세대 주자로 손꼽히는 죽룡.

　묵휘형은 밤색 수염을 사자의 갈기처럼 풍성하게 기른 모습이었다. 묵휘형은 선7급의 대선인이기도 했다.

　이탄은 묵휘형을 보자마자 초원을 질타하는 사자를 연상했다. 그 정도로 묵휘형의 기세는 패도적이었다.

　이어서 이탄은 죽룡에게도 눈을 돌렸다. 음양종의 붕룡과 마찬가지로 죽룡도 철룡 사형의 친구들이었다. 이탄과는 전쟁을 함께 치른 인연도 있었다.

Chapter 3

'안녕하십니까?'

이탄이 죽룡에게 눈인사를 먼저 보냈다.

'잘 지냈는가.'

죽룡도 호의적으로 이탄의 인사를 받았다.

선인들끼리 서로 인사를 나누는 사이, 이번에는 제련종이 도착했다.

오늘 제련종을 이끌고 온 수도자는 제련종의 차석 종주인 검룡과 제련종의 장로인 남광 대선인이었다.

원래 제련종의 종주는 화화 대선인이었다. 그런데 그녀는 최근 피사노교와 싸우다가 큰 부상을 입어서 회의 참석이 어려웠다.

제련종에서는 부랴부랴 화화 대선인의 대제자인 검룡을 차석 종주로 추대하고 오늘 회의에 보냈다.

또한 검룡만으로는 격이 맞지 않을 것 같았는지 선7급의 장로인 남광 대선인이 손수 몸을 일으켜 검룡의 곁에 따라붙었다. 검룡이 이제 겨우 선5급이라 다른 사대종파에 비해서 위축될까 우려한 탓이었다.

이제 남명의 사대종파가 모두 모였다.

음양종에서는 태극 종주와 나련 선자, 붕룡이 참석했다.

선봉 선자는 회의 참석자가 아닌 기록자의 역할로 회의장에 함께했다.

금강수라종에서는 금강 종주와 이탄이 참석했다.

제련종에서는 검룡 차석 종주와 남광 대선인이 모습을 보였다.

마지막으로 천목종에서는 묵휘형 종주가 사자처럼 위엄 있게 자리를 지켰고, 그 옆에서 죽룡이 보좌했다.

회의장은 사방의 문을 활짝 열어놓아 사통팔달 바람이 잘 통했다. 바깥의 풍경도 잘 보였다.

물론 밖에서도 회의장 안이 훤히 들여다보였다.

탑 주변에는 각 선인들의 령들이 돌바닥에 점잖게 앉아 있었다.

'후훗.'

이탄은 멸정의 령을 보고는 입꼬리를 살짝 끌어올렸다. 지금 멸정의 령은 주변의 령들을 압도하려는 듯 강렬한 기세를 은근히 뿌리는 중이었다. 그 모습을 보자 이탄의 입가에 저절로 미소가 맴돌았다.

이러한 멸정의 령의 태도가 신경에 거슬리는지 묵휘형 종주의 령이 탁탁탁 꼬리로 돌바닥을 때렸다.

묵휘형 종주의 령은 2개의 뿔이 달린 거대한 수사자였다. 이 사자의 덩치는 멸정의 령보다도 더 커서 마치 산봉

우리 하나를 통째로 옮겨온 듯했다.

하지만 멸정의 령은 덩치 큰 사자에게 밀리지 않고 더욱 살벌한 기세를 뿜어냈다.

'역시 성격이 있구나.'

멸정의 령을 바라보며 이탄은 한 번 더 웃음을 삼켰다.

이제 회의 시작까지 남은 시간은 10분이었다. 딱 10분을 남겨 놓고 마르쿠제 술탑이 모습을 보였다.

후우우우웅—.

허공으로부터 강한 돌풍이 몰아쳤다. 그 돌풍 속에서 머리가 셋 달린 드래곤이 포악한 울음과 함께 등장했다.

드래곤의 모습은 남명의 수도자들에게는 익숙지 않았다. 남명의 용과 혼명의 드래곤은 서로 비슷한 듯하면서도 생김새가 사뭇 달랐다.

3개의 거대한 목을 꾸불텅 움직이고, 박쥐의 그것처럼 얇은 날개를 넉 장이나 퍼덕이면서 마르쿠제의 드래곤이 88층 탑 앞 돌바닥에 착륙했다.

드래곤의 중앙 머리 위에서 마르쿠제 대선인이 휘릭 날아 내렸다.

마르쿠제는 높은 곳에서 뛰어내리면서도 무릎 한 번 굽히지 않았다. 팔도 휘젓지 않았다. 그저 꼿꼿하게 서서 그 자세 그대로 회의장 안으로 날아 들어왔다.

'이 사람이 마르쿠제 님이구나.'

이탄이 상대를 유심히 살폈다.

마르쿠제 대선인은 키가 185센티미터에 황금빛 머리카락을 물결처럼 휘날리는 모습이었다. 마르쿠제의 두 눈은 사파이어처럼 파랗게 반짝였다. 뒷짐을 진 손에는 깃털 달린 부채가 하나 쥐어져 있었다.

이렇듯 마르쿠제 대선인의 외모는 언노운 월드 출신답게 이질적이었으나, 복장은 남명의 수도자들과 다를 바 없는 법복을 입었다. 순백의 법복 사이로 마르쿠제 대선인의 금빛 가슴털이 수북하게 드러났다.

자한 선자가 마르쿠제의 가슴털을 보고는 눈을 찌푸렸다.

음양종의 태극 대선인이 자리에서 일어나 마르쿠제를 맞았다.

"어서 오십시오. 마르쿠제 탑주님."

"제가 늦었나 봅니다. 이거 죄송합니다."

마르쿠제가 주위를 휙 둘러본 다음, 용서부터 구했다. 마르쿠제의 입에서는 동차원의 언어가 술술 흘러나왔다.

태극이 웃음으로 그 말을 받았다.

"별 말씀을 다하십니다. 아직 회의 시작 시간은 되지 않았습니다. 또한 마르쿠제 탑주님께서는 저 먼 서쪽에서 오신 것 아닙니까. 당연히 저희가 먼저 도착해서 먼 길 오신 분을 마중해야지요."

이렇게 말을 하면서 태극은 삼엄한 눈빛으로 마르쿠제를 살폈다.

'이런.'

일순간 태극의 눈빛이 달라졌다.

금강과 자한, 묵휘형과 남광도 안색이 살짝 변했다.

지금까지 남명의 수도자들은 마르쿠제가 선6급의 대선 인이라고 알고 있었다.

한데 그 사이에 법력이 늘었는지 지금 마르쿠제가 뿌리 는 기세는 선6급이 아니라 선7급이었다. 그것도 갓 선7급 에 올라선 수준이 아니었다. 마르쿠제는 제법 오래동안 선 7급에 머물면서 깊은 수련을 쌓은 눈치였다.

오늘 회의장에 모인 대선인들 가운데 대부분이 선7급이 었다.

이 가운데 자한 선자와 묵휘형 종주는 능히 마르쿠제와 견줄 만했다. 반면 태극 종주나 남광 대장로는 동일한 선7 급이기는 하지만 마르쿠제에게 밀릴 듯했다. 최소한 이탄 이 보기에는 그러했다.

'아니지. 남명의 수도자들은 혼명에 비해서 좋은 법술을 많이 알고 있지만 전투 경험은 상대적으로 적잖아. 반면 마르쿠제 술탑은 피사노교와 종종 맞부딪친 곳이고. 따라서 진짜로 싸움이 벌어지면 경험이 풍부한 마르쿠제 님이 태극 종주님이나 묵휘형 종주님을 능가할 수도 있어.'

만약 이탄의 짐작이 옳다면, 오늘 이 자리에서 마르쿠제를 확실히 꺾을 수 있는 사람은 오직 금강 대선인 뿐이었다.

금강 대선인은 무려 선8급의 절대자였다. 마르쿠제 탑주가 제아무리 전투 경험이 풍부하다고 해도 금강 대선인의 상대가 될 수는 없었다.

이탄이 마르쿠제의 강함을 가늠하는 동안, 다른 선인들은 마르쿠제의 등 뒤에 서 있는 여자를 바라보았다.

붉은 머리카락을 찰랑거리는 여자가 유독 눈에 띄었다. 마르쿠제와 마찬가지로 그녀도 하얀 법복을 입었고, 손에는 부채를 들었다.

'미모 폭발이네.'

이탄이 자신도 모르게 이렇게 중얼거렸다.

여자에게 별 관심이 없는 이탄이 이런 평가를 내릴 정도로 붉은 머리카락의 여자는 아름다웠다.

아니, 단순히 아름답다는 말로는 그녀의 외모를 표현할 수 없었다.

매혹적.

관능적.

요염함.

붉은 머리카락의 여자는 이런 종류의 찬사를 한 몸에 받을 만큼 외모가 발군이었다.

Chapter 4

마르쿠제가 뒤쪽으로 손을 가리켰다.

"이런. 제가 데려온 사람을 소개시켜 드려야겠군요. 비앙카. 인사드려라. 남명의 대선인님들이시다."

"비앙카라고 합니다. 남명의 법력 높으신 대선인님들을 뵙게 되어 영광입니다."

비앙카가 정중하게 허리를 숙였다.

'호오? 선4급 수준인가?'

이탄이 가늠한 바에 따르면, 놀랍게도 비앙카의 전투력은 엄홍이나 풍양 선인에 못지않은 듯했다.

아니, 그 이상이었다. 비앙카의 몸속에서 요동치는 난폭한 파괴력은 엄홍 등을 이미 뛰어넘어 선5급의 죽룡에 비견될 정도였다.

'뛰어난 인재네.'

이탄은 비앙카를 꽤나 높이 평가했다.

태극 대선인이 아는 체했다.

"비앙카라고요? 아하! 이름을 들어본 적이 있군요. 아마도 이분은 마르쿠제 탑주님의 손녀시겠죠?"

태극의 말이 맞았다. 비앙카는 마르쿠제의 친손녀였다.

"제 친손녀가 맞습니다. 역시 안목이 높으십니다."

마르쿠제가 선뜻 사실관계를 밝혔다.

"오호라."

"그렇다면 저 아이가 나중에 마르쿠제 술탑을 물려받을 것인가?"

"흐으음. 주목할 만한 후배로고."

다른 대선인들도 새삼스러운 눈빛으로 비앙카를 다시 살폈다.

"자, 그럼 회의를 시작하실까요?"

태극 대선인이 본격적인 회의의 시작을 알렸다.

그 전에 마르쿠제가 자리에 앉았다. 비앙카는 마르쿠제의 옆자리에 착석했다. 의자에 앉기 전, 비앙카의 매혹적인 눈이 이탄을 훑고 지나갔다. 다들 동차원 사람들인데 이탄의 외모만 혼자 달라서 비앙카의 눈에 띈 모양이었다.

회의 전반부는 피사노교에 대한 대책 논의였다.

마르쿠제는 최근 술탑에서 수집한 피사노교의 정보를 공개했다. 마르쿠제 술탑의 정보력은 과연 놀라웠다. 사대종파의 선인들은 그 정보를 귀를 기울여 듣다가 때때로 궁금한 점들을 물었다.

마르쿠제는 단 하나의 질문도 흘려버리지 않고 성심성의껏 답변했다.

이탄도 두 눈을 반짝거리며 마르쿠제의 이야기를 경청했다. 덕분에 이탄은 최근 피사노교에서 벌이고 있는 계획들을 상당수 파악하게 되었다.

이야기가 진행되는 도중, 비앙카는 힐끗힐끗 이탄을 곁눈질했다.

이탄도 그 사실을 느꼈으나, 딱히 반응을 보이지는 않았다.

그렇게 회의가 중간쯤 진행되었을 때였다. 마르쿠제가 갑자기 화제를 돌렸다.

"오염된 신의 자식들에 대한 정보를 더 나누기 전에 여기 계신 분들과 상의드릴 것이 있습니다. 바로 저의 제자 시곤에 대한 처벌 문제입니다."

사대종파 사람들은 한창 마르쿠제의 말에 귀를 기울이던 참이었다. 상대의 입에서 흘러나오는 피사노교에 대한 정보가 남명의 수도자들에게는 아주 새로웠다.

바로 그 타이밍에 마르쿠제가 본론을 확 치고 들어왔다.

원래 사대종파는 마르쿠제에게 시곤을 엄벌에 처하라고

주문할 요량이었다. 특히 음양종 자한 선자가 단호했다. 자한은 현음노조가 크게 다치고 법력이 퇴보한 것에 대해서 깊은 분노와 원한을 느꼈다.

물론 자한의 원한을 산 장본인은 피사노교였다. 하지만 전쟁의 빌미를 준 시곤에 대해서도 자한은 용서할 마음이 없었다.

비단 자한 선자만이 아니었다. 천목종에서도 종파의 큰 기둥 가운데 한 명인 죽노가 법력이 크게 퇴보했다. 심지어 죽노는 눈과 귀, 팔까지 하나씩 잃었다. 죽노의 제자인 죽룡은 이 일로 인하여 시곤에 대한 감정이 좋지 않았다.

제련종도 종주인 화화 대선인이 크게 다쳤다.

금강수라종에서는 막사평의 피해가 컸다.

하지만 제련종과 금강수라종은 앞의 두 종파에 비해서 상대적으로 시곤에 대한 원망이 적은 편이었다.

마르쿠제가 사대종파의 선인들을 쭉 둘러보았다.

특히 마르쿠제는 자한 선자와 죽룡을 유심히 살폈다. 자한 선자는 주먹을 불끈 움켜쥔 상태였다. 죽룡은 눈가를 파르르 떨었다.

'아무래도 오늘 설득이 쉽지 않겠구나. 휴우.'

마르쿠제가 속으로 한숨을 내쉬었다. 하지만 겉으로는 아무런 표정 변화 없이 이야기를 시작했다.

"아시다시피 시곤은 큰 죄인입니다. 그 아이의 어리석은 행동으로 인하여 오염된 마보가 남명의 땅에서 개화했고, 그 때문에 오염된 신의 자식들이 이곳을 직접적으로 타격하게 되었지요. 저도 그 이야기를 듣고는 크게 놀랐습니다."

　"으음."

　태극 대선인이 짧게 신음했다.

　마르쿠제가 태극을 정면으로 바라보며 말을 이었다.

　"하여 제가 직접 여러 대선인님들을 찾아뵌 것입니다. 제 어리석은 제자를 어찌 처리해야 할 것인지, 과연 그 녀석에게 어떤 벌을 내려야 좋을지, 여러 대선인님들께서 저에게 의견을 주십시오."

　"우리가 의견을 드리면, 그 의견에 따를 건가요?"

　자한 선자가 대놓고 물었다.

　마르쿠제가 크게 한숨을 내쉬었다.

　"따라야지요."

　의외의 대답에 대선인들이 흠칫했다.

　마르쿠제는 괴로움을 꾹 참으며 말을 이었다.

　"시곤의 어리석은 행동 때문에 수많은 분들이 목숨을 잃었습니다. 또한 수많은 분들이 큰 피해를 입었다고 들었습니다."

"크흐음."

"이런 씻을 수 없는 죄를 지었으니 여러 분들이 어떤 벌을 내리시건 시곤은 달게 받을 겝니다. 심지어 시곤의 목숨을 내놓으라 하셔도 그 녀석은 기꺼이 목을 바칠 겝니다."

"헉!"

제자의 목이라도 내놓겠다는 마르쿠제의 말에 다들 흠칫했다.

〈다음 권에 계속〉